3.

WISH

Isabeau

Ce livre est une fiction. Toute référence à des événements historiques, des personnages ou des lieux réels serait utilisée de façon fictive. Les autres noms, personnages, lieux et événements sont issus de l'imagination de l'auteur, et toute ressemblance avec des personnages vivants ou ayant existé serait totalement fortuite.

Collection New Romance® créée par Hugues de Saint Vincent
et dirigée par Arthur de Saint Vincent
Ouvrage dirigé par Bénita Rolland
Traduit par Robyn Stella Bligh
Photo de couverture : © Shutterstock

34-36, rue La Pérouse
75116 - Paris
www.hugoetcie.fr

ISBN : 9782755648171
Dépôt légal : février 2021
Imprimé en France par Corlet
N° d'impression : 20110569

AUDREY CARLAN

NEW ROMANCE®

3. WISH

Isabeau

Traduit de l'américain par Robyn Stella Bligh

Hugo Roman

À Jeanne de Vita, mon éditrice, mon amie.
Quand je me suis sentie perdue et rejetée, tu étais là.
Quand une sœur m'a abandonnée, tu as été là.
Quand tout me semblait impossible, tu étais là.
Tu es l'incarnation même de la solidarité féminine.

NOTE AUX LECTRICES

Chères nouvelles amies,

Ce roman peut se lire seul, mais il est lié aux deux premiers tomes de la série *Wish*. Ainsi, si vous lisez le premier roman, *Suda Kaye*, vous apprendrez l'histoire de la cadette de la famille Ross. Dans le second, c'est l'histoire d'Evie Ross que vous découvrirez. Celui-ci aborde le parcours d'Isabeau Collins, dont je ne révèlerai pas le lien avec les sœurs Ross.

Dans *Suda Kaye,* j'explique comment j'ai eu l'idée de ce roman après que ma chère amie et assistante de longue date, Jeananna, m'a parlé de sa famille. Sa mère est la véritable Suda Kaye Ross dont je me suis inspirée. Sa tante est également Evie Ross, même si tout ce qui se déroule dans le tome 2 n'est que pure fiction.

Cette série se base sur l'origine amérindienne des sœurs Ross. Après ce que Jeananna m'a raconté de sa mère et de ses ancêtres comanches et wichitas, je n'ai pas pu m'empêcher d'imaginer ma propre version de la vie d'une jeune femme qui aurait grandi par intermittence dans une réserve d'Indiens d'Amérique.

Beaucoup de ce que je traite dans ce roman est le fruit de longues recherches, y compris à propos des langues comanche et navajo, afin d'être la plus précise possible. Jeananna m'a également fait part des expériences personnelles de sa famille, ce qui m'a permis de créer une fiction qui, je le crois, parlera aux femmes du monde entier.

Néanmoins, en tant qu'auteure, j'ai pris énormément de libertés et je ne souhaite offenser personne. Je sais combien la culture amérindienne est riche et diversifiée, et je suis ravie d'avoir pu placer ce peuple merveilleux sous le feu des projecteurs.

Isabeau me tient tout particulièrement à cœur. Elle décide de changer de vie afin de découvrir un pan de sa famille dont elle ne connaissait pas l'existence jusque-là. Si vous avez déjà été ou vous êtes sentie abandonnée par quelqu'un, vous ressentirez sans doute un lien fort avec Izzy et son parcours.

Mon plus grand espoir est que ces femmes, leurs aventures, leurs histoires d'amour et leurs vies vous parleront, et que vous terminerez la lecture de ce livre en vous sentant davantage connectée à vous-même et aux femmes de votre vie.

#SisterhoodFTW[1]

Audrey

1. Solidarité féminine pour la victoire. (NdT, ainsi que pour les notes suivantes)

CHAPITRE 1

Je n'oublierai jamais le moment précis où ma vie a changé pour toujours. Ce jour-là n'avait rien de spécial. Mon meilleur ami, Jasper, et moi fêtions la fin de nos études culinaires en préparant des donuts chez mes pères. Nous avions prévu de vivre chez nos parents jusqu'à ce que nous décrochions chacun un poste de pâtissier à Chicago et que nous puissions nous permettre de louer un appart ensemble.

Mais notre rêve ultime, celui que nous avions depuis le jour où nous nous sommes rencontrés à la maternelle et nous sommes mis au défi de goûter les gâteaux de boue que nous avions préparés, c'était d'ouvrir un jour notre propre pâtisserie. Nous en parlions sans cesse. Entre nous, ça a été de l'amour à la première bouchée. Jasper avait deux mères, et moi deux pères. Naturellement, nous étions les deux gamins bizarres de la cour de récré, et nous nous sommes naturellement rapprochés. Au fil des années, nous avons compris que nos parents n'avaient rien à envier à n'importe quelle autre famille heureuse. Ils étaient stricts, aimants, d'un grand soutien et, surtout, ils nous ont toujours encouragés à poursuivre nos rêves.

Depuis, nous sommes inséparables, meilleurs amis pour la vie, et nous avons les tatouages pour le prouver. Le mot « âme » est gravé juste au-dessus de mon coude sur mon bras droit, et Jasper a le mot « sœur » au même endroit, sur le bras gauche, de sorte que lorsque nous sommes côte à côte, personne ne peut ignorer le lien qui nous unit. Nous faisons presque tout ensemble, et cela a toujours été ainsi.

Il n'était donc pas anormal que Jasper ait dormi sur le canapé de mes parents hier soir. Nous avons fini tard dans la nuit, enchaînant avec mes pères les bouteilles de champagne pour fêter l'obtention de nos diplômes. Mes papas ont beau avoir été stricts durant mon enfance, ils adorent se détendre autour d'une bonne bouteille de vin, voir leurs amis et danser jusqu'à l'aube lorsqu'ils en ont l'occasion. Or, il fallait clairement fêter la fin de nos six années d'études intensives, dont deux à l'étranger auprès de pâtissiers étoilés.

Cela me ramène donc au moment où tout a changé.

Les mains dans une boule de pâte à donut, alors que Jasper me parle du mec à la peau chocolat qu'il a rencontré récemment, je ne les ai pas vues tout de suite : je les ai senties. L'air ambiant a soudain changé, comme si quelqu'un avait éteint la clim, et l'atmosphère est devenue tendue.

Je lève la tête quand mon père Casey entre dans la pièce, suivi par deux femmes superbes. Jasper continue son histoire, mais je l'ignore. Ce sont les deux jeunes femmes que je n'arrive pas à quitter des yeux.

L'une est grande avec un corps svelte, et elle semble tout droit sortie d'un défilé de mode. Ses longs cheveux blonds et ondulés tombent sous ses épaules. Sa peau est hâlée et semble briller de l'intérieur, comme éclairée par le soleil. Elle porte un pantalon trois-quarts blanc, un débardeur pêche qui lui va parfaitement au teint et des accessoires dorés. Ses yeux sont d'un étonnant bleu glacial, et elle est tout l'inverse de la femme qui l'accompagne et lui tient la main.

Je penche la tête sur le côté et étudie cette femme brune qui me semble familière, comme quelqu'un qu'on croise dans le métro et qu'on ne peut quitter des yeux tant cette personne vous rappelle une connaissance. Quelque chose m'attire chez elle, m'hypnotise, et je la scrute dans le moindre détail. Elle porte une longue robe dans des tons rouge, orange et turquoise qui met en valeur ses courbes de la plus belle des manières. Ses cheveux sont lâchés également et lui arrivent presque à la taille. Néanmoins, ce sont ses yeux ambrés qui me captivent.

Mon cœur se met à battre la chamade et je retiens mon souffle en dévisageant ces deux femmes, qui sont clairement mal à l'aise.

C'est mon papou qui réagit le premier, laissant tomber son journal sur la table en se levant d'un bond. Ian Collins est l'ombre à côté de la lumière de Casey, dont la peau porcelaine ne laisse pas de doute quant aux origines irlandaises dont j'ai hérité. De son côté, Ian est un mélange de types européen, indien et égyptien, il a la peau basanée, les cheveux bruns et des yeux d'un caramel doré.

La femme brune pousse un cri de surprise et pose sa main sur sa poitrine à la vue de mon papou.

– Ces jeunes femmes attendaient dans leur voiture, devant la maison. Elles viennent voir Izzy ; apparemment, vous avez un ami en commun ? dit mon père en posant les ingrédients qui me manquaient pour finir les donuts.

– Euh, peut-être qu'on devrait revenir une autre fois ? dit la blonde d'un ton incertain, que je trouve bizarre.

Après tout, ce sont elles qui sont venues chez moi, or, elles semblent véritablement apeurées.

– Je suis désolée mais… on a un ami en commun ? je demande en essuyant mes mains sur un torchon.

– Tu lui ressembles tellement, chuchote mon papa Ian en allant vers elles. Catori…

Il lève une main vers le visage de la brune, comme s'il étudiait une œuvre d'art qui le captive.

Mes poils se hérissent sur mes bras, la jeune femme fait un pas en arrière, tirant la blonde avec elle, et des larmes coulent sur ses joues.

– Suda Kaye ? demande-t-il d'une voix rauque, les yeux brillants.

C'est quoi ce bazar ?

– Non, c'est impossible… dit papa Casey en se rapprochant de son mari.

– Evie ? demande alors Ian en étudiant la jeune femme blonde, qui hoche la tête.

Ok. Donc, la blonde s'appelle Evie, et la brune, c'est Suda Kaye. Deux noms que je n'ai jamais entendus de toute ma vie.

– Est-ce que quelqu'un peut me dire ce qui se passe ? je demande en prenant le bras de mon meilleur ami, ressentant soudain le besoin d'avoir son soutien, même si je ne sais pas encore pourquoi.

– Izzy, ma chérie, ton papou et moi avons quelque chose à te dire, dit Casey, haut et fort.

Les deux femmes restent muettes un instant, puis la blonde se met à fouiller dans son sac.

– Excusez-nous d'être venues sans prévenir, dit-elle. J'ai des choses à te donner, Isabeau, explique-t-elle d'un ton froid et professionnel, même si je devine à son port rigide et à la façon dont l'autre femme s'accroche à elle qu'elles sont toutes les deux très mal à l'aise.

Je fronce les sourcils, essayant de comprendre pour quelle raison mes pères se comportent encore plus bizarrement que d'habitude.

– Vous êtes qui ?

– Je suis Evie, et voici Suda Kaye Ross. Tes pères t'expliqueront tout ça plus en détail, répond-elle en donnant à papa Casey une pile d'enveloppes roses nouées par un ruban. Voici le testament et les dernières volontés de notre père… ajoute-t-elle en sortant une chemise cartonnée du sac.

Papa Ian grimace et regarde Suda Kaye comme s'il était face à un mirage.

– Et Catori ? demande-t-il.

Catori. Je ne connais qu'une seule autre personne qui porte ce nom, la mère porteuse à qui mes pères ont fait appel pour m'avoir.

– Elle est décédée il y a onze ans… désolée, répond Evie un peu sèchement.

Onze ans. J'avais treize ans.

– Ce document vous expliquera tout, poursuit Evie en tendant la chemise cartonnée à Ian. Papa a laissé une large somme à Isabeau, et son avocat a besoin de la contacter.

Le fait que la blonde connaisse mon prénom me perturbe, mais qu'elle le lie aux termes « dernières volontés » et « testament » finit de m'embrouiller.

– Quoi ? Qui m'a laissé quoi ? Et pourquoi tu as parlé de ma mère ? Il ne peut pas y avoir des dizaines de Catori dans le monde.

Suda Kaye cache son visage contre l'épaule d'Evie et fond en larmes.

– Pourquoi a-t-il fait ça ? demande mon papa Casey, ignorant ma question mais regardant Evie avec tant de compassion que ma poitrine se resserre.

Casey Collins a le plus grand cœur au monde et il aime les gens pour ce qu'ils sont. À côté de lui, Ian est le fougueux et le passionné du couple. J'ai toujours plaisanté en disant que le second m'a donné son tempérament, alors que le premier m'a donné mes boucles auburn.

– Parce qu'il aimait notre mère et les enfants qu'elle a mis au monde, qu'ils soient de lui ou non. Il voulait protéger sa descendance, explique Evie d'un ton franc et froid, comme s'il ne s'agissait là que d'une simple transaction bancaire.

Mais je ne suis pas dupe, je vois très bien qu'elle lutte contre les larmes, contrairement à la brune qui ne fait rien pour les cacher. Je cherche toujours à comprendre pourquoi elles sont si émues lorsque je repense à ce qu'elle vient de dire.

Ses enfants.

Au pluriel.

– Ses enfants... Vous insinuez que vous deux, je dis en les désignant du doigt, vous êtes mes demi-sœurs ?

C'est complètement dingue !

Jasper serre ma main et je me mets à trembler.

Evie regarde Casey puis Ian, qui n'a pas quitté Suda Kaye des yeux. De mon côté, ma découverte me frappe de plein fouet, comme la première gorgée d'un délicieux champagne français.

– Catori Ross était votre mère aussi ? Mon Dieu ! je m'exclame en souriant jusqu'aux oreilles. Vous êtes des dons d'ovocytes aussi, et vous m'avez retrouvée ? C'est génial ! je m'écrie en sautillant sur place. Je parie qu'on doit avoir plein de frères et sœurs !

Evie penche la tête sur le côté et rive ses yeux d'un bleu glacial sur moi.

– Euh... pas exactement, non. Comme je l'ai dit, il fallait qu'on apporte ces éléments, mais on va partir maintenant, dit-elle en sortant une carte de visite de son sac pour la poser sur le plan de travail. Mais euh... quand tu auras eu le temps de digérer tout ça, si tu veux, tu peux appeler ce numéro, me dit-elle. C'est mon portable. On reste en ville encore quelques jours.

– Vous habitez où ? demande Ian.

Qu'est-ce que ça peut lui faire ? Après tout, si ce sont mes demi-sœurs in vitro, ça implique que je suis liée à ces femmes, en effet. Or, mon père biologique est Casey, pas Ian.

– On habite dans le Colorado. Je suis à Pueblo, et Evie à Colorado Springs.

C'est la première chose que dit Suda Kaye depuis qu'elles sont arrivées.

– Suda Kaye, il faut qu'on parle, dit mon papa Ian d'un ton désespéré. On a tous besoin de parler.

Evie, qui est clairement la chargée de communication du duo, hoche la tête.

– Oui, on est d'accord, mais je crois que vous avez un sujet plus important à aborder, répond-elle en me désignant d'un mouvement de tête.

J'observe alors la façon dont Ian tremble des pieds à la tête, et Casey qui lui caresse le dos, comme si cette conversation était la plus difficile de sa vie. Comme si ces femmes étaient un rêve devenu réalité. Ou peut-être un cauchemar.

Non... J'étudie de nouveau Suda Kaye et réalise que ses traits familiers ne sont pas une coïncidence. La peau et les cheveux de mon papa Ian ne sont pas seulement similaires à ceux de la jeune femme, ils sont identiques. Or, le pire, ce qui me fait le plus de mal, c'est de regarder dans les yeux larmoyants de Suda Kaye et d'y trouver le regard unique au monde de mon papou.

– Vous n'êtes pas des dons d'ovocytes, hein ? je chuchote d'une voix si fragile que Jasper se poste derrière moi et me prend dans ses bras pour appuyer son menton sur ma nuque.

Evie secoue lentement la tête.

– Je ne comprends pas, je parviens à dire, alors que Jasper m'embrasse sur la tempe.

– Tu comprendras, bientôt. Merci de nous avoir reçues. On va y aller maintenant, répond Evie en se tournant vers la porte.

Elles commencent à s'éloigner lorsque mon papou saisit le bras de Suda Kaye et la ramène contre lui. Il plonge son visage dans ses cheveux et, confuse, je regarde les larmes ruisseler sur ses joues tandis qu'il est secoué par les sanglots. Suda Kaye lève alors ses mains tremblantes et les passe dans son dos.

Or, ce qu'il dit ensuite me fait l'effet d'une douche froide.

– J'ai rêvé de ce moment. Chaque jour de ma vie depuis vingt-huit ans, j'ai rêvé de te tenir. Ma fille, dit-il avant de reculer et de prendre le visage de Suda Kaye dans ses mains. Tu es superbe. Comme ta mère. Une véritable merveille.

– Ta fille ? je m'écrie, posant ma main sur mon cœur qui semble cesser de battre.

– Chéri, laisse-la partir, dit Casey en prenant Ian par la taille.

– Je ne veux jamais la lâcher, répond-il d'une voix rauque que je n'ai jamais entendue auparavant. Plus jamais. Je n'aurais jamais dû...

Des larmes brûlent mes yeux et je vois Suda Kaye se dégager brusquement des bras de mon papou et s'enfuir vers la porte d'entrée, qui claque dans son dos.

Ian s'effondre aussitôt dans les bras de son mari, sanglotant contre lui, plantant ses ongles dans son dos. Mon instinct me dit de le prendre également dans mes bras, mais mes jambes refusent de bouger. Mes pieds semblent collés au sol et je dois me contenter d'observer le désarroi et la tristesse de mon papou de loin.

– Je suis désolée. On n'aurait pas dû venir, dit Evie d'une voix rauque en reculant lentement.

– Non, vous avez bien fait. Je regrette seulement que ça n'ait pas été vingt-cinq ans plus tôt, répond papa Casey d'un ton solennel. On aurait dû insister. On l'a su dès qu'elle est partie, quand Isabeau avait trois mois, mais on avait tous les trois fait une promesse, admet-il d'un ton lourd de peine et de remords.

Une promesse ? Quelle promesse ? Ma mère était avec nous quand j'étais bébé ? Comment est-ce possible ? Ils m'ont dit qu'ils m'ont eue à l'hôpital et qu'ils n'ont plus jamais revu ma mère porteuse. Ils ont dit qu'elle avait disparu sans plus laisser de trace. Ils ne m'ont jamais donné que son nom.

Catori.

– Il y a des promesses qu'il ne faut jamais briser, répond Evie d'un ton froid en se retournant pour partir.

Je peine à entendre ses pas par-dessus les martèlements de mon cœur affolé.

Je reste figée, glacée, incapable de bouger ou de ressentir quoi que ce soit. C'est alors que je réalise que ces femmes sont mes sœurs.

Mes sœurs.

Nous avons la même mère.

Une mère qu'elles ont connue, et pas moi.

J'ai un million de questions à poser, et les réponses sont en train de s'échapper. Mes pieds parviennent enfin à répondre à mon cerveau, et je cours vers la porte. Evie est en train de marcher vers la voiture garée dans la rue, où Suda Kaye l'attend.

– Eh ! je crie depuis le haut des marches.

Evie s'arrête et se tourne vers moi, les yeux pleins de larmes. Je remarque alors que ses iris ne sont pas d'un bleu de glace, mais plutôt comme le ciel par une belle journée ensoleillée. Le masque qu'elle semble avoir mis pour parler à mes pères a disparu, et sa peine n'est plus camouflée. Elle attend en silence pendant que j'étudie ses traits, si différents des miens. Pourtant, ses pommettes saillantes, sa bouche pulpeuse et ses yeux en amande sont les mêmes que ceux que je vois tous les jours dans le miroir.

Je respire et serre les poings avant de les rouvrir pour me débarrasser de mon stress.

– Quand tout sera réglé là-dedans, je dis en désignant la porte de chez moi, je t'appellerai.

– Je répondrai, répond-elle en souriant.

Je lui renvoie son sourire et me concentre sur la femme assise dans la voiture. Sa tête est baissée et elle cache son visage dans ses mains, elle est secouée par les sanglots.

– Ça va aller ? je demande en désignant la voiture.

– Oui, ça va aller. Je vais m'en assurer. C'est à ça que servent les sœurs. On prend soin les unes des autres, chuchote-t-elle.

Des sœurs. Qui se soutiennent. Je n'ai jamais connu que Jasper et mes pères.

– Alors j'ai hâte, je déclare en souriant une dernière fois, la saluant de la main avant de rentrer et de refermer la porte derrière moi.

Mon papou Ian continue de pleurer à chaudes larmes. Comme si toute sa vie s'était écroulée à la vue des deux femmes qui prétendent être mes demi-sœurs.

– Jasper, cette conversation requiert une bouteille de tequila, je déclare alors que Ian lève la tête.

Casey prend son visage dans ses mains et essuie ses larmes avec ses pouces, l'embrassant brièvement sur la bouche avant de me regarder.

– On te retrouve dans le salon pour une réunion de famille.

– Alors je pars ? demande Jasper en écarquillant les yeux, une bouteille à la main.

– Tu es de la famille, répond mon papa Casey.

Jasper hoche la tête, car il l'est. Il est dans ma vie depuis que j'ai cinq ans. Ça fait dix-neuf ans, et il n'y a rien qu'il ne sache de moi, et inversement.

– Mettez-vous à l'aise. On a beaucoup à discuter, insiste mon père.

J'ai vingt-quatre ans et, en regardant mes pères se tenir l'un contre l'autre ainsi que le sourire triste de mon meilleur ami, je sais que ce que je m'apprête à entendre va chambouler ma vie à tout jamais. Car, apparemment, ma mère était en vie jusqu'à mes treize ans. Elle est restée avec nous jusqu'à mes trois mois, puis elle est partie. Mon père Ian a une autre fille. Et j'ai deux demi-sœurs. Des sœurs qui ont cru important de venir me voir. Ensuite, il y a la pile de lettres sur le plan de travail, et un dossier contenant le testament d'un homme que je ne connais pas, mais qui connaissait ma mère. Un homme qui a compté pour mes demi-sœurs et m'a laissé un héritage.

Le pire, ce que je ne comprends pas, c'est que cela fait vingt-quatre ans que je vis un mensonge. Un mensonge inventé de toutes pièces par les deux personnes qui ont toujours prétendu m'aimer plus que tout au monde.

CHAPITRE 2

Nous nous installons tous les quatre sur le canapé en daim beige que nous avons depuis que je suis au lycée. Jasper est collé à moi, tenant une de mes mains dans les siennes. D'habitude, il est bruyant et c'est lui qui anime les conversations. Mais, aujourd'hui, il reste assis en silence, m'offrant son soutien. J'étudie les deux visages que j'aime plus que tout au monde.

Les deux hommes qui m'ont menti toute ma vie.

– Izzy, commence papa Casey en appuyant ses coudes sur ses genoux, joignant ses mains sous son menton. Je... Bon sang, Ian. Je ne sais pas par où commencer, admet-il en soupirant et en secouant la tête.

– Pourquoi pas par le début ? À commencer par la raison pour laquelle vous m'avez menti des milliers de fois ! je m'exclame, réprimant un sanglot.

Jasper porte ma main à sa bouche et embrasse mes doigts.

– Ma puce, ce n'est pas qu'on a menti... pas exactement, tente Casey avant de se laisser tomber contre le dossier du canapé.

Il se frotte la barbe et plonge ses mains dans ses cheveux auburn.

– C'est une situation compliquée. Je l'ai vécue moi-même et je ne sais plus bien comment tout ça s'est déroulé.

– Alors, ces deux femmes sont mes demi-sœurs ?

– Ouais, soupire-t-il.

Mon papou, Ian, fait rebondir son genou, comme s'il se tenait prêt à s'enfuir à tout moment. Peut-être pour courir après Suda Kaye, sa vraie fille.

– Et Suda Kaye est la fille biologique de papou ? je demande en dévisageant mes pères.

Les yeux rougis de mon père cherchent les miens, puis il esquisse une grimace tourmentée. Je serre le poing, me retenant de me jeter dans ses bras pour le réconforter, comme il l'a toujours fait avec moi.

– Suda Kaye était un sublime accident. Ce n'était pas quelque chose que Catori et moi avions prévu, dit-il enfin, alors qu'une larme coule sur sa joue imberbe.

– Et Evie ?

Papou secoue la tête.

– Catori l'a eue avec son mari, Adam Ross.

– L'homme qui est décédé et qui semble m'avoir mentionnée dans son testament, je dis en jetant un œil vers la cuisine où est posé le dossier en question.

Mes pères hochent tous les deux la tête.

– Alors, Evie est plus âgée ? De combien ? Vous le savez, au moins ?

– Chérie, ne prends pas ce ton. C'est déjà suffisamment difficile pour nous comme ça, rétorque papou en prenant une mine qui me laisse penser qu'il regrette aussitôt ses paroles.

– Difficile pour vous ? Mes parents me mentent depuis que je suis née. J'avais une mère, une vraie mère. Pas une donneuse d'ovocytes. Une femme qui avait déjà deux filles, dont l'une est celle de mon père, putain, et je ne savais pas qu'elles existaient !

– Ne jure pas, c'est moche dans une si jolie bouche, gronde mon papa.

Je pousse un grognement et regarde le plafond en comptant jusqu'à dix. C'est quelque chose que Jasper et moi avons appris à faire à l'école, quand les autres enfants se moquaient du fait que nous avions deux papas et deux mamans, puis encore quand Jasper a fait son coming out en première année de lycée.

– Izzy, j'ai rencontré Catori avant de connaître ton père. Tu sais qu'à l'époque j'étais attiré autant par les hommes que par les femmes. Du moins, jusqu'à ce que je rencontre Casey et que je sache que c'était avec lui que je passerais ma vie. Il était la pièce manquante du puzzle de mon cœur, et cela n'a pas changé depuis.

– J'ai entendu cette histoire des milliards de fois, papou. Parle-moi plutôt de ma mère.

– Catori et moi nous sommes rencontrés alors qu'elle était séparée de son mari. Il était dans l'armée et il était constamment en mission à l'étranger. Catori était comme le vent, comme un oiseau volant d'une destination à une autre, cherchant en permanence le sens de la vie.

Je m'assois en tailleur sur le canapé et Jasper m'imite, sans lâcher ma main.

Mon meilleur ami est vraiment le meilleur, il est toujours là pour moi.

– On s'est rencontrés à un festival d'art, à Chicago. Après toi, Isabeau, je n'ai jamais vu de plus belle femme. Elle était amérindienne de pure souche, avec de longs cheveux noirs qui lui arrivaient jusqu'aux fesses, mince mais avec des courbes, et un sourire de sirène capable d'illuminer les nuits les plus noires. Chaque homme, chaque femme et chaque enfant qui croisaient sa route étaient immédiatement hypnotisés par sa beauté, son rire et sa gentillesse.

Je souris, imaginant à quoi elle devait ressembler, lorsque mon papou se lève et marche vers la bibliothèque. Il monte sur un petit tabouret et saisit une boîte en marbre, de la taille d'une petite boîte à chaussures, que j'ai toujours vue posée sur le dessus du meuble. Il l'ouvre et en sort une photo, qu'il me tend. C'est lui il y a vingt-cinq ans, souriant jusqu'aux oreilles, les cheveux aux épaules.

– Tes cheveux ! je m'exclame en montrant la photo à Jasper. Tu as l'air d'un artiste.

Je me concentre alors sur la sublime jeune femme qu'il tient dans ses bras, Catori, ma mère. Des cheveux aussi noirs que ses yeux, la peau encore plus mate que celle de mon papou. Toutefois, j'aurais reconnu ses pommettes, son nez et la forme de ses yeux ainsi que son sourire n'importe où, car ce sont les miens. Les miens, et ceux des deux jeunes femmes qui sont venues aujourd'hui.

– Catori était dans une troupe de danse orientale qui se produisait dans la région. Nos regards se sont croisés, on a fait la fête et on a appris à se connaître avant de devenir intimes. Elle est restée un mois en ville, puis sa troupe est repartie en tournée, pour finir à New York. C'était un mois magique. On a ri, on s'est aimés et on était libres. En dehors de ma rencontre avec Casey et de toi, c'est la plus belle époque de ma vie.

Mon père baisse alors la tête et regarde ses pieds.

– Mais... on était un peu trop insouciants. Quelque temps après son départ pour l'Indiana, j'ai reçu un coup de fil et elle m'a dit qu'elle était enceinte. J'ai paniqué. J'étais tellement jeune, bon sang, nous l'étions tous les deux. Et si je savais qu'on s'aimait, je savais aussi que ce n'était pas le genre d'amour sur lequel on construit une vie à deux. On n'aurait jamais été heureux.

– Alors il s'est passé quoi ? je demande, imaginant à quel point mon jeune papou a dû stresser.

– Nous en avons parlé longuement, pendant des mois. J'ai alors appris qu'elle comptait rentrer chez elle, sur la réserve, où son père s'occupait de sa fille d'un an.

– Elle avait laissé Evie avec son père ?

– Oui, acquiesce-t-il. Je n'ai jamais rencontré quelqu'un comme Catori. Elle était véritablement libre comme le vent, et son esprit n'était pas fait pour rester en place trop longtemps. Ce n'était pas sa destinée.

– Dans ce cas, elle aurait dû prendre la pilule, je marmonne.

Jasper ricane et se dépêche de le cacher.

– Quoi qu'il en soit, elle m'a convaincu que notre enfant serait plus heureux en étant élevé par elle et son mari. Ils s'étaient réconciliés et elle voulait élever le bébé avec lui, sur la réserve. J'avais à peine vingt-trois ans. J'avais grandi en famille d'accueil et je n'avais personne sur qui compter. J'étudiais à la fac tout en travaillant à mi-temps comme mécanicien dans un garage. Je vivais dans le sous-sol d'une vieille femme qui me le louait à bas prix parce que j'entretenais son jardin et sortais les poubelles. Je n'avais rien à offrir à un bébé ou à Catori, donc je l'ai laissée faire.

Mon père passe son bras sur les épaules de mon papou.

– Tu as pris la bonne décision à l'époque, Ian. Elle avait du soutien, un mari plus âgé, une famille sur la réserve, et Suda Kaye a eu une sœur.

– J'ai regretté chaque jour de ne pas faire partie de la vie de Suda Kaye. Puis j'ai rencontré Casey, et ma vie a basculé. Un homme de sept ans mon aîné, dont la vie était en ordre alors que j'arrivais à peine à boucler mes fins de mois et à finir mes études. On s'est mis ensemble, j'ai emménagé avec lui et, peu de temps après, nous nous sommes mariés. Un an plus tard, la trentaine passée, Casey a voulu fonder une famille. C'est là que je lui ai expliqué ce qui s'était passé avec Catori.

Mon père embrasse mon papou sur la joue avant d'appuyer son front au sien.

– J'ai compris sa souffrance, mais il n'empêche que je voulais élever un enfant avec Ian, explique mon papa Casey. Je voulais offrir une maison et une famille aimante à mon enfant, ce que ni Ian ni moi n'avions connu. Nous avons contacté une agence et nous avons engagé une mère porteuse et fait appel à un donneur de sperme pour fertiliser son ovocyte.

– Mon Dieu ! je m'exclame, choquée.

– Et ça a marché, poursuit mon papa. Ian et moi étions fous de joie. Nous allions former une vraie famille, avec un enfant.

Soudain, l'ambiance devient lourde et je ferme les yeux, devinant déjà ce qu'il s'apprête à me dire.

– Elle est tombée enceinte, mais au moment de nous donner le bébé, à l'hôpital, elle a refusé. Elle a dit qu'il lui appartenait et qu'elle nous traînerait au tribunal pour le garder.

– Et c'est ce qu'elle a fait ?

– Au début, oui. On avait payé presque vingt mille dollars, entre la FIV et son tarif de mère porteuse, et nous n'avons jamais récupéré le moindre centime. Les quelques rendez-vous que nous avons eus avec un avocat ont coûté une petite fortune, et nous n'avions plus un sou à l'époque.

– C'est à ce moment-là que j'ai fait appel à un détective privé pour retrouver ta mère, intervient mon papou. Ça n'a pas été difficile. Je connaissais son nom de famille ainsi que celui de son mari. Je savais également qu'elle vivait sur une réserve en Oklahoma ou au Colorado.

– Pourquoi tu l'as contactée ?

– Parce que j'avais abandonné ma fille et qu'on venait de passer à côté de notre seule chance de fonder une famille, répond-il d'une voix torturée. J'étais en colère, je souffrais, j'étais dévasté d'avoir loupé deux fois l'occasion d'être père. Catori m'a écouté, m'a consolé. Elle avait le cœur brisé pour Casey et moi. Elle a compris combien je souffrais d'avoir renoncé à Suda Kaye.

– Qu'est-ce que tu avais prévu de faire ? je demande.

– Honnêtement... commence-t-il en haussant les épaules, je ne sais pas. Je savais juste que mon mari et moi voulions désespérément une famille et que j'avais une fille que je n'avais jamais vue.

– Elle avait une dette envers toi, chuchote Jasper. Pour Suda Kaye.

Mon papou regarde mon meilleur ami et hoche la tête.

– Elle avait une dette envers moi, admet-il.

– Donc, un jour, Catori a déboulé chez nous avec une énorme valise. Elle est entrée, a regardé autour d'elle et elle a foncé sur Ian pour lui rouler une énorme pelle. Ensuite, elle s'est tournée vers moi et elle a fait la même chose, explique mon père en riant et en se grattant la barbe. Elle était le feu et la glace, le vent et la terre ; elle était tous les éléments à la fois. Et je n'avais jamais vu de femme plus belle.

– Vous avez couché avec elle ! je m'exclame en me levant et en me couvrant les oreilles. Non, non, non, non !

Des mains m'empoignent et j'ouvre les yeux sur les yeux noisette de mon père pétillants de malice.

– Ma puce, tu sais bien que les femmes ne m'ont jamais intéressé. Et puis, ton papou et moi étions fidèlement engagés l'un auprès de l'autre, pour le meilleur et pour le pire. Son passé bisexuel était loin derrière lui.

– Alors, comment je suis venue au monde ?

Mon papou sourit et pose sa cheville sur son genou, tapotant sa cuisse avec ses doigts.

– Catori nous a dit qu'après mon coup de fil, elle avait eu un rêve, et qu'elle savait ce qu'il fallait faire. Elle allait être notre mère porteuse et notre donneuse d'ovocyte. Dans son rêve, elle s'est vue donner la vie à une superbe petite fille aux cheveux de feu et à la peau de porcelaine, et Dieu lui demandait de le réaliser. C'était une histoire de karma, ou quelque chose comme ça. Je lui avais donné un enfant, donc elle allait nous en donner un. Mais il y avait des règles, des conditions ; les siennes, pas les nôtres.

Je me rassois et me mords la lèvre, angoissée. Jasper le sent et se rapproche de moi, posant son menton pointu sur mon épaule.

– Elle a dit qu'elle tomberait enceinte et qu'elle rentrerait chez elle jusqu'à ce que ça commence à se voir. Ensuite, elle reviendrait ici et resterait jusqu'au moment où elle serait sûre que le bébé était en bonne santé et en sécurité avec ses parents. L'univers serait alors rééquilibré.

– Et vous avez accepté.

– On était désespérés, admet mon papou en haussant une épaule. On n'avait plus assez d'argent pour refaire une FIV. Si ça marchait, ce serait le destin.

– Et ça a été le cas, je dis à voix basse.

– Ça a été le cas. Je n'ai jamais été aussi heureux que le jour où Catori a fait un test de grossesse et qu'il était positif. Peu après, elle est partie pour retrouver ses filles, et on s'est préparés pour ta venue au monde. On se parlait presque quotidiennement et un jour, à l'improviste, elle est revenue. Environ sept mois plus tard, avec un ventre tout rond. On a transféré son suivi médical ici, et elle a dormi dans la chambre qui serait un jour la tienne. On y avait mis un lit simple, celui dans lequel tu as dormi quand tu as été trop grande pour ton berceau.

Je souris en repensant aux tourbillons formés par le fer forgé blanc, que je retraçais avec mes doigts en m'endormant.

– Elle était tellement fière de te donner la vie. Elle disait que ses filles donnaient un sens à sa vie, et que tu étais spéciale.

Mon cœur se resserre tandis qu'un sentiment de paix m'anime soudain.

– Pour t'avoir, elle nous a demandé trois choses.

Ma bouche devient sèche et mon menton se met à trembler.

– La première était que tu t'appellerais Isabeau. Elle nous a dit que cela signifiait « Dieu est mon serment » ou « promis à Dieu ». Catori était persuadée que son destin était de te mettre au monde et que tu étais un cadeau de Dieu. Et dans sa culture, on ne va jamais à l'encontre de Dieu ou de son destin.

Une larme coule sur ma joue tandis que mon père m'annonce que ma mère pensait que j'étais un cadeau de Dieu. Un cadeau qu'elle était destinée à offrir à deux hommes qui désespéraient de fonder une famille.

– Et les deux autres choses ?

Mon papou ferme les yeux avant de répondre.

– D'accepter qu'elle disparaisse un jour de nos vies. Nous devions accepter son acte pour ce qu'il était : le don d'une femme dont la capacité à aimer était plus grande que quiconque sur terre.

Mon père tend la main pour prendre celle de mon papou, puis il me regarde dans les yeux.

– Un don qui nous rendrait heureux toute notre vie durant.

Je renifle et m'essuie le nez sur mon bras.

– Et la troisième chose ?

– Que tu sois aimée chaque jour de ta vie, mais que tu ne connaisses pas son existence, chuchote mon papa Ian.

Mes épaules s'affaissent et mon dos se voûte tandis qu'une vive douleur jaillit dans ma poitrine et se propage à toute vitesse dans mon corps. Ma mère ne voulait pas m'aimer. Elle ne voulait pas que je la connaisse.

– Un matin, trois mois jour pour jour après ta naissance, à l'heure où Catori était habituellement occupée à te donner le sein, à l'aube, nous t'avons entendue pleurer. Un cri colérique qui ne laissait pas de doute quant au fait que tu étais morte de faim. Catori t'a donné le sein pendant six semaines. Puis, durant les six semaines suivantes, nous t'avons également donné du lait artificiel pour que tu t'habitues à nous. Ce jour-là, c'est le premier jour où tu n'as plus eu que du lait maternisé. On est entrés dans ta chambre, dans sa chambre, et elle était partie. Elle nous avait laissé un mot, dit papou en fouillant de nouveau dans la petite boîte.

Il en sort une enveloppe cornée et froissée contenant un morceau de papier qui a clairement vu de meilleurs jours, puis il me le tend.

Ian et Casey,
Votre amour est sans limite. Transmettez ce don à notre fille.

Portez-vous bien. Soyez heureux. Soyez une famille.
Avec tout mon amour,
Catori

Je replie le mot et le rends à mon papou, qui le remet délicatement dans son enveloppe, comme un objet précieux. Je suppose que c'en est un, en fait, puisque Catori Ross m'a donnée à eux, nous permettant de former une famille.

– Et Suda Kaye ? je demande, alors que les yeux de mon papou redeviennent brillants.

– Je ne l'avais jamais vue avant aujourd'hui, dit-il d'un ton ravagé par la tristesse.

– Pourquoi ? Pourquoi on ne pouvait pas tous se connaître ? Former une famille avec Suda Kaye et Evie et ce... cet Adam Ross ?

– C'est dur à comprendre et à expliquer, mais Catori n'était pas faite pour rester au même endroit, avec une seule famille. Elle appartenait au vent, aux étoiles, à la terre. Elle avait une soif en elle qui ne pouvait être apaisée en restant immobile.

– Alors, tu veux dire qu'Evie et Suda Kaye avaient son amour mais n'avaient que rarement leur mère dans leur vie ?

Mon papou déglutit et ferme les yeux.

– Je ne connais pas leur histoire, mais je sais que Catori n'aurait jamais intentionnellement blessé ses enfants. Elle s'est sacrifiée pour t'offrir à nous. Peut-être faisait-elle la même chose avec son mari Adam, Evie et Suda Kaye. On a envoyé quelques photos de toi à une boîte postale dont elle nous avait laissé l'adresse. Mais elle n'a jamais envoyé de photos de Suda Kaye. C'était un fardeau que je porterais toute ma vie. Pour t'avoir, toi, j'ai dû renoncer à une relation avec elle, admet-il en pleurant à chaudes larmes.

– Papou... je m'exclame en me précipitant à ses pieds, m'asseyant à genoux entre ses jambes pour appuyer ma tête contre sa poitrine.

Il me serre fort contre lui et pleure dans mes cheveux.

– Tu es tout ce dont ton père et moi avons rêvé, sanglote-t-il. Comment demander plus ? Comment demander de voir Suda Kaye alors qu'elle t'avait donnée à nous ? Je ne le pouvais pas.

Je secoue la tête et pleure contre lui, pour lui, pour moi, pour Suda Kaye et Catori. Tout ça est à la fois si beau et si tragique.

– Tu dois savoir, mon Isabeau, que ta mère est restée autant qu'elle l'a pu. Avec la vie qu'elle menait, elle ne pouvait être partout à la fois, et nous avons tous fait nos choix. Le mien a été de renoncer à Suda Kaye parce que j'étais trop jeune, fauché et immature, et celui de Catori était de te mettre au monde pour nous car elle était l'incarnation de l'amour et de la lumière. Si elle se sentait capable de faire un don à quelqu'un à qui elle tenait, alors elle n'hésitait pas à le faire, dit-il en me serrant plus fort contre lui. Mais ne crois pas une seconde que tu n'étais pas désirée ni aimée. Cette femme a renoncé à ses droits de mère pour que nous puissions former une famille. Elle a abandonné sa fille pour que deux hommes puissent aimer leur enfant de tout leur cœur et de tout leur être, sans retenue. Elle nous a laissés pour qu'on soit une famille, une vraie famille. Et ça, ma chérie, c'est merveilleux. Aussi triste que ce soit, aussi perdus qu'on se sente maintenant, je referais exactement la même chose si c'était à refaire.

Mon papa Casey nous attire tous les deux dans ses bras.

– On ferait exactement les mêmes choix pour t'avoir, Izzy. Tu es la plus belle chose qui nous est arrivée, et tu continueras de l'être jusqu'à la fin de nos jours.

– Je vous aime à la folie, même si j'ai le cœur brisé, je réponds en appuyant mon visage contre le torse de mon père.

– On t'aime encore plus, ma puce, dit mon papa en caressant mon dos tandis que mon papou m'embrasse sur la tête.

Je recule et il prend mon visage dans ses grandes mains. Je regarde ses yeux ambrés, les mêmes que Suda Kaye, et laisse mes larmes couler. Je regarde ensuite dans les yeux noisette de mon papa, les mêmes que les miens, et pleure de plus belle, pour nous tous.

– Je veux les connaître. Evie et Suda Kaye. Peu importe ce qui s'est passé il y a vingt-quatre ans, peu importent les promesses que vous vous êtes tous faites. Je veux connaître mes sœurs. Et je veux savoir qui était ma mère. La famille est la famille, n'est-ce pas ? je demande en regardant mes pères, qui essuient leurs larmes en hochant la tête.

Je regarde alors mon meilleur ami et lui fais signe de venir. Il se laisse tomber par terre et rampe si vite vers nous qu'il semble léviter. Il passe ses bras autour de moi et me serre fort contre lui.

– La famille est ce qu'on veut qu'elle soit. On la construit, on y travaille et on la chérit toute sa vie. Je veux les connaître. Je crois que j'en ai besoin.

– On t'aidera autant qu'on le peut.

CHAPITRE 3

Deux mois plus tard…

Jasper déboule dans ma chambre dans un tourbillon de couleurs. Je pose la photo de mes pères et moi sur la pile de vêtements que contient mon énorme valise. Deux autres bagages sont également remplis de vêtements, de produits de beauté, d'objets personnels et de mes ustensiles de cuisine préférés. Comme tout pâtissier qui se respecte, je n'envisagerais jamais de laisser derrière moi les outils nécessaires à mon métier.

– C'est quoi ce bordel ? s'exclame Jasper en agitant une feuille A4 devant moi, comme s'il en voulait au pauvre bout de papier.

Je plisse les yeux pour essayer de lire ce qui est écrit dessus, sans succès. Il lâche la feuille sur ma valise et se met à faire les cent pas dans ma chambre, comme il l'a fait des milliards de fois par le passé, lorsqu'il était de mauvais poil.

– Jas, qu'est-ce qui se passe ? je demande en ramassant la feuille, remarquant aussitôt l'emblème de notre école.

Jasper et moi ne sommes pas seulement meilleurs amis, nous sommes pratiquement frère et sœur. Jumeaux, même. Nous avons été dans les mêmes écoles, avons célébré toutes les fêtes ensemble, chaque étape marquante de notre cursus scolaire, puis nous avons été dans la même école de cuisine. Nous avons obtenu notre diplôme de cuisinier, puis nous avons tous les deux changé d'avis et décidé de nous attaquer au cursus de chef pâtissier – c'est pour ça que nous avons fait six ans d'études au lieu de quatre. Cela nous a également permis d'aller en France puis en Italie pour étudier auprès de pâtissiers de renommée mondiale. Nous ne nous sommes jamais séparés.

Jusqu'à présent. Parce que je m'apprête à partir pour le Colorado pour une durée indéterminée. Le but : connaître mes sœurs. Découvrir qui était cet Adam qui m'a laissé tant d'argent. En savoir davantage sur ma mère. Je ne sais pas encore ce qui m'attend là-bas, mais je sais que je dois y aller. Et maintenant, j'ai suffisamment d'argent pour faire tout ce que je veux.

– C'est le relevé que m'a envoyé l'école à propos de ma dette, gronde-t-il en m'arrachant le papier des mains. Penelope a failli tomber dans les pommes !

Je souris en imaginant la mère de Jas, une petite femme aux boucles blondes, éventer son joli visage de fée.

– Ça dit qu'elle a été réglée en totalité ! s'écrie Jasper. Quarante-sept mille dollars !

Ah, c'est de ça qu'il parle...

Je hausse les épaules, saisis le papier et le roule en boule avant de le jeter tout droit dans la corbeille en papier, marquant un superbe trois-points.

– C'est tout ? Tu n'as rien à dire ?

Je répète mon geste et ricane en fermant ma valise.

– Tu as remboursé ma dette ! Presque cinquante mille dollars ! hurle-t-il.

– Oui, en effet, je réponds en tirant sur ma valise qui est si lourde qu'elle ne bouge pas d'un iota.

Je demanderai à l'un de mes pères de la porter jusqu'à la voiture.

– Quarante-sept mille dollars ! siffle Jasper.

– Ouaip.

– Pourquoi ?

– Parce que je t'aime, je réponds en me tournant vers lui. Parce que j'ai de l'argent plus qu'il n'en faut. Parce que tes mères ont travaillé comme des acharnées pour payer les premiers vingt mille dollars. Parce qu'un mec que je ne connais pas m'a laissé un énorme pactole. Parce que tu mérites de ne pas commencer ta vie professionnelle en étant endetté. J'ai remboursé le prêt immobilier de mes parents, aussi. Mais Dieu merci, ils ne le sauront qu'une fois que je serai partie ! je m'exclame en lui faisant un clin d'œil. Maintenant, prends la petite valise pendant que, moi, je prends celle-ci, je dis en désignant le bagage cabine qui contient mes ustensiles de cuisine.

Il saisit la poignée et la soulève.

– Elle est plus lourde qu'elle n'y paraît, grommèle-t-il en la traînant néanmoins dans le couloir.

Je m'arrête sur le pas de la porte de ma chambre et prends le temps de regarder une dernière fois les jolis murs lilas, la tête de lit pourpre, assortie à la couette, et la dizaine de coussins fleuris. J'observe mon bureau blanc, où j'ai passé des heures à étudier, mais aussi à gribouiller des photos de gâteaux et des cœurs contenant les noms des garçons dont j'avais le béguin. J'admire une dernière fois la petite boîte à musique avec la danseuse dessus, qui contient les bagues en plastique que je collectionnais quand j'étais petite. Cette chambre renferme tant de beaux souvenirs. Jasper et moi avons souvent été harcelés quand nous étions jeunes, mais nos enfances ont néanmoins été merveilleuses. Mes pères m'aimaient plus que tout au monde, et je n'en ai jamais douté une seule seconde. Jamais je ne me suis sentie pas désirée ou mal-aimée. Je suis tout pour eux et, en prenant le temps de regarder la chambre qu'ils ont décorée pour moi et en repensant aux études qu'ils m'ont encouragée à entreprendre, je réalise toute l'étendue de leur amour.

– Au revoir, petite chambre, je chuchote en refermant la porte, ne sachant quand j'y remettrai les pieds.

Après tout, je ne sais pas où cette aventure va me mener, peut-être vais-je revenir dans dix jours chez mes parents, sans demander mon reste. Mais il faut que je le fasse. Je dois partir à l'aventure et découvrir qui je suis, loin des bras protecteurs de mes pères.

J'ai besoin de combler ce vide qui a toujours blessé mon cœur. Cette douleur, cette mélancolie avec lesquelles j'ai toujours vécu et que j'ai toujours ignorées, mais qui pulsent désormais dans mes veines de sorte que je n'ai d'autre choix que de les regarder en face. Ce voyage initiatique apportera les réponses aux questions qui m'animent. Je sens au plus profond de mon être que c'est ce que je dois faire.

Jasper me précède dans le couloir et jusqu'à la voiture que mes parents sont en train d'inspecter. Trois autres valises ont été chargées à l'arrière de mon Ford Explorer flambant neuf offert par la Fiducie Ross. C'est un sacré surclassement par rapport à la vieille Toyota que mes pères m'avaient donnée. Elle est d'un superbe émeraude canard scintillant, je n'ai jamais vu de couleur plus belle.

– Euh, papou, pourquoi tu mets d'autres valises dans Serenity ?

– Serenity ? ricane-t-il.

Sa peau brun doré semble briller sous les rayons du soleil. Ian Collins est un vrai beau gosse. Toutes nos amies le pensent. Avec sa peau mate, son sourire narquois et ses yeux ambrés, j'ai conscience qu'il est à tomber. Bien évidemment, quand j'étais ado et que Jasper et mes amies en parlaient, je faisais mine de vomir tant l'idée m'était horripilante.

– C'est son prénom, je réponds en caressant la peinture métallisée. Elle n'est pas magnifique ?

Je regarde ma voiture d'un air émerveillé et, dans ma tête, je remercie encore une fois Adam Ross de m'avoir permis cette folie.

Mon père Casey glousse et me prend ma valise des mains.

– C'est tout ? demande-t-il en fronçant les sourcils.

– Non, la grosse est dans la chambre.

– Mais bien sûr !

Jasper fait le tour de la voiture et jette mon autre bagage dans le grand coffre.

– Au risque de me répéter, c'est quoi ces autres valises ? je demande.

– Tu ne pensais pas partir sans moi, si ? rétorque Jasper en me fusillant du regard.

Mon cœur bat la chamade et je frémis de joie.

– Tu viens avec moi ? je m'exclame, tout émue.

Avoir Jasper à mes côtés serait tout simplement merveilleux. À tel point que je n'ai jamais voulu lui demander de me suivre, car je savais tout ce que ça l'obligerait à abandonner.

Mon ami ricane, me met un coup de hanche et me plaque soudain par terre, dans l'herbe, où nous rions aux éclats comme au bon vieux temps.

– Tu peux pas partir à l'aventure sans ton meilleur ami ! gronde-t-il en s'arrêtant à cheval sur moi, me regardant avec tant d'amour que j'en ai les larmes aux yeux.

– Mais ton rêve... de devenir chef pâtissier dans un restaurant étoilé de Chicago... ? je chuchote en étudiant son beau visage androgyne, où je ne vois pas la moindre trace de doute ou de chagrin.

– Je ne peux pas vivre mon rêve si tu n'es pas dedans, Izzy. On a fait un pacte. De vivre nos vies ensemble, comme une famille.

– Les familles peuvent vivre dans des États différents, je remarque, même si je n'ai aucune envie de le faire changer d'avis.

Il secoue la tête et dégage mes boucles auburn de mon front.

– On est enfin libres de vivre comme on le veut. Je ne veux pas habiter dans une grande ville sans toi ni travailler dans un restau où tu ne peux pas me rendre visite. Je ne veux pas rencontrer un mec sans que tu puisses te joindre à nous avec ton propre rencard. Je ne veux pas tomber amoureux sans être accompagné par ma meilleure amie, déclare-t-il. Ce ne serait pas normal.

– Tu as conscience que ça nous rend horriblement codépendants ? je ricane.

– Co-dépendants, mais heureux comme des coqs en pâte, dit-il en souriant avant de se lever et de me tendre la main. Tu es prête à décoller, ou bien ?

Je saisis sa main et il m'aide à me relever, comme toujours. Comme je le fais pour lui lorsqu'il a besoin de moi.

Mes pères finissent de charger nos valises, vérifient l'état des pneus et des phares sur mon véhicule tout neuf, et je prends le temps de regarder une dernière fois la maison où j'ai grandi. De me rappeler tous les souvenirs que j'ai créés ici, tous merveilleux, tous inoubliables.

Je sens sa chaleur dans mon dos avant que les bras pâles de mon père n'entourent ma taille et que sa barbe ne chatouille mon épaule.

– Est-ce que tu sais combien je suis fier de la femme que tu es devenue ? demande-t-il d'une voix chargée d'émotion.

Je m'accroche à ses bras et m'appuie contre lui.

– Merci, papa.

– Appelle-moi tous les jours jusqu'à ce que tu sois arrivée saine et sauve, exige-t-il.

– Papa, j'ai seize heures de route. Je pensais en faire huit aujourd'hui et huit demain.

Il soupire et me serre de nouveau contre lui.

– Sois prudente, ma chérie.

– Jasper sera avec moi, je réponds en tapotant ses bras.

– C'est justement ce qui m'inquiète, se moque-t-il.

– Eh, j'ai entendu ! s'écrie mon ami.

– Est-ce que tu vas enfin lâcher notre fille pour que je lui dise au revoir et qu'elle puisse se mettre en route ? demande mon papou.

Je me retourne pour prendre mon papa dans mes bras, respirant son parfum d'eau fraîche musquée avant de le lâcher et de me tourner vers mon papou. Il me serre contre lui et blottit son visage dans le creux de mon cou.

– On t'aime plus que tout, ma puce, chuchote-t-il.

– Je sais, papou, je sais.

– Tu nous manqueras chaque seconde de la journée, poursuit-il.

– Vous aussi.

– Tu es sûre que tu veux faire ça ? Et si elles sont méchantes avec toi ? Comment réagiras-tu ?

Mon papa Ian a toujours été l'angoissé de notre trio, je le rassure en souriant joyeusement.

– Elles ne sont pas méchantes. Et tu sais bien que j'ai besoin de partir.

– Je veux te protéger. M'assurer que tu ne souffriras jamais, dit-il d'une voix rauque, révélant combien mon départ l'affecte.

– Tu ne peux pas me protéger de la vie, papou. Tu dois me laisser partir. Tu dois comprendre que mon heure est venue de découvrir qui je suis. De grandir et de changer.

Il hoche la tête, mais me serre une dernière fois contre lui avant de me lâcher.

– Je t'aime. Reste en contact, s'il te plaît.

– Souvent, ajoute mon papa en prenant son mari par la taille. Tu sais qu'on va être perdus sans toi.

– Mais non, je réponds en secouant la tête. Vous êtes ensemble.

Casey embrasse son mari sur la joue.

– Ça c'est vrai. Maintenant va-t'en avant qu'on ne t'enferme dans ta chambre et qu'on fasse comme si tu avais encore cinq ans, et que tu n'es pas devenue la plus belle femme au monde.

– Papa... je soupire, laissant néanmoins son compliment booster mon ego.

Je risque d'en avoir besoin durant mon voyage.

– L'heure tourne ! s'écrie Jasper en claquant la portière côté passager.

– Ne claque pas la porte de Serenity ! je crie.

Mon ami lève les mains, paumes tournées vers moi en signe de capitulation.

– Allez, file, dit mon papou.

J'avance vers eux et les embrasse tour à tour sur les joues.

– Je vous aime tous les deux plus que le soleil, la lune et les étoiles.

Je tourne ensuite les talons et passe au volant de ma nouvelle voiture.

– Prêt pour une nouvelle vie ? je demande à mon compagnon de route.

Il me tend une paire de lunettes de soleil aviateur aux verres effet miroir et pose une paire assortie sur son nez.

– Bébé, je suis né pour ça.

♦

Ça fait trois heures que nous sommes partis lorsque les questions arrivent enfin. Je les attendais plus tôt, mais Jasper me connaît mieux que personne, mieux même que moi-même, et il m'a laissé du temps. On a écouté de la musique et fait le plein de cochonneries et de carburant. À part chanter toutes les chansons qui passent à la radio, dont il connaît les paroles par cœur, il n'a pas mentionné ce qui nous attend à l'arrivée.

– Evie et Suda Kaye étaient superbes, tu n'as pas trouvé ? demande-t-il en baissant la radio.

Je hoche la tête.

– Enfin, pas aussi belles que toi, mais toi, tu as l'atout irlandais avec ta peau de porcelaine parfaite et tes yeux rieurs. Suda Kaye a plutôt un look exotique, avec sa peau brune et les mêmes yeux qu'Ian. Elle a aussi un beau corps, mais elle a moins de courbes que toi. Tu remportes clairement le gros lot en matière de seins et de fesses. Quant à Evie... bon sang. Elle avait l'air plutôt froide, mais elle a un sacré sens de la mode. Comme une princesse de glace. Mais je crois que c'était juste une façade, dit-il à toute vitesse, ne s'attendant clairement pas à ce que je l'interrompe.

– Elle est tout sauf froide, je déclare en me rappelant l'avoir vue sans son masque, devant la maison, laissant apparaître toute sa peine et sa dévastation.

– Ah ouais ? Comment tu sais ? demande Jasper en se tournant vers moi.

Depuis leur venue, j'ai parlé à mes demi-sœurs deux ou trois fois, des conversations qui n'avaient rien de passionnant ou de sérieux, on a juste appris à se connaître un peu.

– Ben d'abord, au moment où elles partaient, j'ai rattrapé Evie dehors. J'ai vu à son expression que notre rencontre avait remué quelque chose en elle. Quelque chose qu'elle gardait pour elle. Et des deux appels que j'ai passés, j'ai compris que c'est Evie qui tient les rênes. C'est peut-être parce qu'elle est plus âgée, mais j'ai surtout l'impression qu'elle est super-responsable. Elle a fait une carrière brillante sans jamais avoir demandé d'aide à personne. Et elle avait dix-neuf ans quand notre mère et morte, donc c'est elle qui s'est occupée de sa sœur de dix-sept ans. Ça l'a forcément endurcie.

– Est-ce que tu as lu les lettres qu'elles ont apportées ?

– Non.

– Pourquoi pas ? Elles sont de ta mère, non ?

– C'est ce qu'elles ont dit, ouais. Qu'elle leur a écrit une lettre pour chaque anniversaire après sa mort. À nous trois, ça fait une sacrée correspondance.

– Waouh, soupire-t-il en s'étirant avant de poser ses mains sur l'appuie-tête. Ça a dû lui prendre tellement de temps. Dire qu'elle a fait ça alors que son corps était ravagé par le cancer, dit-il en frissonnant. Pourquoi tu n'en as lu aucune ?

– Peut-être parce que je ne me sens pas prête. Ou que j'ai peur de ce qu'elle dit. Après tout, elle n'a pas voulu me connaître. Elle m'a laissée quand j'avais trois mois pour retourner auprès des deux enfants qu'elle considérait comme ses vraies filles.

– Izzy, elle ne serait pas restée une seule seconde si elle n'avait pas voulu t'aimer ni te connaître. Mais elle est restée, elle t'a donné le sein et elle s'est assurée qu'elle te laissait avec une famille heureuse.

– C'est vrai. Elle m'a laissée à deux hommes qui m'ont tout donné. Tout sauf elle.

– Je comprends, tu es en colère, soupire Jasper.

– Je ne sais pas trop ce que je suis, à vrai dire.

– Et si ces lettres t'en disaient davantage ? T'aidaient à comprendre ?

– Mets-toi à ma place ; imagine que tu apprends que ton père biologique n'est pas juste un donneur de sperme. Que tes mères savent qui il est depuis le début, mais qu'elles te le cachent. Pire encore, que ce type ne veut rien savoir de toi...

– Ce n'est pas le cas, justement ? Mon père biologique est le donneur numéro 517. Un bébé dans un flacon, d'une valeur de mille dollars. Mes mères l'ont choisi sur sa seule description : grand, mince, blond, avec des yeux bleus comme mes mères.

C'est vrai : ses deux mères sont blondes aux yeux bleus. Penelope est petite. C'est une photographe qui commence à avoir de la renommée dans le milieu artistique, alors que Josie est grande, c'est une ex-mannequin qui a créé sa marque de vêtements. Ça explique le penchant naturel de Jasper pour l'art et la mode. Ses deux mères sont belles, gentilles et terriblement affectueuses. Les meilleures tantes au monde. Elles n'ont jamais questionné mon amitié avec Jasper, elles ont toujours compris qu'on était âmes sœurs.

– Ce n'est pas pareil, Jas.

– Ben si. Monsieur 517 voulait se faire du fric facilement, et il se fichait que sa semence produise un être humain. Mais c'était quand même un cadeau merveilleux pour mes mères, et je lui suis reconnaissant car, sans lui, je ne serais pas là. Mes mères remercient chaque soir le Ciel que cet homme ait fait ce choix. Et qu'elles l'aient choisi pour m'avoir. De la même façon que Catori a choisi Ian et Casey pour toi. Ce n'est pas pareil, mais c'est la même chose, meuf.

Je soupire longuement en réfléchissant à ce qu'il vient de dire.

– J'ai juste du mal à accepter qu'elle ait eu un enfant et qu'elle lui ait tourné le dos. Comment elle a pu faire ça, puis retourner auprès de ses deux filles et ne jamais leur parler de moi ?

– À mon avis, ça n'a pas dû être facile, au contraire. Il n'empêche qu'elle t'a eue et que, maintenant, te voici. La femme parfaite.

– Tu parles !

– Pour moi, tu l'es, dit-il en souriant avant de reculer dans le siège en daim beige. Si ma bite bandait pour les femmes, je te sauterais dessus, je t'épouserais et je te ferais des bébés dans la foulée.

– Beurk ! Mec, t'es dégoûtant ! je m'exclame en riant. Je t'interdis de parler de ta bite comme ça.

– N'empêche que je t'ai fait rire ! À ton avis, que vont penser Evie et Suda Kaye quand tu vas débouler sans les avoir prévenues ?

– Je ne sais pas. J'ai décidé d'y aller au culot. Elles ont toutes les deux dit qu'elles seraient ravies que je leur rende visite.

– Ouais, mais nous, on déménage là-bas. On va crécher où si tu ne leur as pas dit qu'on venait ?

– Dans un hôtel, je réponds en haussant les épaules. Je suis sûre qu'il y en a plein ; ça fera l'affaire jusqu'à ce qu'on se trouve un appart.

– Heureusement que mes mères m'ont donné l'héritage de ma grand-mère il y a un an. Donc, je participe aux frais d'hébergement.

– Jasper, cet argent est censé être pour toi, pas pour ma grande aventure. Et ce voyage est payé par le fonds Adam Ross, de toute façon.

– Il t'a laissé tant d'argent que ça ?

– Ça a payé mes études, les tiennes et le prêt immobilier de mes parents, même s'il ne leur restait plus que six ans à rembourser, donc ce n'était pas grand-chose. Il n'empêche que le comptable que j'ai embauché pour s'en occuper m'a dit qu'il me reste plus d'un million de dollars en placements.

– Quoi ? Tu es millionnaire ? s'écrie-t-il, bouche bée, tout comme je l'étais lorsque le comptable me l'a annoncé.

– Ouais, mais ni par choix ni grâce à mon travail, je soupire, écrasée par le poids de cet argent, en plus de tout le reste.

– Eh ben, Mamie m'a laissé une belle somme, donc je suis tranquille pendant un bon moment. Je veux participer.

– Si tu le dis, je réponds en mettant mon clignotant pour m'arrêter à la prochaine aire d'autoroute. Tu as faim ?

– Grave, je meurs de faim, dit-il en avalant une poignée entière de Maltesers.

Ce type est maigre comme un clou avec des abdos en béton, et il mange comme un hippopotame. Apparemment, c'est à cause de son hyperthyroïdie. Il a été maigre toute sa vie et risque de l'être pour toujours. Enfoiré. Je ne dirais pas que je suis rondelette, mais j'aime manger. Et surtout, j'aime les sucreries, ce qui explique mes courbes généreuses, même si ça ne m'empêche pas de faire mon shopping dans les magasins normaux. C'est juste que je prends du L, contrairement à mon pote qui met du XS. Toutefois, je suis parfaitement bien dans ma peau. Mes parents m'ont appris à aimer le corps que l'on m'a donné, quelle que soit sa taille et quelles que soient les marques de vieillesse qui apparaîtront au fil du temps.

D'ailleurs, on a rarement vu des chefs pâtissiers qui soient minces.

Je me gare devant un petit café dont l'ardoise annonce des sandwichs, des soupes et des desserts.

– Parfait. Je rêve d'un cappuccino, dit Jasper en sortant de la voiture, claquant la portière derrière lui.

– Arrête de claquer les portes de Serenity ! Elle n'aime pas ça !

– Désolé, je suis désolé ! Mais j'oublie qu'on n'est pas dans ta vieille voiture. Tu te souviens, il fallait un miracle pour réussir à fermer les portières.

– Ouais, ben, une petite brise suffit à fermer celles-ci, donc sois gentil, je gronde en ouvrant la porte du café pour le laisser entrer.

Il y entre d'un pas léger, comme une star, vêtu d'un jean skinny turquoise rentré dans des bottines noires avec des fermetures sur le côté, et une tunique blanche, ample et légère, qui fait ressortir sa peau bronzée. C'est un mélange de « désert chic » et de « groupie rock des années 80 ». Rien de tout ça ne devrait s'accorder mais, sur lui, c'est sublime.

Côté vestimentaire, je suis plutôt simple, surtout à côté de Jasper. J'ai un jean bootleg bleu, un débardeur jaune, des sandales en cuir, une montre Apple qui compte mes pas et un gros bracelet en argent avec une turquoise au milieu, que mes parents m'ont donné quand j'avais seize ans. Je mets parfois des boucles d'oreilles pendantes, mais pas souvent, car elles se prennent toujours dans mes cheveux. J'aime faire simple. Mes cheveux sont auburn et mes boucles indomptables, un peu comme celles de Julia Roberts dans *Pretty Woman*. Cela dit, on me dit sans cesse que je suis la copie conforme de Drew Barrymore dans *Charlie's Angels*. Mon père biologique, Casey, est hyper-fier de ça et il gonfle de fierté chaque fois que quelqu'un me compare à la jeune actrice. En même temps, elle est super-jolie et je dois reconnaître que je lui ressemble beaucoup. Au moins, maintenant, je comprends d'où je tiens mes cheveux. Evie et Suda Kaye avaient toutes les deux un volume impressionnant avec des mèches naturellement ondulées, ça doit venir de notre mère.

J'emboîte le pas à Jasper et on étudie les sandwichs, même si on abandonne dès qu'on repère la vitrine des pâtisseries. On choisit tous les deux notre dessert avant notre repas.

Après tout, qu'est la vie sans un peu de gourmandise ?

CHAPITRE 4

– Cap de l'ouvrir ? lance Jasper en agitant l'enveloppe rose devant moi.

Je la dégage d'un revers de main, puis je saisis mon verre de rhum-Coca sur la table de nuit de notre chambre d'hôtel.

J'en bois une énorme gorgée et m'adosse à la tête de lit pendant que Jasper retourne l'enveloppe plusieurs fois en fronçant les sourcils.

– Il y a écrit « Isabeau 18 » dessus. Ça doit être la première lettre qu'elle t'a écrite puisque les numéros se suivent, après ça, dit-il en feuilletant la correspondance de ma mère.

– Mouais, Evie et Suda Kaye me l'ont dit.

– Est-ce qu'elles ont enfreint les règles et les ont toutes ouvertes d'un coup ? demande-t-il d'un air malicieux. On peut faire ça, si tu veux.

– Non, elles m'ont dit que c'était un honneur d'en lire une le jour de leur anniversaire. Qu'elles ont hâte de le faire chaque année. Tu sais qu'Evie et Suda Kaye ont le même anniversaire, à deux ans d'écart ?

Jasper saute sur place, agenouillé sur mon lit.

– Si j'étais né cinq minutes plus tard, on aurait le même anniversaire, nous aussi ! râle-t-il en grimaçant.

Ça a toujours agacé mon meilleur ami qu'on soit nés à cinq minutes d'écart.

– Au moins, tu seras toujours plus vieux que moi, je me moque.

– De cinq minutes seulement ! répond-il en s'étirant.

– Tu veux dire d'un jour entier ! je dis en lui tirant la langue.

– Bon, dit-il en reprenant la première enveloppe. On a bu comme tu le voulais. Maintenant, est-ce que tu comptes ouvrir cette fichue lettre ? Je crève d'impatience !

– Tu n'as qu'à l'ouvrir si tu es excité à ce point, je réponds en poussant son genou avec mon pied.

Il se redresse et écarquille les yeux.

– Tu es sûre de toi, cocotte ? Parce qu'une fois que je serai lancé, tu ne pourras plus me retenir.

Je me mets à rire devant l'énergie de Jasper. Or, quand il est pompette comme maintenant, elle est multipliée par mille et il se transforme en une sorte de chiot câlin, joyeux, attentionné et hyperactif.

– Vas-y, lis-la-moi, je déclare en appuyant ma tête contre le mur et en fermant les yeux.

Je l'entends ouvrir l'enveloppe et déplier la lettre. Je n'ose pas ouvrir les yeux, de peur qu'il y voie toute la peur et l'angoisse que je m'efforce de cacher.

– Kah... sa... rai... bo, dit-il en épelant ce mot inconnu avant de le répéter. Kasaraibo.

J'ouvre les yeux et le vois froncer les sourcils.

– Ça veut dire quoi ? je demande.

– Aucune idée, admet-il. C'est l'en-tête, comme si c'était un nom.

– Hmmm. Ok, continue.

Jasper se racle la gorge et se concentre sur la feuille. Je referme les yeux, faisant mine de me ficher de ce que ma mère a voulu me dire dans sa toute première lettre. Je fais comme si mon estomac ne se nouait pas méchamment, faisant tourbillonner le rhum et le Coca dans mon ventre, comme si mon cœur ne battait pas dans mes tempes. Comme si je n'étais pas morte de trouille de découvrir ce qu'elle a voulu me dire.

Ma mère.

Kasaraibo,

Je suis désolée.

Si tu lis cette lettre, tu dois être sous le choc d'apprendre mon existence.

– Ah, ça, tu l'as dit ! ricane Jasper.

– Eh, épargne-moi tes commentaires, je gronde. Lis-la d'un trait, sans t'arrêter.

Il agite les mains et prend une profonde inspiration.

– Ok, je suis prêt, dit-il comme s'il s'apprêtait à passer une audition.

– Super, maintenant lis-la. Reprends au début. S'il te plaît et merci, j'ajoute en lui faisant un clin d'œil.

Kasaraibo,

Je suis désolée.

Si tu lis cette lettre, tu dois être sous le choc d'apprendre mon existence. J'ai fait de mon mieux pour te garder secrète pendant tout ce temps, comme un trésor qui ne devait pas rester longtemps entre mes mains.

Car tu es un cadeau, Isabeau. Un don de Dieu.

Un objet précieux qui n'était jamais censé être mien.

Je suis désolée si cette vérité te blesse. Cela me ravage depuis le jour où je t'ai laissée, toute chaude et toute mignonne, blottie dans ton berceau.

Tu étais destinée à Ian et Casey. J'aimais profondément un de ces deux hommes et j'ai appris à aimer l'autre par le biais d'Ian, puis par ta conception et ta venue au monde. Tes pères te voulaient plus que tout, et j'ai été honorée de pouvoir leur faire ce cadeau.

Je suis sûre que tes pères t'ont expliqué notre histoire, à présent, et comment Evie, Suda Kaye et toi avez vu le jour.

Crois-tu aux rêves et au destin, ma Kasaraibo ? Cela t'aidera à comprendre que tu étais désirée et que tu es arrivée dans ce monde grâce à l'amour et à l'espoir.

L'amour de tes pères. Le mien. Celui de Dieu.

Tu es ici, parce que tu étais destinée à l'être.

Malgré tout ce que tu peux penser de moi et de mon court séjour dans ta vie, sache que tu étais désirée, aimée et espérée.

Seulement, tu n'étais pas mienne. C'est la triste vérité et, plusieurs années plus tard, au moment où j'écris cette lettre, j'ai toujours du mal à l'accepter.

Mon destin était de te donner la vie. De donner la vie à Evie et Suda Kaye.

J'ai été prévenue dès le plus jeune âge que je ne resterais pas longtemps sur cette terre. Ma mère est décédée peu de temps après la naissance d'Evie, et la même maladie qui a emporté ma mère me prendrait aussi. C'était mon chemin ; c'était écrit dans les astres.

Lorsque j'ai rêvé que je donnerais naissance à un ange aux cheveux de feu, après avoir parlé à Ian, j'ai su ce qu'il me fallait faire. Mais, ce faisant, je laisserais derrière moi un autre enfant endeuillé. La maladie avait déjà commencé à prendre possession de moi. Je n'aurais jamais osé priver un autre enfant de sa mère. Or, tu avais deux parents dévoués et aimants. C'est là que j'ai décidé qu'une fois que je partirais, tu ne me connaîtrais pas. En faisant cela, je savais que je te privais de tes sœurs, mais je pensais vraiment que c'était ce qu'il y avait de mieux pour nous tous.

À présent, je n'en suis plus si sûre. Néanmoins, je t'écris cette lettre dans l'espoir que tu n'auras jamais à la lire. Que tu ne sauras jamais combien je t'ai aimée et combien tu m'as manqué, chaque jour. Que tu ne sauras pas que je regardais mes bras vides, regrettant qu'ils ne renferment pas ma sublime Isabeau.

Je me suis affaiblie d'année en année et, voyant mes filles en souffrir, j'ai su que j'avais pris la bonne décision. Je veillais sur toi autant que je l'osais, séjournant dans une maison que mon mari Adam nous avait achetée, à Chicago. Je te regardais jouer dans la cour de l'école et dans le parc avec tes parents, et mon rêve devenait réalité. Tu étais solaire et pétillante : l'incarnation d'une enfant heureuse.

Heureuse. Ma petite Isabeau était heureuse. C'est tout ce dont j'avais besoin pour remplir le vide que ton absence avait creusé dans mon âme.

J'ai encore beaucoup à expliquer, mais je manque de temps. Pour l'instant, ma très chère Isabeau, sache que toi, Evie et Suda Kaye êtes mon héritage. Vous êtes la beauté que je laisse derrière moi.

Mon monde est plus beau grâce à vous.

Avec tout mon amour et ma tristesse,

Catori

Les larmes coulent sur mes joues, je n'ai pas le temps de les essuyer avant qu'elles n'atterrissent sur mon tee-shirt.

– Oh, Izzy, renifle Jasper en posant la lettre et en rampant jusqu'à moi.

Il m'attire dans ses bras et je me blottis contre son torse en fondant en larmes. Je pleure pour une femme que je regrette désormais de ne pas avoir connue. Je pleure pour le temps que je n'aurai jamais avec elle. Je pleure pour une femme qui a pris une décision difficile qui, si ce n'était peut-être pas la bonne, a le mérite d'avoir été honnête.

Catori Ross m'a donné la vie en sachant qu'elle allait mourir. Elle a payé le prix fort, donnant naissance à un enfant qu'elle a dû abandonner.

– Elle t'aimait, Izzy. Elle t'aimait tellement... dit Jasper.

– Apparemment, oui. D'après la lettre, en tout cas, je réponds en hochant la tête.

– Ma belle, cette lettre était un moyen pour elle de libérer sa souffrance. De s'en débarrasser en espérant trouver un moyen pour que tu ne la détestes pas.

– Je ne la déteste pas... Comment je pourrais la détester ?

– Alors, tu ressens quoi ? demande-t-il en appuyant son menton sur mon crâne.

– Je me sens désespérée. Triste. J'ai le cœur brisé. Même sans la connaître longtemps, j'aurais voulu ce temps avec elle. Je l'aurais chérie, j'en aurais des souvenirs. Elle m'a privée de cette décision, moi, et nous tous. Certes, elle l'a fait pour ne pas faire du mal à ses trois filles, mais en fin de compte, ne pas avoir ma mère dans ma vie était pire. Ne pas savoir qui elle était ni pouvoir me rappeler son visage. Ne pas connaître sa voix. Je ne l'ai pas vue danser et je n'ai pas entendu les récits de ses voyages, comme mes deux sœurs. Et c'est le pire : j'ai été privée de mes deux sœurs. Elle me les a cachées. Sa décision de disparaître de ma vie, pour me protéger, nous protéger... c'est ce qui fait le plus mal.

Jasper m'embrasse sur la tête.

– J'aurais aimé la connaître, je dis contre son torse.

– À la fin de ce voyage, je pense que tu la connaîtras. C'est pour ça qu'on est là. Pour en savoir plus sur ta mère et pour apprendre à connaître tes sœurs. Peut-être même qu'on construira notre propre vie près d'elles. Tu sais, même après t'avoir lu sa lettre, je suis sûr qu'elle nous regarde et qu'elle s'en veut de ne pas avoir fait autrement. Il n'empêche que c'était sa décision, son choix, Izzy. Comme une adoption fermée. Elle t'a donnée à ton père biologique et à son mari, dans une sublime maison, avec deux personnes qui seraient là pour toi pour toujours. Elle savait qu'elle ne pourrait pas t'accompagner toute ta vie, et elle devait déjà affronter cette réalité avec Evie et Suda Kaye. Je comprends qu'elle n'ait pas supporté d'en faire de même avec un troisième enfant, plus jeune. Surtout si elle pouvait l'éviter.

Je réfléchis aux paroles de Jasper et à leur logique. Il n'a pas tort, mais il n'empêche que ça me fait terriblement mal. Je fonds de nouveau en sanglots, pleurant pour tout ce que j'ai perdu.

Faisant le deuil de cette mère que je n'ai pas connue.

Des sœurs qui m'ont manqué quand j'étais enfant.

De la famille au complet que je ne connaîtrai jamais.

Mon meilleur ami me tient dans ses bras jusqu'à ce que je m'endorme en pleurant.

♦

– *Slow ride... easy...* chante Jasper en jouant de la batterie imaginaire sur le tableau de bord de mon nouveau bébé. *Take it easy !* hurle-t-il en même temps que le chanteur de Foghat.

Je souris et me concentre sur la route. Après notre soirée rhum-Coca et larmes, on a fait une grasse mat et on a déjeuné avant de reprendre la route.

Il est presque vingt et une heures à présent, et nous venons de passer le panneau « Colorado Springs ». J'éteins la radio et donne mon téléphone à Jasper.

– Tu peux trouver Evie Ross dans mes contacts et l'appeler, s'il te plaît ?

Il obéit sans me poser de questions, tout en remuant sur son siège. La chanson est vraiment géniale et je parie qu'il l'entend encore dans sa tête.

Le téléphone sonne. Je ne sais pas si je préfère qu'Evie réponde ou non. Quoi qu'il en soit, il faut que je me lance.

– Allô, Isabeau ? dit Evie dans les haut-parleurs de la voiture.

– Salut, Evie. Ouais, c'est Izzy.

– Je suis contente que tu appelles. Comment tu vas ? demande-t-elle d'un ton poli et direct.

– Eh, ben, bien. En fait, euh... mon meilleur ami et moi sommes dans le coin et... je sais qu'il est tard, mais...

– Vous êtes dans le coin ? Tu veux dire dans le Colorado ?

– Ouais, en fait on vient de passer le panneau Colorado Springs.

– Mon Dieu ! Venez tout de suite chez nous ! Vous dormez où ? Pourquoi vous êtes là ? demande-t-elle à toute vitesse.

– Euh... ben... c'est une longue histoire. Mais on pensait s'arrêter dans un hôtel, ne t'en fais pas...

– C'est hors de question ! Vous allez dormir chez Milo et moi. Suda Kaye va être folle de joie quand elle va apprendre que tu es là.

– Écoute, je sais que c'est imprévu, alors on peut aller à l'hôtel et vous retrouver demain, si tu as le temps. Ou pas, si tu dois travailler ou que tu as prévu quelque chose...

– Demain c'est samedi, donc je ne bosse pas. Je n'en reviens pas que tu sois là ! Venez tout de suite à la maison, insiste-t-elle. Je te donne l'adresse, comme ça, tu peux la rentrer dans le GPS.

Jasper tape l'adresse dans le GPS de son téléphone, parce que je n'ai pas encore appris à me servir de celui de Serenity.

– Ça dit qu'on sera là dans quinze minutes, annonce Jasper.

– Super, alors à tout de suite ! s'exclame-t-elle avant de raccrocher.

– Waouh, je ne m'attendais pas à ça, je dis en me mordant la lèvre inférieure.

– Apparemment, pas d'hôtel ce soir. Tu crois qu'elle habite où ? demande Jasper en regardant par la vitre, alors qu'on ne voit rien dans la nuit.

– Elle m'a dit qu'elle habitait dans un coin perdu, près d'un lac et d'une montagne, à l'extérieur de la ville. Elle dit que son fiancé et elle aiment la nature.

Je ne sais pas trop ce que ça veut dire, mais j'imagine que l'endroit doit être beau.

Jasper recule sur son siège, les yeux rivés sur son téléphone.

– Prends la prochaine sortie, dit-il en désignant un panneau du doigt.

Je suis les instructions de Jasper à la lettre et on finit par rouler sur un chemin sinueux, pendant un peu moins d'un kilomètre, qui débouche sur le plus beau chalet que j'aie jamais vu. Non pas que j'en aie vu beaucoup, à Chicago, mais je suis souvent allée à la montagne avec mes amis. Or, rien n'aurait pu me préparer à tant de beauté.

À gauche de l'énorme maison en bois s'étend un lac, au pied d'une montagne, et il y a des pins à perte de vue.

La maison s'élève sur deux étages, entourée par une véranda avec une rambarde en bois. Tout est en bois. Mais ce n'est pas ce qu'il y a de plus époustouflant.

Non, ce qui nous hypnotise, c'est l'immense Amérindien aux cheveux longs volant dans le vent. Il se tient en haut des marches du perron, ses énormes bras croisés l'un sur l'autre. Intimidant, sombre, dangereux et méga canon. S'il n'était pas vêtu d'un jean et d'un tee-shirt, je l'aurais facilement pris pour un guerrier sur le point de bondir sur son cheval pour nous chasser de sa terre. Toutefois, son visage se transforme lorsqu'il sourit. Un sourire étincelant, chaud et accueillant, qui s'étire encore plus lorsque la grande blonde arrive et se blottit contre lui.

– Nom d'un beau gosse. C'est qui le demi-dieu ? s'exclame Jasper.

Je souris et coupe le moteur de la voiture.

– J'imagine que c'est Milo Chavis. Le fiancé d'Evie.

– Waouh, elle a remporté le jackpot, répond mon meilleur ami en bavant devant le bel homme.

Je ricane en ouvrant la portière, puis je fais le tour de la voiture tandis qu'Evie lâche Milo pour dévaler les marches et se jeter dans mes bras.

– Je suis tellement contente que tu sois ici, dans le Colorado, chez moi.

Elle recule et pose ses mains sur mes épaules.

– Tu es vraiment sublime.

– C'est toi qui dis ça ? La meuf la plus canon que j'aie jamais vue ? je réponds en souriant.

– Elle dit vrai, Nizhoni, dit Milo avec un sourire en coin.

En deux immenses enjambées, il nous a rejoints et me tend la main.

– Milo Chavis, ton futur beau-frère.

– Isabeau Collins, mais mes amis m'appellent Izzy, je réponds alors que Jasper vient à mes côtés. Et voici mon meilleur ami, Jasper Prince.

– Prince, répète Milo.

– Je sais, c'est pas génial ? répond Jasper en serrant la main de Milo avant de prendre Evie dans ses bras. La sœur de mon Izzy. C'est trop cool ! s'exclame-t-il en l'embrassant sur la joue. Maintenant, montrez-nous votre superbe maison. Vous avez votre propre lac ! Personne n'a son propre lac, si ? C'est dingue !

Milo et Evie gloussent et Jasper nous contourne, gravit les marches sans y avoir été invité et file à gauche de la maison, sans doute pour avoir une meilleure vue sur le lac. Jasper a toujours adoré l'eau qui l'attire comme un aimant.

– Je suis désolée de débarquer sans prévenir. Vous n'êtes vraiment pas obligés de nous héberger, vous savez.

– La famille d'Evie est toujours la bienvenue chez nous. On est honorés de vous accueillir, dit Milo d'une voix grave.

Je soupire, soulagée, mais mon dos se voûte, endolori après deux jours de route.

– Vous devez être fatigués. Venez, on va vous servir à boire et vous montrer vos chambres.

– Nos chambres ? Vous voulez dire qu'on n'est pas obligés de partager ? s'émerveille Jasper.

– C'est un sacré caractère, celui-là, dit Evie en souriant.

– Absolument. Mais c'est surtout le seul frère que j'ai eu… je commence avant de réaliser ce que je viens de dire.

Evie ferme la bouche et elle semble soudain profondément triste.

– Je suis désolée, je ne voulais pas être blessante. C'est juste qu'avoir des sœurs est nouveau pour moi et…

– Détends-toi, ce n'est rien, répond-elle en posant une main sur mon épaule. Jasper est ta famille. Je comprends. J'espère juste qu'on arrivera à tisser un lien durant ton séjour ici.

– Carrément, j'acquiesce en hochant la tête.

– Notre séjour ? ricane Jasper en se précipitant de l'autre côté du porche pour admirer la vue sur la forêt.

– Vous restez combien de temps ? demande Evie tandis que nous montons les marches et que Milo nous ouvre la porte.

– Honnêtement, on ne sait pas, je réponds en haussant les épaules.

Milo nous fait signe d'entrer et referme la porte derrière nous. La pièce est immense, avec un mur de baies vitrées d'un côté, donnant sur le lac et la montagne, et une immense cheminée dans laquelle un feu crépite et réchauffe la pièce.

– Waouh, je chuchote en regardant autour de moi.

Le canapé en U est parfait pour s'y blottir, avec ses plaids duveteux et ses coussins partout. Dans le coin opposé, je vois une table, idéale pour de grands dîners de Thanksgiving, et j'imagine une famille nombreuse se passer les plats, d'un bout à l'autre de la table.

Je peux pratiquement voir et sentir la dinde farcie, et c'est justement à ce moment-là que mon estomac grogne bruyamment.

– Il semblerait que quelqu'un a faim. Je vous prépare à manger, ainsi qu'un dessert pour ma chérie, dit Milo.

Sa voix est à la fois grave et pleine de tendresse, l'équilibre parfait entre viril et charmant.

– Oh non, on a déjà mangé, je réponds en fronçant les sourcils, essayant de me souvenir de mon dernier repas.

– On a mangé à midi, meuf. Il est vingt et une heures trente. Et puis, un plat préparé par ce dieu amérindien me fait déjà saliver, dit Jasper en me bousculant légèrement. Ne gâche pas mon plaisir, tu veux ? Oh, je me demande s'ils ont du *fry bread*[2], s'exclame-t-il en tapant dans ses mains.

---

2. Galette de pain frit, moelleuse à l'intérieur et dorée sur le dessus.

– Tu ne devrais pas être déçu, répond Evie. On a mangé un goulash avec du pain frit, ce soir, donc j'imagine que c'est ça qu'il va réchauffer.

– Miam, soupire Jasper en allant dans la cuisine.

Evie saisit alors mon poignet, m'empêchant de suivre mon ami.

– Tu as dit que tu ne savais pas combien de temps vous alliez rester ici ; est-ce que tout va bien à la maison ?

– Oui, je réponds en souriant. C'est juste que... il y a tout ce nouveau monde que je ne connais pas. Une famille dont j'ignorais l'existence, des sœurs dont je ne sais rien et... Jasper et moi avons fini nos études et on allait chercher du boulot à Chicago. Mais après vous avoir rencontrées et avoir reçu l'énorme héritage de la part de ton père, je ne sais pas... J'ai eu le sentiment qu'il fallait que je vienne ici, pour passer du temps avec vous et apprendre à vous connaître, toi, Suda Kaye, Milo et Camden, et les autres personnes qui comptent dans vos vies.

– Ben, Toko, ça c'est clair, dit-elle comme si c'était évident.

– Toko ?

Elle écarquille les yeux et pose sa main sur sa poitrine en déglutissant.

– Oh, je n'avais pas réalisé qu'on ne t'avait jamais parlé de Toko.

– Ça veut dire quoi ? C'est qui ? je demande en fronçant les sourcils.

– Toko veut dire grand-père en comanche. Son vrai nom est Tahsuda, et c'est ton grand-père maternel.

Je suis soudain bouche bée et mes mains tremblent si fort que je serre les points, réalisant toute l'ampleur de ce qu'Evie vient de m'apprendre.

– J'ai un grand-parent ? je chuchote d'une voix émue.

– Oui, et il va être fou de joie de te rencontrer. Même si ça ne se verra peut-être pas, puisque les anciens de la tribu comanche, comme lui, ne sont pas des plus expressifs, explique Evie en me prenant par les épaules pour m'emmener dans la cuisine.

Jasper est installé sur un tabouret de bar, il discute avec Milo tandis que ce dernier se déplace dans la cuisine avec une grâce impressionnante.

– Jas... je dis d'une voix encore fébrile.

Il se tourne vers moi et hausse un sourcil avant de prendre un air inquiet.

– J'ai un grand-père. Il s'appelle Tahsuda.

Il écarquille les yeux et ouvre grand la bouche.

– Nom d'un chien ! C'est énorme !

Je hoche la tête mais ne réponds rien, notant la joie évidente de mon ami.

– Tu as un papi ? C'est trop cool ! Bon sang, ce déménagement dans le Colorado s'annonce de mieux en mieux. J'ai hâte de rencontrer mon nouveau papi, dit-il en remuant sur son tabouret. J'espère qu'il n'a rien contre les petits-enfants pseudo-adoptifs.

– Ce déménagement ? s'écrie Evie en posant ses mains à plat sur le plan de travail, crispée des pieds à la tête. C'est bien ce que tu viens de dire ?

– Euh, on... ben ouais. Peut-être. Enfin, on pense, oui. On n'a pas vraiment fixé quoi que ce soit de définitif.

– Tu déménages dans le Colorado ? dit-elle d'un ton solennel et plein d'espoir. Je vais avoir mes deux sœurs près de moi, au même endroit.

Des larmes coulent sur ses joues et elle sourit jusqu'aux oreilles. Waouh. Cette femme est belle en temps normal, mais quand elle sourit comme ça, elle est juste époustouflante.

– Oui, on pense peut-être rester. S'installer ici pour de bon, j'admets enfin.

– Adinidiin, chuchote Milo en venant derrière Evie pour la prendre dans ses bras, nichant son visage dans le creux de son cou.

Quelque chose d'invisible et d'indescriptible se produit entre les amoureux et Evie ferme les yeux.

– Tu as entendu ce qu'elle a dit ? dit-elle d'une voix chargée d'émotion. Ma sœur va rester.

– J'ai entendu, oui, et j'en suis ravi, répond-il.

– Moi aussi, admet-elle en reniflant avant d'essuyer une larme.

Jasper et moi nous regardons, il me fait un signe m'indiquant que je devrais dire quelque chose. À l'évidence, c'est important pour Evie, mais je me vois mal empiéter sur un moment si intime.

– Bon, ça suffit, déclare alors Evie en essuyant ses larmes.

Elle prend le visage de son fiancé dans ses mains et l'embrasse brièvement sur la bouche avant de reculer.

– Il est temps de fêter ça. Ma sœur Isabeau est à la maison. Maintenant, on peut tous commencer à guérir.

Je souris, mais ses paroles ne passent pas inaperçues. « *On peut tous commencer à guérir.* » Comme si elle et Suda Kaye devaient affronter autant de doutes et de tourmente que moi.

Milo me fait un clin d'œil, puis il nous tend à chacun un bol de goulash fumant, accompagné d'une montagne de pain frit. Il pose ensuite deux verres de vin rouge devant nous avant de servir Evie et lui. Il lève son verre et nous l'imitons.

– À l'amour, à l'amitié et à la famille, déclare-t-il.

Je n'aurais pas pu mieux dire.

CHAPITRE 5

Jasper et moi gravissons les marches du perron sur la pointe des pieds, les bras chargés de courses, essayant de ne pas faire de bruit. Il n'est que six heures et demie du matin, mais notre horloge biologique est encore à l'heure de Chicago et a une heure d'avance. Nous avons dormi comme des loirs après le délicieux goulash et le pain frit de Milo accompagnés de nombreux verres de vin rouge. Ma première soirée avec ma sœur a été super et s'est déroulée exactement comme je l'avais espéré. Donc, quand j'ai ouvert les yeux à cinq heures, ce matin, je suis allée réveiller Jasper dans sa chambre, qui était aussi enthousiaste que moi à l'idée de préparer un petit déjeuner pour remercier nos hôtes de leur accueil.

– J'espère que ça ne les dérangera pas qu'on ait laissé la porte du chalet ouverte, dit Jasper en l'ouvrant sans faire de bruit.

Nous posons nos sacs et nous mettons tout de suite au travail, pour cuisiner des pâtes à choux maison fourrées à la gelée de fruits et une quiche au jambon, aux asperges et au cheddar pour un apport en protéines.

Une heure plus tard, la quiche est au four et je prépare un yaourt pour accompagner les pâtes à choux et les fruits coupés. Jasper est occupé à frire de la pancetta pour apporter un peu de croquant à la quiche lorsqu'elle sera cuite.

– Qu'est-ce qui se passe, ici ? demande Evie, vêtue d'un long peignoir en satin bordeaux qui lui arrive aux chevilles.

Ses orteils sont peints de la même couleur et ses cheveux relevés en un chignon fouillis qui dégage son beau visage.

Milo arrive derrière elle et la prend aussitôt par la taille. Ses cheveux sont noués en une longue tresse qui descend dans son dos, et il porte un pantalon de pyjama bleu marine ainsi qu'un tee-shirt blanc qui moule son torse parfait.

Ma sœur a vraiment de la chance d'être avec un mec aussi hot. Il est musclé, immense, et son visage est sublime. J'espère bien avoir des nièces et des neveux, un jour, qui hériteront de leurs gènes superbes.

– On prépare le petit dej ! je réponds en leur faisant un signe de la main.

Jasper sort la quiche du four et la pose sur la gazinière.

– On veut vous remercier de ne pas nous avoir jetés dehors hier soir, ajoute-il en souriant.

– Ça sent divinement bon, j'en ai déjà l'eau à la bouche, dit Evie en écarquillant les yeux lorsque j'ajoute une cuillerée de yaourt à chacune des quatre assiettes.

– Le café est prêt, déclare Jasper avant de découper des triangles parfaits dans la quiche fumante.

– Je pourrais facilement m'habituer à tout ça, Isabeau, dit Milo en venant derrière moi pour admirer les assiettes et m'embrasser brièvement sur la joue. Merci.

Evie sourit et s'assoit sur le tabouret devant moi.

– Vous voulez manger à table ? demande-t-elle.

– Non, ici c'est bien, comme ça, vous pourrez facilement vous resservir, je réponds.

– Bonne idée.

Elle appuie son visage sur ses mains et nous regarde terminer le dressage des assiettes.

– Ça a l'air délicieux, déclare-t-elle quand je pose une assiette devant elle. J'ai mangé au *Four Seasons*, et je peux vous dire que vos assiettes l'emportent haut la main.

– Ta sœur et ton nouveau frère adoptif sont pâtissiers d'abord, chefs ensuite, je réponds.

– Enfin, techniquement on a commencé par la cuisine, dit Jasper. Mais on est tous les deux un peu fous et on a décidé d'enchaîner avec la pâtisserie, ce qui a ajouté deux années à nos études et nous a permis de voyager.

– Et vous préférez quoi ? demande Milo en s'asseyant à côté d'Evie.

Je pose une assiette garnie plus généreusement devant lui car, avec la taille qu'il fait, j'imagine qu'il doit avoir un appétit énorme.

– On aime tous les deux cuisiner, mais on excelle vraiment en matière de desserts. Je suis un génie des bonbons, des pâtisseries et des donuts. Quant à Jasper, c'est le roi des gâteaux, des muffins, du pain, et il est hyper-doué pour inventer de nouvelles recettes.

Jasper croise un bras sur son ventre et s'incline.

– Merci, ma chère. Ce compliment me va parfaitement.

Nous éclatons de rire et nous mettons à manger, Jasper et moi debout face au couple. Ce que je préfère, dans la cuisine, ce n'est pas seulement l'accord des saveurs, les textures ni même les possibilités infinies ; c'est de voir les gens manger ce que j'ai préparé. J'aime savoir que mes petites mains ont fabriqué quelque chose qui apporte du bonheur aux gens.

– Jasper, ta quiche est délicieuse. La pancetta par-dessus est vraiment divine, dit Evie avant d'en avaler une autre bouchée.

Milo trempe sa chouquette revisitée dans le yaourt et en prend une énorme bouchée avant de se lécher les lèvres.

– Tu es très douée. Je n'ai jamais mangé de meilleure pâtisserie. Est-ce que vous avez envisagé d'ouvrir une boutique ?

Jasper et moi nous regardons avant d'éclater de rire.

– Chaque jour depuis qu'on a cinq ans, oui ! je m'exclame.

– C'est notre rêve d'avoir un jour notre propre pâtisserie. Une boutique qui proposerait des viennoiseries et des pâtisseries, mais aussi des tiramisus, des bonbons faits maison, des gâteaux, des cookies, des cupcakes, etc.

– Vous y avez réfléchi ? demande Evie.

Je finis ma pâte à choux à la confiture de fraise avant de répondre.

– Oui. Avant tout ça, on avait pour projet de trouver des postes de chefs pâtissiers, à Chicago, pour gagner en expérience et surtout en apprendre davantage sur l'aspect business du métier, puis d'ouvrir notre propre boutique.

Evie penche la tête sur le côté et pique un morceau de fruit avec sa fourchette.

– Eh ben, étant conseillère financière et comme je sais ce que t'a légué mon père étant donné que Suda Kaye et moi avons reçu la même chose, ton rêve pourrait se réaliser immédiatement, tu sais.

– Comment ça ?

– Evie, tu recommences avec une autre sœur... gronde Milo avec un petit sourire en coin.

– De quoi tu parles ? je demande, confuse.

Evie ignore ma question et tourne aussitôt la tête vers Milo.

– C'est faux ! Je pense seulement à Isabeau. Et si elle veut ouvrir sa boutique, elle a désormais le capital pour le faire. Et on est tous les deux parfaitement capables de l'aider à prendre les bonnes décisions pour son avenir.

– Et par la même occasion, tu serais sûre d'avoir ta sœur près de toi, où tu pourrais la surveiller et savoir qu'elle est heureuse et en bonne santé, parce qu'elle ne serait qu'à quelques minutes de chez toi, n'est-ce pas ? insiste Milo.

Evie le fusille du regard et croise les bras.

– Et en quoi c'est une mauvaise chose ?

– Je ne dis pas que c'en est une, Nizhoni, mais c'est peut-être un peu égoïste.

Je regarde la scène, fascinée. Evie rougit légèrement.

– Vouloir que ma sœur ait la vie dont elle rêve n'est pas égoïste, rétorque-t-elle sèchement.

– Ça veut dire quoi, Nizhoni ? demande Jasper, rompant la tension entre les deux amoureux.

Cela a l'effet escompté, car Evie se détend immédiatement.

– Ça veut dire « merveille » en navajo, répond-elle en lançant à Milo un regard agacé, alors que celui-ci sourit.

– Oh, c'est trop mignon ! je murmure. Tu crois que tu pourrais m'en dire davantage sur ce qu'il faudrait qu'on fasse pour ouvrir une boutique ? je demande, ramenant la conversation à mon projet.

Après tout, si Evie pense que j'ai assez d'argent à présent, pourquoi pas ? Je ne sais pas trop quoi faire de ma vie et Jasper a pris un gros risque en me suivant dans le Colorado, laissant tomber ses propres projets. Si on veut vraiment s'installer ici, quel meilleur moyen de le faire qu'en ouvrant notre propre boutique ? La seule chose qui nous en empêche, à présent, c'est la peur.

– Eh bien, Milo et moi pouvons vous aider pour le côté financier ; mais le gourou des start-up, c'est Camden. C'est comme ça que lui et Suda Kaye se sont retrouvés. Il gère une fondation qui propose aux petites entreprises une assistance financière et du mentoring. Je suis sûre qu'il serait ravi de discuter avec vous de vos idées, une fois que Jasper et toi aurez élaboré un projet plus précis.

– Ce serait tellement cool ! s'écrie Jasper en sautillant dans ses Converse criardes.

Sa tenue du jour a tout du surfeur-skateur-chic. Il porte un short kaki qui lui arrive juste au-dessus du genou et un marcel blanc, par-dessus quoi il a mis une chemise hawaïenne aux tons orange, bleu, noir, blanc et kaki. Ses converses basses sont d'un jaune fluo aveuglant, avec des lacets noirs. Je les appelle ses « pompes d'abeille ». Pour parfaire son look, en plus d'un collier en perles de bois, il a des lunettes rondes aux verres jaunes, à la John Lennon, qu'il met dedans comme dehors, étant donné qu'elles n'apportent aucune correction à sa vue.

Lorsqu'il est descendu, ce matin, je lui ai dit que j'avais l'impression qu'un arc-en-ciel lui avait vomi dessus. Il m'a répondu que je devais troquer mon chemisier baby-doll vert, et le vieux Levi's que j'ai trouvé dans une friperie, contre quelque chose qui ne me rende pas invisible ou qui ne me donne pas l'air d'un garçon de quinze ans. Après son commentaire, j'ai ajouté des boucles d'oreilles chandelier en argent et turquoise, qui vont très bien avec le bracelet assorti que je porte presque tous les jours. J'ai aussi enfilé des sandales à talons recouvertes de strass, pour un côté un peu plus glamour. Jasper s'est contenté d'étudier mes choix et de soupirer en secouant la tête.

– J'ai parlé à Suda Kaye avant de me coucher, hier soir. Elle veut qu'on passe à sa boutique. Elle bosse un ou deux samedis par mois, donc elle ne peut pas s'absenter, mais elle a hâte de te voir en chair et en os, dit Evie.

Je souris et coiffe une mèche derrière mon oreille.

– J'ai très envie de voir *Gypsy Soul.* Elle m'a dit qu'elle avait appelé sa boutique comme ça à cause de votre mère.

– Notre mère, corrige Evie.

– Oui, il va falloir que je m'y habitue.

– Ça viendra. Ça sera plus simple en étant ici.

– J'y compte bien, oui, je réponds en plongeant mon regard dans ses yeux bleus, notant comment ils se réchauffent.

– Pense à mettre ce bracelet quand on ira à la réserve. Ma mère adore voir les gens porter ses bijoux, dit Milo en débarrassant nos assiettes pour les poser dans l'évier.

Je baisse les yeux sur mon bracelet à la pierre turquoise que je porte depuis toujours.

– De quoi tu parles ? je demande en levant le poignet. Mes parents me l'ont offert pour mes seize ans. Il a presque neuf ans.

– Il est bien plus vieux que ça, répond Milo en secouant la tête. Je reconnaîtrais le travail de ma mère les yeux fermés.

– Ta mère ?

Milo hoche la tête et Evie se penche pour inspecter le bijou.

– Je peux ? demande Milo en désignant le bracelet.

Je l'enlève et le lui donne. Il étudie d'abord le devant, avec la grosse turquoise ovale, puis les deux lignes gravées dans le métal de part et d'autre de la pierre, l'une formant le mot « Esprit », d'un côté, et l'autre dessinant le mot « Libre » de l'autre côté. Il retourne alors le bijou et sourit avant de désigner des initiales gravées sous le bracelet.

– L.C., pour Lani Chavis, dit-il avant de désigner les deux autres lettres. Tu vois celles-ci ?

Je hoche la tête.

– C.T., Catori Tahsuda. Ma mère a dû le fabriquer il y a longtemps pour le donner à ta mère.

Evie pousse un petit cri et se couvre la bouche.

– Alors, pourquoi c'est moi qui l'ai ? je m'exclame, frustrée.

Les initiales de ma mère ainsi que celles de la mère de Milo sont gravées sous le bracelet que je porte depuis presque dix ans !

– Je n'ai pas la réponse à cette question. Tout ce que je sais, c'est que nos mères étaient de grandes amies avant de se perdre de vue.

– Attendez une minute ! s'exclame Evie en se levant d'un bond.

Elle sort de la cuisine au pas de course, faisant voler son peignoir derrière elle comme une cape. Je l'entends gravir l'escalier et je lève la tête au plafond.

– Qu'est-ce qu'elle fait ? demande Jasper.

Milo hausse les épaules et continue d'étudier mon bracelet. Le bracelet de ma mère.

Comment est-ce possible ?

Je n'ai toujours pas de réponse lorsqu'Evie revient avec un gros album photos.

– Regarde ! s'exclame-t-elle d'un ton triomphal. Je savais que j'avais déjà vu ce bracelet. Izzy, regarde.

Elle désigne une sublime petite photo d'une princesse amérindienne. Ma mère est assise en tailleur sur une couverture étalée, devant un feu de camp. Il y a une petite fille blonde en robe rouge sur ses cuisses. Et à ses côtés se tient un bel homme aux cheveux blonds et aux yeux bleus. Ma mère le regarde comme s'il était la huitième merveille du monde.

– Ça, c’est moi, indique Evie. Je dois avoir à peu près trois ans, donc Suda Kaye doit avoir un an. Je ne sais pas où elle était quand cette photo a été prise.

La photo ne laisse aucun doute quant au fait que le couple est profondément amoureux. Mais si c’est le cas, pourquoi a-t-elle laissé sa fille pour partir à l’aventure et tomber dans les bras de mon papa Ian ? Et comment a-t-il pu lui pardonner de tomber amoureuse de mon père et d’avoir son enfant ? Tant de questions qui restent encore sans réponses.

– Tu le vois ? demande Evie.

– Est-ce que je vois quoi ?

Elle désigne le poignet de ma mère sur le ventre de la petite fille. Or, j’y vois justement le bracelet qui est désormais entre mes mains. Je lève la main pour le comparer à la photo de plus près.

– Ils sont identiques, j’admets.

– Apparemment, maman t’a laissé quelque chose d’elle, finalement, dit Evie en souriant.

Il semblerait, oui, mais je ne sais pas trop quoi en penser. Je me promets d’appeler mes pères plus tard pour résoudre cette énigme.

Evie me tire de mes pensées en ramassant les dernières assiettes sales.

– Et si vous faisiez un tour de la propriété avec Milo pendant que je m’habille, puis je vous emmènerai voir Suda Kaye. Ah, j’ai failli oublier, ajoute-t-elle avant de prendre un petit carton d’enveloppes sur le plan de travail.

Elle les feuillette et en sort une pour me la donner.

– C’est l’invitation à notre mariage. On le fait sur la réserve. Ce sera intime, juste la famille et quelques amis très proches, explique-t-elle en souriant jusqu’aux oreilles.

– Waouh. Merci. Je serai ravie de venir.

Jasper me prend aussitôt par le bras.

– Je serai ton plus un. Un mariage sur une réserve amérindienne pleine des sosies de ce demi-dieu ? dit-il d'un ton rêveur en désignant Milo qui s'apprête à boire son café. Génial !

Milo s'étouffe et repose sa tasse en secouant la tête.

– Est-ce que, à tout hasard, tu connaîtrais des beaux gosses amérindiens qui sont bi ou gays ? demande mon ami.

– Je vous laisse poursuivre cette conversation sans moi, répond Evie en gloussant.

Milo fait les gros yeux à sa fiancée, apparemment il ne veut pas qu'elle le laisse seul avec mon meilleur ami très extraverti.

Ce dernier marche tout droit vers Milo et saisit son biceps pour le caresser comme si c'était un chat.

– Ne t'en fais pas, je ne mords pas. Enfin, pas trop, dit-il en lui faisant un clin d'œil.

– Evie, si tu me laisses avec lui, je me rase la tête, déclare Milo.

– Amuse-toi à ça et tu seras privé de sexe durant toute la première année de ton mariage, le temps que tes cheveux repoussent ! rétorque-t-elle en riant avant de monter dans leur chambre.

– Jas, laisse Milo tranquille. Il n'est pas encore prêt pour ta folie éhontée. Tu dois l'y habituer doucement, comme quand tu regardes un soufflé gonfler. Tu ne peux pas mettre la chaleur à fond, sinon tu vas le brûler ou risquer qu'il s'effondre.

Jasper continue de caresser le bras de Milo en soupirant.

– Dommage, il est siiiii beau, murmure-t-il en levant les yeux vers la mine glaciale de Milo. Maintenant, revenons à nos beaux gosses amérindiens. Tu en connais ? demande-t-il avec un sourire étincelant.

– Non, répond froidement Milo.

– Tu me le dirais, si tu en connaissais ? poursuit Jasper.
– Non, répète-t-il, me faisant éclater de rire.

♦

La propriété d'Evie et Milo est tout simplement magique, il n'y a pas d'autre mot pour la décrire. Des arbres à perte de vue, des animaux sauvages et l'eau turquoise du lac. Je comprends pourquoi ils aiment tant vivre ici, dans cette oasis d'air frais et de couleurs ensoleillées.

Je recule contre l'appuie-tête du siège passager de Serenity tandis que Jasper conduit, et repense à la beauté que je viens de voir. Si Milo a choisi de rester à la maison pour faire quelques travaux, Evie a sauté à l'arrière de ma voiture pour nous emmener à Pueblo. Je crois que Milo en a assez des blagues de Jasper.

– Ta maison est incroyable et le terrain est spectaculaire, je dis en regardant le paysage à travers la vitre.

– Ce soir, je demanderai à Milo d'allumer un feu dehors, pour qu'on puisse rôtir des chamallows et se raconter nos enfances au bord du lac. L'eau est un peu froide, mais c'est chouette de regarder les étoiles, et on a même une petite barque, si vous voulez.

– Ça a l'air parfait. Mais il va falloir que Jasper et moi cherchions un appart, un de ces quatre.

– On regardera les annonces locales, acquiesce Evie. Il faudra que vous décidiez si vous préférez Colorado Springs ou Pueblo, ou même une autre ville. Mais d'ici là, vous êtes les bienvenus chez nous et vous pouvez rester aussi longtemps que vous le souhaitez.

– Je ne suis pas sûre que Milo soit d'accord, je réponds en regardant mon meilleur ami du coin de l'œil.

– Quoi ? s'offusque Jasper. Ce n'est pas ma faute s'il est méga canon. Je ne suis pas responsable de mes agissements quand je suis face à un tel demi-dieu. Ce n'est pas dans ma nature de laisser passer une telle expérience.

Evie se penche entre les deux sièges avant et pose sa main sur son épaule.

– Je te pardonne. Si tu le trouves beau quand il est habillé, tu serais ébahi de le voir à poil. Le corps de ce mec est une œuvre d'art.

– Les meilleurs sont soit pris soit hétéros, soupire Jasper. Le Colorado a intérêt à avoir son lot de beaux gosses homos sinon je vais être sacrément déçu. J'ai presque vingt-cinq ans et la seule chose que je veux, c'est un homme aussi taré que moi, qui aimera Izzy comme une sœur parce qu'on ne se sépare jamais longtemps, qui aura un joli fessier rembourré et qui aime manger. Ah, et qui aime baiser, aussi. Je veux un mec qui baise comme un lapin, conclut Jasper en claquant des doigts.

Evie et moi éclatons de rire.

– Ça fait longtemps que vous vous connaissez ? demande-t-elle.

– Depuis qu'on a cinq ans, je réponds. Et il dit vrai, on ne se sépare jamais longtemps. D'où notre projet d'ouvrir une boutique ensemble. Comme ça, peu importe où la vie nous mène, et même si on a des maris et des enfants un jour, on sera toujours ensemble.

– C'est ce que j'ai toujours voulu avec Suda Kaye ; qu'elle soit dans le coin, à quelques minutes de chez moi. Mon rêve a toujours été d'avoir ma propre famille. De m'installer quelque part et de mener une belle vie heureuse avec mes sœurs, mon mari, ma famille et mes enfants. Plein d'enfants.

– Je ne sais pas grand-chose de ce qui s'est passé, mais tu as mentionné au téléphone que Suda Kaye était partie pendant dix ans, jusqu'à récemment ? je demande.

Elle hoche la tête en soupirant.

– Ouais, mais on en reparlera une autre fois. Je peux vous dire un secret ? demande Evie d'un ton tout excité qui ne ressemble pas à son calme habituel.

Cela dit, je commence à penser qu'elle n'est réservée et distante qu'avec les gens qu'elle ne connaît pas, alors qu'avec les autres, dont Jasper et moi, elle est très chaleureuse. Elle n'a rien à voir avec la princesse de glace qui est venue chez mes parents avec Suda Kaye.

– Bien sûr, tu peux tout nous dire.

– Je l'emporterai dans ma tombe, insiste Jasper.

– Je m'assurerai qu'il ne dit rien, ne t'en fais pas, Evie, je réponds en levant les yeux au ciel. Non pas qu'on connaisse qui que ce soit dans le coin, de toute façon.

Evie se mord la lèvre, tout excitée.

– Ben, vous savez que Milo et moi, nous allons nous marier dans un mois.

Jasper et moi hochons la tête.

– Et... on a décidé de ne pas attendre avant d'essayer d'avoir un bébé ! dit-elle avant de se couvrir la bouche tandis qu'elle gigote sur place.

– Mon Dieu, c'est génial ! je m'exclame.

– Des nièces et des neveux ! On sera là pour t'aider, ajoute Jasper.

– Carrément, tu peux compter sur nous comme baby-sitters ! je promets.

– J'ai hâte, dit Evie en souriant. Mais c'est un peu flippant parce que Milo était marié, avant moi. Il a épousé une femme qu'il avait mise enceinte.

– Tu veux dire qu'il a fait la chose respectable ?

– Ouais, on ne peut pas dire qu'ils étaient faits pour être ensemble, mais Milo était engagé dans la relation. Ils ont perdu le bébé.

– Oh, ça a dû être dur, je réponds en lui prenant la main. Mais ça ne veut pas dire que ça t'arrivera aussi.

– Je sais, je sais, admet-elle. Ça fait juste peur, non seulement parce que j'ai toujours voulu ma propre famille mais aussi parce que c'est très important pour Milo et que je veux tout faire pour le rendre heureux.

– Tu n'as pas de souci à te faire, ma belle, je réponds. N'importe qui peut voir que tu es tout pour lui ; il te regarde comme si tu étais le soleil, la lune et toutes les étoiles de l'univers.

– Merci.

– Écoute, mon papa Casey m'a toujours dit qu'on ne pouvait pas se faire de souci pour quelque chose qui ne s'est pas encore produit. On n'a aucun contrôle sur ce genre de chose, de toute façon. C'est entre les mains de Dieu. Donc ne t'inquiète pas, tant que le problème n'est pas sous ton nez. Pour l'instant, et quand vous serez mariés, concentre-toi sur ce que tu sais faire, sur la partie « conception ». Tout le reste se mettra en place, tu verras.

Evie hoche la tête et entrelace ses doigts avec les miens.

– J'apprécie, Izzy, merci. J'ai peur, mais je suis super-excitée, aussi. Et puis, ma mère a eu trois bébés et trois accouchements parfaits, donc les gènes sont en ma faveur.

– Absolument.

– Gare-toi le long du trottoir, là. Tu vois le panneau *Gypsy Soul* ? C'est sa boutique, dit Evie en désignant une des devantures de la jolie rue marchande.

Il y a des gens partout, les bras chargés de sacs de tailles et de couleurs différentes.

– Waouh, ça fourmille de partout, dit Jasper en mettant le clignotant pour se garer à quelques mètres de la boutique.

J'étudie les différents magasins et remarque que celui qui jouxte *Gypsy Soul* porte l'inscription « À VENDRE ». Je plisse les yeux et vois les mots « Candy Shop » se décoller de la porte vitrée.

– C'était une confiserie ? je demande à Evie, qui suit mon regard.

– Ouais. D'après ce que j'ai compris, la même femme l'a tenue pendant des décennies, mais elle n'avait pas le soutien de sa famille pour continuer. Je crois qu'elle l'a mise en vente depuis un moment, mais tout est à refaire à l'intérieur. Suda Kaye a dû rénover entièrement sa boutique aussi. Le proprio est assez pénible... mais l'emplacement est idéal, admet-elle en désignant les dizaines de personnes qui passent devant nous.

– C'est intéressant...

Jasper colle son visage à la vitrine et grimace.

– Elle a besoin d'une sacrée rénovation, Izzy.

Je protège mes yeux avec mes mains pour regarder à l'intérieur sans avoir le reflet du soleil. Il y a de la poussière et des toiles d'araignée partout, des vitrines cassées et même un vieux fourneau, à l'arrière, qui aurait dû prendre sa retraite il y a au moins vingt ans. De nos jours, les fours sont incroyables, mais celui-ci présente clairement un risque sanitaire. Néanmoins, la surface de la boutique est idéale. L'emplacement est parfait, et c'est juste à côté de chez Suda Kaye. Si je veux vraiment apprendre à connaître ces femmes et la vie qu'elles ont menée avec ma mère, j'ai besoin d'être près d'elles.

– Mais la base est bonne, non ? je réponds en imaginant un grand présentoir en L.

À l'arrière, je visualise des portes de saloon super-cool pour séparer la cuisine du reste de la salle.

Comme moi, Jasper continue d'étudier la boutique en ruine.

– Un présentoir en L, dit-il, me faisant sourire.

Nous faisons un pas en arrière et levons la tête vers la pancarte de l'agence immobilière.

– Ça pourrait marcher.

Il sort son téléphone pour prendre le numéro en photo.

– On ne risque rien à appeler... dit-il.

Evie nous prend bras dessus, bras dessous et nous tire vers la boutique de sa sœur.

– Venez, vous allez adorer *Gypsy Soul*.

CHAPITRE 6

Lorsque je passe la porte de la boutique, j'ai l'impression de plonger dans un tableau impressionniste, avec des éclats de couleurs et des tissus partout. Mes oreilles sont bercées par une chanson de Lana Del Rey, parfaite pour l'ambiance hippy-chic de la boutique, qui propose des robes colorées, des tee-shirts aux motifs graphiques, des bijoux par milliers, mais aussi des ceintures en cuir, des sacs à franges et des jeans dans toutes les couleurs de l'arc-en-ciel. C'est un véritable festin pour les yeux.

– C'est bon, je sais où je veux vivre, déclare Jasper d'un ton on ne peut plus sérieux, émerveillé par tout ce qui est en vente ici. On a roulé seize heures en deux jours et on a enfin trouvé le paradis, chuchote-t-il. Et, bébé, c'est sublime.

J'éclate de rire au moment où je vois Suda Kaye derrière le long plan de travail de la caisse. Elle lève la tête, et ses yeux caramel se rivent sur moi.

– Mon Dieu, Izzy, tu es là !

Elle fait le tour du comptoir et se jette dans mes bras, et on se balance de droite à gauche en poussant des cris excités. Je la serre fort contre moi et profite de sa chaleur, sentant déjà un lien se tisser entre nous. Sa simplicité et sa joie, mêlées à mon excitation et à mon besoin d'être acceptée, apaisent aussitôt cette blessure en moi que je n'ai remarquée que récemment.

Suda Kaye recule, prend mon visage dans ses mains et m'embrasse sur le front.

– C'est vraiment génial que tu sois dans le Colorado, et qui plus est dans ma boutique !

– Je suis contente d'être là, moi aussi, je réponds en souriant.

Elle me renvoie mon sourire avant de reluquer Jasper des pieds à la tête.

– Et qui est ce fabuleux pilier avant-gardiste ? J'adore ton look.

Jasper sourit jusqu'aux oreilles.

– Son meilleur ami, son âme sœur. Son frère de cœur. Et bientôt le tien, puisqu'on a prévu de s'installer ici.

Suda Kaye ouvre la bouche et la referme, et son regard se remplit de joie.

– Vous vous installez ici ? Dans le Colorado ? À Pueblo ?

– Pour l'instant, c'est le projet, oui, je réponds en haussant les épaules. On verra comment ça se passe, mais ouais, en tout cas, on va rester un bon moment.

Suda Kaye frappe dans ses mains en sautillant sur place.

– Eh, elle pourrait s'installer à Colorado Springs, ne t'emballe pas trop, dit Evie en faisant la moue.

– C'est quoi tous ces cris ? Tout va bien, ma douce ? dit une grosse voix quelque part derrière Suda Kaye.

Ma douce ? Camden, peut-être ?

Suda Kaye se tourne brusquement.

– Kyson, viens rencontrer ma sœur, Isabeau, dit-elle en passant son bras dans mon dos.

Un homme sort alors de derrière un portant et je n'arrive plus à respirer.

Le temps s'arrête.

Mon cœur bat la chamade.

Ma peau se couvre de chair de poule.

Ma bouche devient complètement sèche.

Suda Kaye prend par la main le plus bel homme de la terre pour l'amener à nous. Ses yeux plongent dans les miens, et je peine à appréhender toute sa beauté en un seul regard, car je ne veux rien rater de sa perfection.

Ses yeux bleu clair sont bordés de cils noirs très épais et recourbés vers le haut. Ses joues sont rondes et sa mâchoire carrée est couverte d'une barbe de deux ou trois jours. Sa bouche est en forme de cœur et ses lèvres pulpeuses semblent merveilleusement douces. Je rêve de les embrasser sur-le-champ, même sans connaître l'homme auquel elles appartiennent. Ces lèvres sont vraiment magnifiques.

Son nez est loin d'être parfait car il a clairement été cassé par le passé, mais cela lui rajoute du charme. Or, si son visage est à couper le souffle, ses cheveux n'en sont pas moins spectaculaires. Ses mèches brunes sont parsemées d'éclats caramel, comme s'il passait ses journées au soleil, et elles ondulent joliment. Si son front est dégagé, ses cheveux semblent néanmoins un peu trop longs à l'arrière et sur les tempes. Il aurait besoin d'une bonne coupe, mais je n'oserais jamais. Au contraire, je serais on ne peut plus ravie d'y plonger mes doigts en étant plaquée contre lui.

Il porte un tee-shirt noir et un jean qui a vu des jours meilleurs, même s'il a cette usure des jeans préférés, un peu comme le mien. Toutefois, le sien lui va bien mieux. Le tissu est tendu sur ses cuisses, de la même façon que son tee-shirt est étiré sur son torse. Il n'est pas aussi massif que Milo

– j'imagine que peu de mecs le sont –, mais il est loin d'être petit. Il ressemble à Henry Cavill dans *Superman*.

– J'ai dit : bonjour, je suis Kyson, dit-il en souriant.

Je cligne plusieurs fois des yeux et fronce les sourcils.

– Pardon, quoi ?

Il éclate de rire et j'en ressens les vibrations dans tout mon corps. Il me tend la main et je lui donne la mienne en soutenant son regard.

– Je suis enchanté, Isabeau.

– Euh, mes amis m'appellent Izzy, je réponds enfin d'une voix rauque.

– Hmmm, tes amis... dit-il avec un sourire en coin qui me fascine.

– Je te présente ma demi-sœur qui, apparemment, va déménager ici. Ce n'est pas génial ? annonce Suda Kaye.

Kyson me toise du regard, des pieds à la tête, et je crois sentir mes tétons durcir tandis que mon dos se cambre, comme pour se rapprocher de lui.

Je n'ai pas le temps de répondre, car Jasper se met devant moi et tend la main à Kyson.

– Salut, beau gosse. Je suis Jasper. Je sais déjà, à ta façon de mater ma meilleure amie, que ce sont les femmes qui te plaisent et je peux te garantir que ma pote est célib, mais si tu connais quelqu'un qui te ressemble, ou qui est aussi canon que toi, et qui aime les mecs, tiens-moi au courant.

Kyson prend la main de mon ami et la serre en souriant.

– Ravi de faire ta connaissance, Jasper. Et... euh... merci du compliment. Je crois.

– C'était un compliment, crois-moi ! Comme tu peux le voir, ma copine bave comme un chien enragé en te regardant... répond Jasper avant que je ne lui couvre la bouche avec ma main.

– Arrête ! Tu me fous la honte. Tais-toi.

Il hoche la tête et je libère sa bouche.

– Très bien. Bon, je vais faire un tour pour regarder toutes ces merveilles ! s'exclame-t-il en s'approchant d'un présentoir de lunettes de soleil et d'écharpes.

Je me concentre à nouveau sur le plus bel homme de la terre et réalise qu'Evie et Suda Kaye ont disparu, me laissant seule avec Kyson.

– Je suis désolée. Jasper est très direct, il n'a pas de filtre. Cela dit, c'est une bonne chose, pour être honnête. Au moins, on sait toujours à quoi s'en tenir avec lui. C'est un ami génial et il déborde d'amour.

Kyson croise les bras, comme s'il prenait ses aises pour écouter mon charabia. De mon côté, je grince des dents et me retiens de mater ses gros biceps gonflés.

– Je... euh... ben... ouais, je dis en agitant la main. Isabeau. La nouvelle sœur. Je suis désolée si mon ami t'a vexé.

– Pas du tout, répond Kyson avec un sourire qui fait trembler mes jambes. Et j'aime bien l'idée que tu baves devant moi, ajoute-t-il.

Je suis tellement surprise par sa réponse que je ne dis rien pendant quelques secondes, je dois avoir l'air ridicule, mais Kyson se contente d'éclater de rire.

– Eh bien, comme tu es nouvelle dans le coin, que dirais-tu que je t'invite à sortir pour te montrer les coins branchés ?

Encore une fois, je le regarde bêtement en clignant des yeux, laissant à mon cerveau le temps de comprendre ce qu'il vient de dire.

– Tu veux dire, un rencard ?

Il esquisse un sourire en coin qui me laisse penser qu'il trouve ma naïveté amusante.

– Ouais, Isa, un rencard.

Isa.

Personne ne m'a jamais appelée Isa. Venant de ce mec magnifique à la voix grave, mon cœur s'emballe encore plus et mes poils se hérissent sur tout mon corps.

– Si tu as peur de sortir avec un inconnu, ne t'en fais pas, tes sœurs me connaissent.

– Je... euh... ouais... non, ça ne m'a même pas traversé l'esprit.

Sans doute parce que rien ne semble parvenir à mon cerveau en dehors d'une seule question : pourquoi un homme si parfait aurait-il envie de sortir avec une meuf sans emploi qui devrait arrêter de manger ses propres gâteaux si elle veut espérer avoir un corps comme ses sœurs ? Et puis, on vient juste de se rencontrer. En fait, maintenant que j'y ai réfléchi, je me rends compte que s'il fait ça, c'est sans doute juste pour être sympa : il propose de faire visiter le coin à la sœur d'une amie, c'est tout.

– Tu n'es pas obligé, tu sais. Je suis sûre que Suda Kaye et Evie me montreront les environs.

– Je ne pige pas, dit-il en fronçant les sourcils.

– Je dis juste que... ben... tu n'as pas à être le pote sympa de mes sœurs et à me sortir pour que je me sente bien accueillie.

Il ricane et tousse dans sa main avant de regarder autour de lui, sans doute pour voir si quelqu'un nous écoute ou nous regarde.

– Isa, ce n'est pas ce que je fais. Je n'ai pas pitié de toi parce que tu viens d'arriver en ville et je ne cherche pas à jouer les scouts. Je demande à une jolie femme avec des courbes sublimes que je rêve d'empoigner et qui a les cheveux les plus sexy que j'aie jamais vus si elle veut sortir avec moi. Un rencard entre un homme et une femme. Un rencard qui, je l'espère, se terminera par un baiser sulfureux qui te donnera envie de remettre le couvert.

– Je, wouah... euh... tu...

Encore une fois, je ne parviens pas à formuler le moindre propos cohérent.

– Je vois que je t'ai à nouveau rendue muette, dit-il en riant.

– Bon sang, tu es encore plus direct que Jasper ! je m'exclame en souriant.

– Si ça me permet d'obtenir ce que je veux, ça me va. Ça a marché ?

– Comment ça ? je demande en fronçant les sourcils.

– Est-ce que tu acceptes de sortir avec moi ?

Je hoche la tête.

– Donne-moi ton téléphone, dit-il en tendant la main.

– Ok, je réponds en le sortant de ma poche arrière pour le déverrouiller.

Il tapote dessus quelques instants, puis j'entends un autre téléphone sonner. Il sort le sien de sa poche, appuie sur un bouton et le range.

– Je t'appelle plus tard pour confirmer. J'ai quelques chantiers cette semaine, donc peut-être ce week-end ou en début de semaine prochaine ? En général, j'essaie de finir vers seize heures, vu que je commence tôt.

Je me mords la lèvre inférieure et vois son regard s'embraser tandis qu'il secoue la tête.

– J'étais ravi de te rencontrer, Isabeau, dit-il.

– Pareillement, Kyson, je chuchote comme une ado dont le béguin vient de l'inviter à manger une glace.

Il prend ma main et la serre brièvement avant de la lâcher.

– Je file, ma douce ! lance-t-il par-dessus son épaule.

– À plus tard, Kyson ! Merci d'avoir réparé les lumières ! répond Suda Kaye depuis le portant où elle est avec Evie et Jasper et d'où ils me regardent avec des yeux suspicieux.

– Je t'appelle bientôt, me promet-il.

– J'ai hâte, je réponds en souriant et en suivant des yeux son superbe fessier.

La porte se referme sur lui et un brouhaha de cris et de sifflements éclate dans mon dos, me tirant de ma stupeur.

Est-ce que j'ai rêvé tout ça ?

– Viens tout de suite ici et dis-nous tout ! ordonne Jasper.

J'avance vers mon frère et mes sœurs et remarque que je me déhanche davantage en pensant au rencard avec Kyson.

♦

– Le mien est cramé. Roh, ça craint, râle Suda Kaye en regardant son chamallow grillé. Je suis nulle pour ça, j'oublie toujours de les surveiller.

Je ne peux pas m'empêcher de rire en la voyant aussi triste pour un chamallow.

– Oh, ma biche, tiens. Prends-le mien. Je les aime avec un goût de charbon, ne t'en fais pas, ment Camden avant de l'embrasser sur la joue.

Il a un bras dans son dos et semble merveilleusement heureux.

Le visage de Suda Kaye s'illumine comme celui d'un enfant le matin de Noël.

– Je t'aime tellement, là, tout de suite, déclare-t-elle en lui donnant le morceau de charbon en échange du superbe bonbon couleur caramel qu'elle met aussitôt dans sa bouche.

Les yeux de Camden se concentrent sur sa bouche et son regard devient encore plus chaud que le feu de camp.

Quand elle gémit et ouvre les yeux, il s'empare de sa bouche, l'embrassant avec tant de fougue que je détourne les yeux pour regarder Evie et Milo. Evie est assise sur le plaid, appuyée contre le torse de Milo qui, lui, est adossé à un rondin de bois. Ils semblent tous deux ravis d'être assis autour du feu avec leur famille élargie.

On a passé un super-moment dans la boutique de Suda Kaye, aujourd'hui. J'en suis repartie avec au moins trois tenues et plein de nouveaux bijoux, et elle ne m'a rien laissé payer. Elle a dit que c'était parce qu'elle avait raté tous mes anniversaires et qu'elle avait plein de cadeaux de retard, et que ce n'était rien à côté de tout ce qu'elle voulait m'offrir. Elle m'a aussi convaincue de poser dans les tenues que Jasper a choisies pour moi pour qu'elle puisse les mettre sur son site Internet. Evie a alors expliqué que tout ça était déductible des impôts, ce à quoi je n'ai rien compris. Après tout, ce n'est pas mon domaine ; on n'a rien appris de l'aspect business du métier à l'école de pâtisserie. Cela dit, j'imagine que si j'ouvre une boutique avec Jasper, on va devoir connaître tout ça ; peut-être même suivre des cours ou, a minima, parler à un comptable.

– Elle te mène par le bout du nez, glousse Jasper.

– Absolument, répond Camden en riant et en passant sa main dans son carré blond foncé.

Ses cheveux ondulent et encadrent parfaitement son visage et son ensemble bouc-moustache. Étonnamment, même en pantalon de costume et en chemise, dont il a retroussé les manches, il semble parfaitement assorti au look bohémien de sa femme. Car Suda Kaye ne fait pas dans la demi-mesure, apparemment : le bas de sa maxi-jupe et couvert de petits médaillons dorés qui tintent à chacun de ses pas, et la chemise qu'elle a mise par-dessus son débardeur est nouée sur sa hanche et tombe sur une épaule, révélant une bonne dose de peau mate. Elle est la danseuse orientale hippie à côté de son businessman surfeur.

– Eh, Camden, on aimerait parler affaires avec toi, quand tu auras le temps. Est-ce que Jas et moi pourrions prendre rendez-vous avec ton fonds d'investissement ? je demande.

– Est-ce que tu veux que la fondation investisse dans ton projet, comme on l'a fait pour Suda Kaye ?

– Non. Euh... tu sais, j'ai reçu un gros héritage de leur père, et Jasper et moi en avons un peu parlé avec Evie et Milo. On aimerait ouvrir notre propre pâtisserie, à Pueblo ou à Colorado Springs, selon ce qu'on trouve.

Suda Kaye écarquille les yeux et se lève d'un bond.

– Attendez une minute ! La confiserie à côté de *Gypsy Soul* est vide ! Il faudra tout refaire et rénover, mais tu as les moyens maintenant, s'exclame-t-elle en sautillant sur place. Et devinez quoi ? Il y a un appartement au-dessus de la boutique, aussi !

– Ah bon ?

– Oui, *Gypsy Soul* en a un, aussi. J'ai fait rénover le mien, mais je n'en ai pas eu besoin longtemps. Je sais que la femme qui tenait la confiserie y habitait, donc il ne doit pas être en trop mauvais état. Comme ça, vous aurez aussi un endroit où vivre ! Et l'un de vous pourrait habiter dans le studio au-dessus de *Gypsy Soul* !

– Non, on ne pourrait jamais... je commence.

– Bien sûr que si, il le faut ! Vous n'avez nulle part où aller. Maintenant, si. Le seul problème, c'est qu'il n'y a qu'un seul lit ; mais il y a un canapé. Ça pourrait faire l'affaire jusqu'à ce que l'autre appartement soit rénové. Et mon studio est cool ! Il y a tout ce qu'il faut pour y vivre, vous pourriez emménager dès demain !

– Ce n'est pas une mauvaise idée. L'immeuble est bien placé pour une pâtisserie, et avoir l'appart au-dessus est un vrai plus, Izzy, dit Jasper.

– Le proprio est pénible, mais il vous fera un bon prix si vous lui expliquez que vous allez tout rénover. Il augmentera sans doute le loyer une fois que votre boutique sera un succès... Mais vous pouvez faire comme moi et ajouter une clause qui lui interdit d'augmenter le loyer pendant les deux premières années. Vous avez vu la clientèle qu'il y avait chez moi ; ce serait le double pour une pâtisserie. Les gens adorent acheter des gourmandises quand ils font les magasins.

– On ferait aussi des gâteaux sur commande pour les mariages et les anniversaires, du pain frais, des bonbons... Oh, peut-être que Milo pourrait m'apprendre à faire le *fry bread* traditionnel ? C'est de loin une des meilleures choses que j'aie jamais mises dans ma bouche, et ce n'est pas peu dire... dit Jasper avec un sourire diabolique.

Milo se couvre la bouche en toussant pour cacher son rire.

– Jas... je gronde. Ne sois pas vulgaire.

Mon ami esquisse une grimace avant de me tirer la langue.

– Tu n'es pas drôle.

J'éclate de rire et me concentre de nouveau sur Camden.

– Evie nous a dit que tu pourrais nous aider à nous lancer. Enfin, si tu es trop occupé, ce n'est pas grave. On débarque tout juste dans cette famille et on ne veut pas profiter de toi ou accaparer ton temps.

– Pourquoi vous profiteriez de moi en me demandant conseil ? Je serai ravi d'aider ma nouvelle belle-sœur à se lancer en évitant les erreurs. Et si Evie et Milo veulent bien vous aider pour l'aspect financier, je suis sûr que vous serez prêts à ouvrir en un rien de temps. Et si on se voyait à la fin de la semaine prochaine ? Je dirai à ma secrétaire de t'appeler pour fixer un rendez-vous à mon bureau.

– Ce serait génial. Merci, Camden.

Il sourit, ce qui le rend encore plus sexy.

– En attendant, je veux que vous dressiez la liste des produits que vous voulez vendre dans votre boutique. Vous devez aussi décider combien de personnes travailleront avec vous et...

– Je pense qu'au début il n'y aura que Jas et moi, le temps qu'on soit à l'aise. N'est-ce pas, Jasper ?

– Absolument. Il faut qu'on puisse tout mettre en place avant d'ajouter qui que ce soit à l'équipe.

– C'est assez logique, acquiesce Camden. Vous devez aussi penser au nom de la boutique et à ce qui vous différenciera des autres pâtisseries, ce qui vous rendra unique. Qu'allez-vous proposer ? Combien allez-vous facturer pour chaque produit ? Et puis, il va vous falloir pas mal d'équipement. Qu'allez-vous devoir acheter ? Ensuite, bien sûr, il y a le lieu. Si vous choisissez le local à côté de *Gypsy Soul,* vous avez l'avantage d'avoir l'appart au-dessus. C'est un gros bonus, puisque vous n'avez pas encore d'endroit où vivre. Il faudra aussi que vous pensiez aux emballages, aux fournisseurs pour le lait, les œufs, le beurre, et ainsi de suite.

Waouh.

– Il y a matière à réfléchir, en effet, je réponds en portant mon pouce à ma bouche pour mordiller mon ongle.

Jasper saisit aussitôt ma main en me fusillant du regard.

– Arrête ça. Tu n'es pas toute seule, Izzy. Je suis avec toi, et on a tes sœurs et tes frères pour nous aider. On va plancher sur tout ça et dresser des listes. Tu adores les listes, en plus.

– C'est vrai, je chuchote.

– Moi aussi ! s'exclame Evie, clairement ravie d'avoir un point commun avec moi.

– Et, ma belle, j'ai ouvert ma boutique l'an dernier, dit Suda Kaye. J'ai beaucoup appris et je serais ravie que Jasper et toi traîniez avec moi pour me parler de vos idées. Je peux peut-être vous aider à préparer votre rendez-vous avec Cam.

– À ce propos, on peut se voir vingt fois, s'il le faut. Il n'y a pas de limite à l'aide que je peux vous apporter. Je peux aussi vous mettre en relation avec l'entreprise Turner Brothers Construction. C'est eux qui ont rénové la boutique de Suda Kaye et ils ont fait du bon boulot, rapidement, et sans dépasser le budget. Kyson a toute notre confiance.

– Kyson ? je demande en me sentant rougir.

Heureusement, personne ne voit rien dans la nuit.

– Ouais, c'est un bon gars. Du moins, il l'a été une fois qu'il a arraché sa bouche à celle de ma femme, grommelle Camden.

– Chéri, c'était juste un baiser... râle Suda Kaye en levant les yeux au ciel.

– Tu parles, c'était une vraie session de pelotage. Je sais ce que j'ai vu, rétorque Camden d'un ton agacé.

– Attends une seconde, tu es sortie avec Kyson ? Le mec que j'ai rencontré aujourd'hui ? je demande, et je sens mon estomac se nouer.

– Euh... je ne dirais pas qu'on est sortis ensemble, répond Suda Kaye d'un ton peu convaincant.

– Seulement parce que je t'ai mis le grappin dessus. Sinon qui sait, tu serais peut-être mariée avec lui ?

Les propos de Camden me font l'effet d'une douche froide, glacée, même.

– C'est complètement faux, s'énerve-t-elle. Kyson veut juste à passer du bon temps, c'est un mec sans attaches.

– Ah bon ?

– Ouais, répond-elle alors qu'Evie gronde « Suda Kaye ! ».

Cette dernière tourne la tête vers moi et fait les gros yeux en réalisant ce qu'elle vient de dire.

– Non, je veux dire... euh... je ne le connais pas si bien que ça. Enfin... euh... Tout ce que je sais, c'est qu'il est vraiment sympa. Je ne l'aurais pas laissé t'inviter à sortir avec lui si je ne pensais pas que tu passeras un bon moment avec lui.

– Tu vas sortir avec Kyson Turner ? s'étonne Camden. Bon sang, un jour au boulot et je rate tout ce qui se passe dans ma famille !

– Eh bien, c'est réglé. Il est hors de question que je sorte avec lui, maintenant. Il a embrassé ma sœur, je rouspète en grimaçant et en faisant mine de vomir.

Dommage, il m'avait vraiment plu. Je suis sortie avec pas mal de beaux mecs, au fil des années, mais aucun n'avait autant de charme. Je n'ai jamais senti une telle alchimie. Mais non seulement il a embrassé ma sœur, en plus il ne cherche rien de sérieux. Or, les coups d'un soir et les plans cul ne m'intéressent pas. Ce n'est pas que je sois prude ou que je juge ce que font les autres, mais j'aime passer du temps avec un mec et apprendre à le connaître avant d'être intime. C'est également pour ça que j'ai une règle très stricte avec les hommes : six rencards avant le sexe. Ça ne veut pas dire qu'on ne peut pas se bécoter et s'allumer avant, mais je n'enfreins jamais cette règle. Cela dit, je ne peux pas dire que cela m'ait beaucoup servi, vu que je suis toujours célibataire. Mais, au moins, ça filtre automatiquement tous les enfoirés qui veulent juste baiser.

– Allez, Izzy, laisse-lui une chance. C'était il y a un an, bon sang, et c'était un seul baiser. C'était insignifiant et on est tout de suite passés à autre chose. Ça ne me pose absolument aucun problème que tu sortes avec lui parce que, comme je l'ai dit, c'est vraiment un mec bien. En plus, c'est un génie de la rénovation, et il est loyal et honnête à propos de ses intentions. Je crois vraiment que tu devrais lui parler, au minimum.

– Je ne sais pas, je réponds en haussant les épaules. On verra.

– Ça veut dire non, déclare Jasper.

– Pas du tout ! je soupire.

– Oh que si ! Je te connais depuis toujours et je sais que quand tu dis « on verra », ça veut dire « c'est mort ».

Je fronce les sourcils et hausse les épaules.

– Et si on passait à autre chose ? Evie, Milo, parlez-nous de votre mariage, le mois prochain. Je suis super-excitée d'aller sur une réserve amérindienne, ce sera la première fois.

– On va faire la cérémonie dans un lieu merveilleux, au sommet d'une falaise. L'horizon s'y étend à perte de vue, répond Evie d'un ton rêveur, les yeux rivés sur les flammes.

– Ça a l'air magique. Dis-m'en plus !

CHAPITRE 7

Assise en tailleur sur mon lit dans une des chambres d'ami d'Evie, je défais le ruban qui entoure la pile de lettres. J'ai mis la première au bas de la pile, et la suivante porte l'inscription *Isabeau, 19 ans* dans une belle et élégante écriture. Je respire à fond, ouvre l'enveloppe et déplie le papier rose.

Ma petite Kasaraibo,

Comme on ne s'est jamais parlé en personne, je crois que mes lettres devraient servir à t'apprendre tes origines maternelles, à commencer par ta grand-mère. Elle s'appelait Topsannah Tahsuda. Elle était sublime, à l'extérieur comme à l'intérieur. Son cœur, son esprit étaient aussi purs que la neige fraîchement tombée. Comme moi, son séjour sur terre a été court et elle est décédée encore plus jeune que je le serai quand mon cancer m'aura emportée.

Ma mère était une excellente cuisinière. Elle a appris à mon père tout ce qu'il sait de la cuisine amérindienne car elle avait compris que son combat contre la maladie était perdu d'avance. Elle voulait qu'il soit capable de prendre soin de lui-même, de moi et de ses petites-filles. C'était aussi une couturière de talent. J'ai toujours été épatée qu'elle puisse fabriquer de superbes couvertures en laine tissée, d'inspiration navajo, dont beaucoup doivent encore être chez ton grand-père. Et elle avait un don unique qu'elle a transmis à mon père : le pouvoir de lire dans les astres. Laisse-le te raconter comment il a rencontré son âme sœur. J'espère que tu transmettras cette histoire à tes enfants, un jour.

Bref, elle avait lu dans les étoiles qu'elle ne vivrait pas longtemps. Lorsque je suis née, elle a vu la même chose. Heureusement, Toko a décrypté le ciel pour mes trois enfants, et je sais que vous vivrez toutes de longues vies heureuses. Cela ne signifie pas qu'aucun combat ni aucun sacrifice ne t'attendent. Cela, ma chère fille, est inévitable. Nous devons tous faire des concessions pour ceux que l'on aime. Tu as été mon plus grand sacrifice, Isabeau.

Ton grand-père s'appelle Tahsuda. Lorsque notre peuple a été prié de se procurer des certificats de naissance officiels, les gens de la tribu ont dû choisir des noms de famille, ce que mon père a refusé. Il leur répétait sans cesse « Mon nom est Tahsuda ». En fin de compte, ils ont fini par écrire ce nom deux fois. Il n'est pas du genre à se laisser faire. C'est un ancien de la tribu comanche, et il est très respecté. La famille de maman était navajo, donc mes filles et moi sommes à la fois comanche et navajo. Ton Toko est un homme d'honneur, de loyauté et d'une grande sagesse.

Comme mes parents savaient que je ne vivrais pas longtemps, ils m'ont encouragée très jeune à découvrir tout ce que la vie avait à offrir. Je ne voulais pas passer toute ma vie sur la réserve comme l'a fait ma mère. Je voulais sentir le sable sous mes pieds, au bord de la mer. Je voulais danser la danse du ventre jusqu'à ce que mes pieds ne tiennent plus.

Je rêvais de voir le monde et toutes ses merveilles, et c'est ce que j'ai fait. Mais toute cette beauté avait un prix. J'ai sacrifié mon temps avec Evie et Suda Kaye. Pour vivre, j'ai dû laisser mon père élever mes filles. Parfois, je regrettais profondément de partir. D'autres fois, je savais que mes filles étaient aimées, nourries et protégées. Elles auront tout leur temps pour vivre et, quand je partirai, j'emporterai avec moi le souvenir de mes expériences ainsi que leur amour. Si je n'avais pas voyagé, je mourrais avec leur amour, mais avec le lourd regret de ne pas avoir vécu.

C'est sur ce point que je termine cette lettre, ma fille aux cheveux de feu. Si tu apprends quoi que ce soit de moi, j'espère que ce sera ceci :

Tente ta chance. Aime profondément et librement. La récompense est dans le risque.

Avec tout l'amour que je porte en moi,

Catori

Je plie la lettre, la range dans l'enveloppe et place celle-ci au bas de la pile. Mes grands-parents savaient que Catori allait mourir jeune et ils l'ont encouragée à déployer ses ailes pour voir le monde afin qu'elle ne passe à côté d'aucun de ses rêves.

Je repense à ses conseils et les laisse marquer mon esprit.

Tente ta chance.

Aime profondément et librement.

La récompense est dans le risque.

Si Catori était là aujourd'hui, que dirait-elle de cette idée un peu folle de déménager dans le Colorado, de commencer une nouvelle vie pour apprendre à connaître mes sœurs ?

Tente ta chance. Je souris et me mords la lèvre avant de chuchoter.

– Elle approuverait à cent pour cent.

Et qu'en serait-il d'ouvrir une pâtisserie avec Jasper ? De verser l'argent que m'a laissé son mari afin d'accomplir mon rêve ? *La récompense est dans le risque.*

– Je parie qu'elle sauterait de joie, comme l'a fait Suda Kaye, je murmure.

Mon téléphone vibre sur la table de chevet et je roule sur le côté pour l'attraper. Je lis le message et des papillons s'envolent dans mon ventre.

Kyson : Est-ce que jeudi soir te conviendrait ? Un dîner suivi d'une balade en ville ?

Le troisième conseil : *Aime profondément et librement.*

– Catori accepterait clairement un rencard avec Kyson, je marmonne avant de soupirer.

Malgré cela, je ne sais pas si c'est une bonne idée de sortir avec un mec qui a fricoté avec ma sœur. Certes, elle est mariée et hyper-heureuse avec son mari Camden, mais ce serait forcément bizarre, quand même. Et puis, le girl code, dans tout ça ? Non pas que ce soit mon domaine de prédilection, étant donné que mon meilleur ami est un mec et qu'il est gay, mais est-ce que ce ne serait pas enfreindre une des règles de la solidarité féminine ?

Me sentant un peu perdue, je décide de me libérer d'un autre doute et je reprends mon téléphone pour appeler mon papou.

Cela sonne deux fois avant qu'Ian réponde.

– Izzy ! Comment tu vas, ma puce ?

Je souris et tire sur un fil qui dépasse de ma chemise de nuit.

– Salut, papou, je vais bien. Je viens de me réveiller.

– Tu es toujours chez Evie et Milo ?

– Ouais, mais pas pour longtemps.

– Ah ? Vous avez déjà trouvé un appart ? demande-t-il d'un ton plein d'espoir.

C'est tout lui, ça, de s'inquiéter que je n'aie pas de maison. Comme il a grandi d'une famille d'accueil à une autre, il est essentiel pour lui d'avoir son chez-soi. Il pense que le fait de savoir où l'on va dormir, le soir, permet d'atteindre ses objectifs plus facilement et d'être heureux.

– En fait, Suda Kaye a un studio au-dessus de sa boutique. Jas et moi allons y vivre pendant un petit moment.

– Ça ne me semble pas très stable, ma chérie. Il n'y a pas d'appartement ou de maison à louer dans le coin ?

– Si, il y en a. On a regardé, mais celui-ci est gratuit et libre tout de suite. Comme ça, on n'aura pas à s'inquiéter de déranger Evie et Milo, ou Suda Kaye et Camden, tu sais ?

– Oui, je comprends que tu ne veuilles pas t'imposer chez eux. Mais c'est petit, un studio. Je sais que Jasper et toi êtes habitués à vivre ensemble, mais vous allez finir par avoir besoin d'espace. Tu sais que ça peut devenir tendu entre vous quand vous passez tout votre temps ensemble... dit-il, ne terminant pas tout à fait sa phrase, sachant sans doute que je suis une grande fille et que je sais ce que je fais.

– Je sais oui. Mais devine quoi ? je réponds, changeant de sujet.

– Quoi ? J'aime t'entendre tout excitée, dit-il en riant.

– Jasper et moi avons décidé d'accomplir notre rêve et d'ouvrir notre propre pâtisserie. On va le faire ici. Sans doute à Pueblo, d'ailleurs, dans le local vide juste à côté de la boutique de Suda Kaye.

– Quoi ?

– Ouais ! Je n'en reviens pas ! On en parle non-stop depuis deux jours. On a des rendez-vous avec des conseillers pour passer les détails en revue et s'assurer qu'on pense à tout, et bien sûr, Camden va nous aider puisque c'est un gourou des start-up. Il a même son propre fonds d'investissement qui ne s'occupe que de ça ! En plus, Evie et Milo sont tous les deux conseillers financiers, et ils ont chacun leur propre entreprise qu'ils sont en train de fusionner. Ils vont nous aider à prendre les bonnes décisions concernant nos héritages. Ah, oui, j'ai oublié : Jas a reçu son héritage en avance, c'est pour ça qu'on a décidé de foncer tête baissée.

– Foncer tête baissée... répète-t-il, d'un ton sceptique.

– Papou, tu n'as pas l'air emballé ? Tu sais que c'est mon rêve...

Il soupire et se racle la gorge. Est-ce qu'il pleure ?

– Si tu es heureuse, alors je suis heureux, tu le sais bien. Et ton père et moi avons toujours voulu que tous tes rêves deviennent réalité. C'est pour ça qu'on travaille si dur. Et te voilà en train de te lancer.

– Merci, papou.

– Je regrette seulement que tu le fasses à des milliers de kilomètres et que ton père et moi ne puissions pas participer, aider et être là pour t'encourager comme doivent le faire tous les bons parents, répond-il en riant sèchement.

Mon dos se voûte et mon enthousiasme disparaît aussitôt. C'est ce qu'il y a de plus dur dans ma décision de m'installer près de mes sœurs. Car mes pères sont à Chicago. Notre séparation la plus longue a été quand Jasper et moi avons étudié en France et en Italie pendant dix-huit mois.

– Tu sais qu'on rentrera pour les événements importants. Et vous pourrez venir ici, aussi. Et le local qu'on envisage de reprendre a son propre studio, au-dessus. Comme ça, Jasper et moi, nous aurons chacun notre espace, mais on partagera la pâtisserie.

– Ça a l'air génial, Izzy. Vraiment super. Sincèrement, je suis ravi pour vous. Casey va l'être aussi quand je lui annoncerai la nouvelle.

– Alors, ça ne te dérange pas que je m'installe dans le Colorado et pas dans l'Illinois ?

– Ma chérie, tu dois suivre ton cœur. Si tu veux connaître tes sœurs et les avoir dans ta vie, le Colorado est le meilleur endroit pour le faire. Bien sûr, tu vas nous manquer, mais les enfants grandissent. Ils quittent le nid. C'est dur, je ne vais pas te mentir. On t'aime plus que tout au monde. Mais cet amour ne changera pas en fonction d'où tu vis. Il est inconditionnel et te suivra partout jusqu'à notre dernier souffle.

Ses paroles me mettent les larmes aux yeux.

– Je t'aime, papou. Tellement que c'en est parfois douloureux.

– C'est comme ça que doit être l'amour, ma chérie. Ne te contente jamais d'un homme que tu n'aimes pas de tout ton être et qui ne ressent pas la même chose pour toi. Si tu as ce lien spécial avec la bonne personne, tu pourras transmettre cet amour à tes enfants, si Dieu le veut, ajoute-t-il, ne cachant pas son désir d'avoir un jour des petits-enfants.

Cela dit, il n'a jamais caché son souhait que j'aie des enfants un jour. Il a passé sa vie à dire des choses du style « Quand tu auras tes enfants, un jour », ou « Attends d'avoir un enfant. Toute ta vie prend plus de sens », bla-bla-bla.

– Je sais, je sais.

– Faut que je retourne au boulot, ma chérie. Les rosiers de Madame Caravali ne vont pas se tailler tout seuls.

– Mets un chapeau et plein de crème solaire. Je me fiche que ta peau brune ne brûle jamais. Il y a quand même un gros risque de cancer et comme tu passes ton temps dehors, tu dois te protéger !

– Bon sang, on dirait ton père, râle-t-il. Parfois, il me saute dessus quand je sors de la douche et il me tartine la nuque et les oreilles de crème pour être bien sûr que j'en mette, dit-il en riant.

– Il a raison. Ta peau est aussi importante que le reste de ton corps. Mets un chapeau, j'insiste.

– Je te le promets. Je suis content pour toi, ma puce, et j'ai hâte de suivre vos progrès. Tiens-nous au courant.

– Ça marche, capitaine !

– Sinon ça va, toi ? Ça se passe bien avec tes sœurs ?

Mince, ça me rappelle pourquoi je l'ai appelé, au départ.

– Oui, mais il s'est passé une chose étrange, hier.

– Quoi ?

– Elles ont reconnu le bracelet que vous m'avez offert pour mes seize ans. Elles ont dit qu'il était à Catori.

– C'est vrai, il était à ta mère. Elle l'a laissé à côté du mot, quand elle est partie. On l'a gardé jusqu'à ce que tu sois assez grande pour le porter.

– Pourquoi vous ne me l'avez pas dit ?

– Elle ne voulait pas qu'on te parle d'elle. C'était le seul moyen de t'offrir quelque chose qui lui appartenait sans rompre la promesse qu'on lui avait faite.

Je reste silencieuse un long moment. Je comprends que Catori ait eu ses raisons, surtout parce qu'elle savait qu'elle allait mourir et qu'elle ne voulait pas endeuiller un autre de ses enfants. Elle comprenait combien il était difficile de perdre sa mère, puisqu'elle avait perdu la sienne. Mais bon sang, je regrette qu'elle n'ait pas choisi de faire autrement. J'aurais aimé la connaître. La connaître vraiment.

– Izzy ? demande papou.

– Ouais, je suis là, je réponds, mais les larmes coulent sur mes joues.

– Ma puce, je suis désolé qu'on t'ait menti.

– Je sais. Je comprends, vraiment. C'est juste que... apprendre à connaître ces femmes géniales et en savoir plus sur ma mère, ça fait beaucoup...

– Chérie, ce serait beaucoup pour n'importe qui dans ta situation. Tu dois comprendre qu'il n'y a aucune « bonne » façon de te sentir. Tu as le droit de vivre cette expérience comme tu le veux, quelles que soient les émotions que tu ressens. Sois sincère, c'est tout. Parle-moi, parle à Casey, à Jasper, à tes sœurs. Ne garde pas tes sentiments pour toi, sinon un jour ça finira par exploser et ce sera encore plus dur à vivre. Ton père et moi ne te jugerons jamais. Nous avons commis beaucoup d'erreurs, même avec toi. Il n'y a pas de bonne façon d'élever un enfant, mais nous avons fait du mieux que nous avons pu, et nous sommes hyper-fiers de la femme que tu es devenue. Si tu as besoin de vider ta tête et ton cœur avec nous, n'hésite jamais. D'accord, ma chérie ?

Mes larmes s'intensifient et je renifle bruyamment.

– Oui, papou. Merci. Je le ferai, promis.

– Ok. Bon, ton père va être dégoûté de t'avoir ratée aujourd'hui, donc appelle-le demain pour qu'il ait droit à sa dose d'Izzy.

– Ça marche. Je t'aime. Dis à papa que je l'aime et qu'il me manque aussi.

– Ça roule. À bientôt.

– À bientôt, je répète.

Je raccroche et prends une longue inspiration avant de vider tout l'air de mes poumons pour me débarrasser du poids qui écrase ma poitrine.

J'ai droit à mes sentiments. Il est vrai que je pourrais m'enfoncer dans une tristesse infinie à cause des choix de ma mère biologique. Mais cela ne changerait rien à la situation.

Hier est le passé.

Aujourd'hui est le présent, et je dois le prendre comme un cadeau.

Aujourd'hui est aussi le jour où nous visitons l'ancienne confiserie avec l'agent immobilier. Et ça, c'est excitant. Je me force à m'asseoir dans le lit et je me regarde dans le miroir de la coiffeuse.

Une crinière de boucles rouges jusqu'au milieu du dos. Une peau blanche comme celle de mon papa Casey. Des yeux noisette, avec des reflets verts quand j'ai pleuré. Un petit nez en trompette et des yeux en amande bordés d'épais cils roux. Des taches de rousseur sur le nez et les joues, que j'ai toujours trouvées attirantes, alors que beaucoup de femmes essaient de les cacher. Une peau superbe, qui l'a toujours été. Mon papa m'a appris à toujours la protéger, comme si nous étions en guerre contre le soleil, et j'ai toujours appliqué ses conseils à la lettre. Une bouche de taille moyenne, avec des lèvres très roses et plutôt pulpeuses. En tout cas, c'est ce que m'ont toujours dit les mecs avec qui je suis sortie. Quant à mon corps... ouais, j'ai des courbes on ne peut plus généreuses.

Je me lève et me tourne pour étudier mon profil. Ma taille est fine, mes hanches plutôt larges et mes seins énormes. J'ai l'impression d'avoir plus de poitrine qu'Evie et Suda Kaye réunies. Cela dit, aucun mec ne s'en est jamais plaint. Mon ventre n'est pas tout à fait plat, un peu rond, mais pas trop non plus. À moins de faire du sport six heures par jour, et il le faudrait pour espérer avoir un corps jugé beau par la société, et à moins d'arrêter de manger des desserts, c'est-à-dire ma raison de vivre, je dois accepter mon corps. D'ailleurs, avant d'être à côté de mes sœurs canon, je n'ai jamais douté de moi. J'ai toujours été bien dans ma peau.

Je m'inspecte de nouveau, mais cette fois en essayant d'imaginer ce que voit Kyson. Une silhouette en huit avec de belles poignées d'amour. Globalement, j'aime ce que je vois et je suis à l'aise avec mon corps. Certes, je pourrais me raffermir un peu si je le voulais, mais honnêtement, ce n'est pas le cas. Je veux manger des cupcakes, des gâteaux et du pain. Si un mec veut être avec moi, une cheffe pâtissière, il doit aimer une femme charnue, comme dit Jasper. Lui aussi, il veut un mec aux fesses rembourrées, alors que lui est hyper-mince avec un corps naturellement athlétique. Il a des abdos et ne fait rien pour les avoir, cet enfoiré !

J'enlève mon pyjama en fredonnant doucement et je choisis mes vêtements pour la journée, que je pose sur le lit : un jean, un débardeur, des claquettes. Nickel.

Je saisis mon peignoir pour aller dans la salle de bains du palier et me doucher avant de préparer un nouveau petit dej pour Evie et Milo. Cette fois, j'ai envie de faire du pain perdu avec du sucre en poudre, du sirop d'érable et un coulis de fruit rouges.

Je prends le temps de me doucher et de me laver les cheveux avant de retourner dans ma chambre. Je découvre alors sur le lit une tout autre tenue que celle que j'ai choisie, qui semble déjà avoir été rangée. Apparemment, un petit lutin de la mode est venu dans ma chambre et a décidé que mon choix vestimentaire laissait à désirer.

Je tends l'oreille et entends un bruit de casseroles dans la cuisine.

Jasper.

J'enlève mon peignoir et fouille dans ma valise pour trouver une culotte et un soutien-gorge assortis, en dentelle couleur pêche et ultra-sexy. C'est la seule chose pour laquelle je veux bien dépenser de l'argent, en matière de vêtements.

J'ai appris ça de Penelope, la mère de Jasper. Elle a toujours joué un rôle de mère pour moi. C'est elle qui a appris à Jasper et moi à nous vernir les ongles, à prendre soin de notre peau. C'est même elle qui m'a aidée quand j'ai eu mes premières règles. La seule chose qu'une femme doit faire pour elle-même, selon Penelope, c'est de remplir ses tiroirs de jolis sous-vêtements. D'après elle, cela aide les femmes à se sentir assurées, sexy et féminines.

J'ai suivi ses conseils et j'ai donc investi dans de superbes ensembles. Et elle a raison. Chaque jour, lorsque je m'habille, je me sens jolie et j'aime savoir que je cache quelque chose de sexy que je suis seule à voir, sauf si je choisis d'inviter un homme à les découvrir.

Une fois en sous-vêtements, je regarde ce que Jasper a choisi. Un jean plus foncé, à la coupe droite. Une ceinture faite de plusieurs bandeaux de cuir entremêlés, de couleurs différentes, que nous avons trouvée chez *Gypsy Soul*. Mes sandales à talons compensés qui vont bien avec le jean, c'est vrai, et un chemisier blanc avec des manches courtes bouffantes. À côté de la tenue se trouvent plusieurs bracelets jonc en or et en argent, des boucles d'oreilles chandelier assorties et un énorme collier avec des fils en or et en argent qui se terminent en feuilles de lierre, auquel je n'aurais jamais pensé. Après avoir étudié le tout, je dois avouer que c'est parfait.

Quel génie.

Je me dépêche de m'habiller et file au rez-de-chaussée, où Jasper est occupé à laver les fruits.

– Ravissante, comme toujours, dit-il en me regardant des pieds à la tête.

– Mmm-hmmm. Je pensais leur préparer notre pain perdu de luxe, ce matin. Tu en penses quoi ?

– Parfait ! Je finis de les laver, puis je les coupe pour les faire cuire, répond-il en désignant les fraises et les mûres qu'on a achetées hier matin.

– Je m'occupe de battre les œufs.

Nous passons la demi-heure qui suit à effectuer cette danse qu'on maîtrise à la perfection après tant d'années passées côte à côte dans une cuisine. On se complète à merveille, devinant instinctivement ce pour quoi l'autre est doué, servant de sous-chef à l'autre sur diverses tâches, tendant les ustensiles ou les épices requis sans que l'autre n'ait à le demander.

– Tu penses quoi d'un thème corail, pêche et crème pour notre pâtisserie ? demande Jasper en mélangeant le sucre et les fruits à feu doux.

– Ajoute une touche dorée, et je trouverai ça génial, je réponds.

– Ooooh, ce serait vraiment chouette et élégant, tu as raison ! Je vois déjà l'harmonie des couleurs !

– Et tu penses quoi du nom *Sweet & Sassy*[3] ? je demande en versant la vanille sur les œufs battus.

Il fait une moue et fronce les sourcils.

– On dirait une boutique de fringues.

– Hmmm, tu n'as pas tort, je concède. *Sweet & Salty*[4] ?

– C'est mieux, répond-il sans toutefois avoir l'air emballé.

Or, on doit tous deux être excités par le nom de notre pâtisserie.

– *The Sweet Life* ? je propose en ajoutant du sel, de la cannelle et une touche de noix de muscade au mélange.

– Ça ressemble trop à cette série avec ces mecs, là, Zach et Cody[5].

---

3. Sucré & Culotté.
4. Sucré & Salé, mais *salty* a aussi le sens de « vif » et « coloré ».
5. Héros de la série télévisée *The suite life*, « La vie de palace ».

– Ah, ouais. Hmmm...

Je réfléchis en mettant la poêle sur le feu. Je trempe les tranches de pain dans la mixture d'œufs et les pose dans la poêle chaude lorsqu'Evie entre dans la cuisine. Ce matin, sa robe de chambre est en satin bleu roi. Ses cheveux sont lâchés et ses yeux semblent encore plus bleus, reflétant la couleur de son peignoir. Elle a tout d'une reine !

– Ooooh, quel est cet arôme divin ? On est côté sucré, ce matin, on dirait !

Côté sucré.

Je souris jusqu'aux oreilles et me tourne vers Jasper qui s'apprête également à parler, sa cuillère en l'air, dégoulinant de coulis.

– *On the sweet side* ! on s'exclame en même temps tout en sautant sur place comme des ados qui viennent d'apprendre que leur groupe de pop préféré part en tournée.

– Mon Dieu ! je m'écrie en lui tapant dans la main. Merci, Evie ! Tu viens de nous aider à trouver le nom de notre pâtisserie !

Elle recule la tête, confuse, mais tout sourires.

– Ah bon ?

– Ouais, ma belle, je réponds avant de retourner auprès de mon meilleur ami.

Je glisse mon bras sur ses épaules et le regarde, puis nous tournons la tête vers les yeux bleus de ma sœur et répétons le nom de notre boutique.

– *On The Sweet Side !*

CHAPITRE 8

Lorsque Jasper et moi arrivons à Pueblo, Suda Kaye nous attend, occupée à parler avec Kyson Turner et une femme que je présume être l'agent immobilier. Je gare Serenity sur une place près de la boutique et m'apprête à descendre lorsque Jasper saisit mon poignet.

– Bon, pas de pression, ok ? C'est peut-être le bon local, ou peut-être pas. On le saura quand on rentrera.

– Carrément. On le saura quand on le sentira.

– Maintenant, mets du gloss parce que Maçon-Délice est là et que je veux que ma nana soit sexy et belle à croquer !

Je pousse un grognement et plisse les yeux.

– Non, je ne vais pas sortir avec lui.

Jasper a commencé à ouvrir la portière, il la referme brusquement avant de se tourner vers moi.

– Je te demande pardon ? Comment ça ? J'ai dû mal entendre ! L'espace d'un instant, j'ai cru que ma chère Izzy allait refuser de sortir avec un mec ultra beau gosse, qui a un bon boulot, qui est d'ailleurs patron de son entreprise, à qui elle plaît clairement et, au risque de me répéter, qui est méga-hot.

– Il a fricoté avec Suda Kaye, je râle en m'affaissant dans le siège.

Il recule et ouvre la bouche, signe qu'il se prépare à me faire la leçon, je tends ma paume vers lui pour l'arrêter.

– Je t'interdis de...

Il saisit ma main et me coupe la parole.

– Ton excuse est bidon, et tu le sais. Suda Kaye t'a dit que ça ne lui posait pas de problème. D'ailleurs, elle veut clairement que tu sortes avec lui ; elle t'a pratiquement arrangé le coup ! Elle n'a pas de sentiments pour lui en dehors d'une amitié sincère. Regarde comme il lui parle. Si cette déesse bohémienne lui plaisait, il se rapprocherait d'elle et trouverait des raisons de la toucher. Or, il ne fait rien de tout ça. Et, bon sang, il est vraiment sexy avec sa ceinture à outils, son bloc-notes et son crayon derrière l'oreille. Izzy, tu dois sortir avec lui. Les femmes célibataires du monde entier sauteraient sur l'occasion d'un rencard avec un mec aussi beau que Kyson Turner.

Jasper n'a pas tort. J'étudie Kyson à travers le pare-brise ; ses longues jambes sont moulées dans un jean noir usé et son tee-shirt blanc ne cache pas les muscles de son torse. Je devine même ses abdos d'ici. À l'évidence, il prend soin de son corps, même si c'est sans doute la norme dans son métier.

Mon rythme cardiaque accélère, je fouille dans le vide-poches de la portière pour en sortir un gloss couleur pêche que j'applique dans le miroir du pare-soleil.

– Ah, voilà mon Izzy adorée. Allez viens, j'ai hâte de voir le local, dit-il en ouvrant la portière et en la claquant derrière lui.

– Mec, arrête de claquer les portes ! je gronde en sortant à mon tour.

– Ok, ok, je vais essayer de m'en souvenir, s'excuse-t-il en levant les mains. Désolé, ma belle, ajoute-t-il en tapotant le capot de ma voiture.

Lorsque nous approchons de la boutique, Suda Kaye se précipite vers nous.

– Je suis tellement excitée ! Vous aussi non ? s'écrie-t-elle.

– Suda Kaye, que fait Kyson ici ? je chuchote alors qu'elle nous prend par le bras pour nous guider vers la boutique.

Les Ray Ban de Kyson sont rivées sur moi et je le vois pencher la tête sur le côté discrètement, mais je vois bien qu'il me reluque.

– Ben, si vous choisissez ce local, il est le meilleur pour s'occuper de la rénovation. Cam te l'a dit hier soir. J'ai pensé qu'il était logique qu'il soit là dès le début pour vous donner une estimation fiable et précise du coût des rénovations. Si ça doit faire exploser votre budget, il est le mieux placé pour vous le dire. Il est honnête, il ne vous escroquera pas.

– Il ne la croquera pas ? Dommage. J'espérais justement l'inverse. Ma nana a bien besoin qu'un mec la croque un de ces quatre ; ça fait biiiien trop longtemps, déclare Jasper sans considération pour ma vie privée.

– Chuuuut, tais-toi, je gronde quand nous arrivons devant la porte.

– Mais c'est vrai !

Je me force à sourire, Kyson enlève ses lunettes de soleil et les glisse dans l'encolure de son tee-shirt.

– Isa, tu es aussi ravissante que la dernière fois.

– Kyson, je réponds en hochant la tête et en tendant la main à l'agent immobilier pour me présenter.

– Enchantée, répond-elle avant de tourner les talons et de nous ouvrir la porte.

– Je vous laisse faire, dit Suda Kaye. Je vous attends dans ma boutique. Venez tout me raconter quand vous aurez fini. Bonne chance ! s'exclame-t-elle en me prenant brièvement dans les bras.

Kyson nous emboîte le pas dans le local, mais il prend mon poignet pour m'arrêter et chuchoter dans mon oreille.

– Tu n'as pas répondu à mon message.

– Parce que je n'ai pas encore décidé si je veux sortir avec toi.

Il m'attire un peu de côté et je lui fais face, faisant appel à toute mon audace. Je déclare sèchement :

– Eh, on est là pour le boulot. C'est important pour moi.

– Je sais, et c'est pour ça que je suis ici. Mais il n'empêche qu'il est important pour moi que tu me donnes une réponse.

– Et je le ferai quand je serai prête. Pas avant.

Il baisse les yeux sur ma hanche et esquisse un sourire en coin.

– Ah, tu veux te faire désirer... Je vois que j'ai droit à la Isa culottée, aujourd'hui.

– Je te demande pardon ?

– J'aime les défis, répond-il en souriant. On en reparle après, conclut-il en me contournant, sortant son crayon de derrière son oreille.

L'agent immobilier et Jasper nous attendent patiemment, je devine que mon ami a fait en sorte que Kyson et moi ne soyons pas dérangés, quelle peste !

– Bon, montrez-nous tout, je dis en tapant dans mes mains, essayant de paraître sûre de moi.

La jeune femme nous montre d'abord la salle principale, qui ressemble à *Gypsy Soul,* même si Kyson nous assure qu'elle fait trois mètres de plus en largeur, ce qui est idéal puisqu'on compte installer des tables et des chaises pour que les gens puissent manger sur place s'ils le souhaitent.

– L'électricité est un problème, dit Kyson en désignant les fils au plafond ainsi que les prises parsemées dans la pièce. Il va falloir tout reprendre. Rien de tout ça n'est aux normes, explique-t-il avant de noter quelque chose sur son bloc-notes.

– Voici la cuisine, dit l'agent immobilier. Comme vous pouvez le voir, elle n'est pas en bon état, remarque-t-elle en montrant les plans de travail usés et le four désuet.

Jasper grimace en ouvrant la porte métallique pour inspecter l'intérieur.

– Comment elle a fait avec ces vieux équipements ? Il semble à peine capable de chauffer, et encore moins de cuire la moindre confiserie.

– Au fil du temps, la gérante a proposé de moins en moins de produits maison jusqu'à ce qu'elle ne fasse plus que de la revente. Je crois qu'elle n'avait pas cuisiné ici depuis cinq ou dix ans, mais des membres de sa famille ont travaillé avec elle jusqu'à son décès. Le local est vide depuis que Suda Kaye a repris le bail de *Gypsy Soul*, explique la jeune femme.

– Il va nous falloir plusieurs fours, ainsi que des extracteurs pour évacuer la chaleur. Il nous faut aussi des frigos, et tout le reste, je déclare en étudiant l'espace.

Kyson longe le mur, inspectant les prises, ainsi que les dalles en polystyrène taché du plafond, qui ont davantage leur place dans un bureau que dans une cuisine.

– Je propose de carreler toute la pièce pour plus de sécurité et une meilleure hygiène, dit-il.

Je hoche la tête.

– Il faudra me dire quels appareils vous voulez pour que j'évalue vos besoins en installation électrique.

Cela dit, comme le lieu était déjà une pâtisserie, j'imagine qu'il doit pouvoir supporter une lourde charge. La plomberie est bonne, aussi, dit-il en désignant les grilles d'évacuation au sol. Ça veut dire que vous pouvez tout laver au jet d'eau, le soir.

Il y a trois portes sur un des murs de la cuisine, dont l'une, entièrement en métal, s'ouvre grâce à une barre-poussoir.

– La sortie de secours, dit Kyson en l'ouvrant, nous montrant qu'elle donne sur un petit parking où sont rangées les poubelles.

– Les places sont réservées à cet immeuble. Chaque boutique a trois places attitrées, dit l'agent immobilier.

– Cool, comme ça, on n'occupera pas les places des clients dans la rue commerçante, dit Jasper.

Une autre porte semble donner sur une chambre froide. Kyson l'ouvre et passe la tête avant d'y disparaître complètement. Je lui emboîte le pas, étonnée de découvrir que la chambre froide est très vaste, avec de grandes étagères métalliques sur toute la longueur des murs.

– C'est dingue, dit Jasper.

– Est-ce qu'elle fonctionne ? je demande à Kyson.

Il est en train de trifouiller quelque chose derrière la porte et, soudain, un bruit de ventilation retentit et de l'air froid sort des grilles du sol et du plafond.

– Apparemment oui, mais j'aimerais la laisser allumée pour m'assurer qu'elle règle et garde bien la température, répond-il en gribouillant quelque chose sur son bloc-notes.

– Si elle marche, on va économiser une fortune, Izzy, dit Jasper.

Je sors de la pièce et marche vers la troisième porte.

– Et celle-là ? je demande en l'ouvrant, découvrant l'escalier qui doit mener à l'appartement du dessus.

– Ah, oui, vous avez dit que vous seriez intéressés de louer l'appartement, également ? dit l'agent immobilier.

– Oui, mais de toute façon la porte donne sur la cuisine. Même si on ne le voulait pas, le propriétaire ne pourrait le louer à personne d'autre puisque cela lui donnerait accès à nos locaux commerciaux, je remarque.

Elle sourit et hoche la tête avant de répondre.

– J'ai déjà entendu ça ; de la bouche de votre sœur, d'ailleurs. Le propriétaire dit qu'il verrouillera la porte et laissera l'appartement vide, si vous n'en voulez pas. Mais si vous le prenez, je suis sûre qu'il vous fera un bon prix. On avait fait ça pour Suda Kaye l'an dernier, donc ce ne sera pas difficile à obtenir de nouveau.

– Cool. On peut le visiter ? je demande.

– Oui, suivez-moi, répond-elle en gravissant l'escalier.

Jasper la suit et je fais signe à Kyson de me précéder.

– Les dames d'abord, dit-il en souriant.

Je désigne les marches :

– On est au XXIe siècle, les hommes ont le droit de passer devant les femmes, tu sais. D'ailleurs, j'insiste, je gronde quand l'audace de toute à l'heure refait surface.

Il se rapproche de moi, saisit mon bras et se penche pour chuchoter dans mon oreille.

– Si tu crois que je vais rater une occasion de voir ton superbe fessier et tes longues jambes gravir ces marches, tu es folle, ma belle. Tu devrais te dépêcher, ils nous attendent.

Je suis sur le point de répondre lorsque Jasper pousse un cri et tape dans ses mains.

– Izzy ! Viens ici tout de suite ! Faut que tu voies ça.

Je fusille Kyson du regard et il éclate de rire.

– Très bien, je rouspète en montant si vite à l'étage que je suis tout essoufflée en atteignant le palier.

J'ai du mal à croire ce que je vois en arrivant, et je m'appuie à l'embrasure de la porte pour reprendre ma respiration.

Les yeux de Jasper font la taille d'un citron et il frémit de joie.

– Waouh. Eh ben...

Je regarde les meubles anciens que la propriétaire a laissés derrière elle. Les accoudoirs des fauteuils sont en bois sculpté et leurs assises sont couvertes de tissus dignes d'un vieux château. Quant aux murs... une tapisserie aux motifs en velours représentant des fleurs de lys dorées.

L'agent immobilier tourne sur elle-même, arborant une expression horrifiée.

– Je... on m'a dit que le mobilier restait pour les locataires. Je savais qu'il y avait des meubles, mais je ne savais pas qu'il y en avait autant. Je peux demander au propriétaire s'il veut bien les faire enlever. Et pour la tapisserie... mon Dieu...

Je sens une main sur ma hanche et une autre sur mon épaule, c'est Kyson qui me pousse délicatement en avant pour entrer dans la pièce.

– Merde, dit-il simplement.

Et ce mot suffit.

Je regarde Jasper et sais qu'il est déjà trop tard, que mon meilleur ami est sur le point de craquer. D'ailleurs, ça ne se fait pas attendre.

– C'est ma nouvelle maison ! C'est tout ce dont j'ai toujours rêvé ! s'exclame-t-il. Izzy, je dois le prendre. Il faut que j'habite ici. Tu me connais. Tu me connais ! C'est le destin ! insiste-t-il en frémissant de joie.

Kyson se rapproche de nouveau et, cette fois, je frissonne.

– Ton pote a un souci, dit-il, et je ne peux pas m'empêcher d'éclater de rire.

J'étudie les meubles anciens, le tissu d'un fauteuil couvert de fleurs rouges, turquoise et orange. C'est tapageur, horrible, et mon meilleur ami est le plus heureux de la terre.

Il passe d'un meuble à l'autre et me montre une sorte de causeuse à pieds griffes de lion à laquelle un guéridon est attaché.

– Elle est de style victorien, explique-t-il. Sans doute de la fin des années 1800. Techniquement, c'est un faux, mais elle doit quand même avoir soixante ans au moins ! À l'époque de la reine Victoria, on trouvait ces causeuses dans toutes les demeures de l'aristocratie. On s'asseyait là pour répondre au téléphone en prenant l'air régalien et sophistiqué, poursuit-il avant de s'asseoir délicatement dessus et d'ouvrir le tiroir. Et c'est avec ça qu'on prenait des notes ! s'exclame-t-il en prenant le stylo et le petit bloc-notes. C'est trop cool !

– Mon Dieu...

– Qu'est-ce qui se passe ? chuchote Kyson dans mon oreille.

Je déglutis et essaie d'ignorer la réponse de mon corps en présence de Kyson.

– Jasper est au paradis.

– Tu plaisantes ? Ça doit grouiller de mites, répond-il.

Je secoue la tête et observe mon meilleur ami qui sautille vers le canapé en velours.

– Waouh, cette beauté est une vraie, d'origine ! dit-il d'un ton émerveillé qui me dit qu'un de ces rêves vient de s'exaucer. Il est vert sauge et date de 1920. J'en suis sûr !

Il s'assoit dessus et allonge ses bras sur l'horrible dossier verdâtre. Il se montre généreux en appelant cela du « sauge ». J'aurais plutôt dit un vert petit-pois-pourri, mais je ne peux pas ignorer le bonheur de Jasper qui est clairement amoureux du canapé.

– Jas... Tu te souviens de ce qu'on a dit dans la voiture ?

– Oui, répond-il en me regardant dans les yeux. On a dit que si le local était pour nous, il fallait foncer. Or, cet appartement prouve que c'est le signe du destin.

– Chéri, tu n'en sais rien. Laisse Kyson jeter un œil, histoire de s'assurer que ton canapé ne va pas finir dans la cuisine en dessous.

– Ça vous plaît vraiment ? s'étonne la jeune femme.

– Est-ce que ça me plaît ? Non, j'adooooore !

Kyson rit dans sa barbe et fait le tour de la pièce, cognant sur les murs, étudiant les prises et les interrupteurs. Il va ensuite dans la cuisine qui, heureusement, est dotée d'un électroménager moderne, mais pas d'un frigo. C'est bizarre, les héritiers de la propriétaire ont pris le frigo mais ont laissé des meubles d'antiquaire. Je suppose qu'ils ne devaient pas en connaître la valeur, contrairement à mon meilleur ami qui est gaga des antiquités, sauf lorsqu'il s'agit de ses vêtements.

– Tout ce que je dirai, Izzy, c'est que s'il y a une baignoire à pieds griffes de lion, c'est que cet appart est fait pour moi, déclare Jasper.

Je ferme les yeux et prie pour que tout se passe bien : que si ce local est fait pour nous, Jasper aura tout ce qu'il désire et moi aussi, dans un immeuble qui ne nous coûte pas une fortune et des années à rénover.

Jasper continue la visite vers un petit dégagement avec deux portes. Celle de droite donne sur une chambre qui, heureusement, est vide. Toutefois, on y retrouve une tapisserie baroque noire et argentée.

– Mon Dieu, mon Dieu, MON DIEU ! s'exclame Jasper en levant les yeux au plafond, d'où pend un lustre-chandelier.

Mince ! Si les meubles ne l'avaient pas déjà séduit, le chandelier finit de le faire. Je sais qu'il serait le plus heureux sur terre avec ce truc au-dessus de son lit, quelque chose de brillant à regarder pendant que son prochain partenaire le prendra sauvagement. Mon ami et moi ne jugeons personne pour ses tendances sexuelles, et surtout pas l'un l'autre. On aime qui on aime. On apprécie qui on apprécie. On a tous deux été élevés par des couples homosexuels ; ça fait partie de nos vies.

Ceci étant dit, mon meilleur ami est toujours le membre féminin dans ses couples. Il aime tout ce qui est girly et, comme toutes les femmes que je connais, on aime tous les deux les hommes virils qui sont plus grands et plus forts que nous. Avoir un chandelier dans sa chambre est parfait pour Jasper. Or, qui suis-je pour le priver d'être heureux ? Il a tout abandonné pour me suivre ici alors qu'on avait élaboré un tout autre projet à Chicago.

Plus j'y pense, plus je me rends compte que je me dois de le rendre heureux. Si cet appartement l'aide à se sentir chez lui dans le Colorado, je dois l'encourager.

– Si tu veux que ce soit ici chez toi, je te suis, Jas. On doit juste s'assurer qu'on peut se le permettre et que ça rentre dans le budget, ok ?

Il se lèche la lèvre inférieure avant de la mordiller.

– Je le veux vraiment, Izzy.

– Je sais, bébé. Attendons de voir ce que dit l'agent immobilier et...

Je suis justement interrompue par son cri faussement enthousiaste. À l'évidence, elle a compris que mon meilleur ami est taré et elle compte en profiter.

– Il y a une baignoire à pieds griffes de lion ! s'écrie-t-elle.

Jasper écarquille les yeux et j'éclate de rire avant de désigner la salle de bains d'un mouvement de tête.

– Allez, vas-y, je dis en souriant.

Il se précipite et je soupire avant de retourner dans le salon, où Kyson prend des notes.

– Que donne la salle de bains ? je demande.

– Elle est nickel. Apparemment, ils ont fait plus de travaux ici que dans le local professionnel. Il n'y a rien à revoir dans cette partie, répond-il avant de grimacer en regardant autour de lui. Enfin, du moment qu'on aime ce style. Ça ne ressemble pas à ce que j'ai fait dans le studio de Suda Kaye.

– Tu as rénové son appart aussi ?

– Oui. On a entièrement refait la cuisine, avec de nouveaux placards, un nouveau plan de travail et tout le tralala. Le reste du studio était en bon état, mais il est plus petit que celui-ci. On retrouve les mêmes trois mètres supplémentaires qu'au rez-de-chaussée, c'est pour ça qu'il y a une chambre et une salle de bains séparées.

– Je n'ai pas besoin de grand-chose, je réponds en haussant les épaules.

– En fait, j'ai eu une idée. Il faut qu'on parle à Suda Kaye, mais ça pourrait être cool et ça te permettrait de passer d'un bâtiment à l'autre en toute sécurité.

– Comment ça ?

– Allons en bas, je vais te montrer, dit-il.

Je le suis après avoir crié à Jas qu'on retournait dans la boutique. Maintenant qu'il a trouvé son paradis, je sais qu'il va être difficile de l'en arracher.

– À plus ! répond-il simplement.

Au rez-de-chaussée, nous traversons la cuisine et revenons dans la première salle, là où se trouvera le comptoir.

– Ce mur est mitoyen avec la boutique de Suda Kaye. Si on y crée une ouverture, ça donnera sur son arrière-boutique. Ça ne la gênerait pas au quotidien, et tu aurais accès à ton studio sans passer par la porte avant ou arrière de ta boutique et sans avoir à traverser celle de ta sœur.

– Ok, ouais. Mais ça ne me dérange pas vraiment.

– Tu changeras peut-être d'avis quand tu devras descendre à six heures du matin en plein hiver et qu'il fera nuit et froid dehors.

Il n'a pas tort. La cour arrière n'est pas effrayante en plein jour, mais elle pourrait l'être aux aurores ou tard le soir. Une femme n'est jamais trop prudente. C'est ce que mes pères me répètent depuis que j'ai cinq ans.

Kyson se dirige vers l'entrée, près des vitres qui donnent sur la rue.

– Maintenant, essaie de visualiser ce que je dis. Si on casse ce mur et qu'on crée une arche d'un mètre cinquante de large entre la pâtisserie et *Gypsy Soul,* tu pourrais aller et venir comme tu le veux. La porte de ton studio est plus près de l'avant de la boutique de ta sœur, même si elle ne se voit pas étant donné qu'elle est peinte de la même couleur que les murs.

– Ce ne serait pas bizarre que les deux espaces soient connectés ?

Kyson hausse une épaule.

– Tu penses ? Ce serait plus facile pour parler avec ta sœur, mais l'avantage est surtout que ses clients et les tiens pourraient passer d'un endroit à l'autre. Donc, vous pourriez chacune accroître votre clientèle. Quand les tiens feront la queue pour acheter un gâteau, ils pourront apercevoir une robe ou quelque chose qui leur plaît chez ta sœur. Et les clients de Suda Kaye sentiront tes desserts et n'auront plus qu'à venir en choisir un.

– Waouh, c'est plutôt malin.

– Il faudrait qu'on en discute avec elle, mais à mon avis, elle sera ravie de pouvoir parler à sa sœur quand elle le veut.

Le problème risque plutôt d'être avec le propriétaire des immeubles, c'est pour ça que je t'en parle maintenant. On pourrait l'ajouter dans ton contrat, si tu choisis de prendre ce local, et stipuler que ce sera à ta charge de remonter une cloison si tu décides de partir. Et moi, je ferai en sorte que ça puisse être fait facilement.

– Dis donc, tu sais de quoi tu parles, je dis en souriant.

– Ça fait un moment que je fais ce métier, répond-il.

– Ah oui ?

Il fait un pas vers moi et pose sa main sur mon épaule.

– Ouais. Je serais ravi de t'en dire plus sur moi, tu sais...

Je retiens mon souffle tandis qu'il baisse la tête et approche son visage du mien.

– Ah ?

– Ouais, si tu acceptes de sortir avec moi jeudi soir, je répondrai à toutes tes questions.

Je baisse la tête et il referme sa main sur ma nuque.

– De quoi tu as peur ?

– T'amuser sans t'engager : c'est ce que tu voulais avec Suda Kaye, n'est-ce pas ?

Sa main disparaît de ma nuque et sa chaleur me manque aussitôt.

– Tu n'es pas Suda Kaye. Et beaucoup de choses ont changé durant cette dernière année.

– Tu as fricoté avec ma sœur. Et maintenant, tu veux sortir avec moi. Tu m'as clairement dit que tu voulais m'embrasser.

– Oui, absolument, répond-il en se rapprochant de nouveau.

Je lève la tête et étudie ses yeux bleu clair dans lesquels je pourrais si facilement me noyer.

– Et Suda Kaye ?

– Comment ça ? répond-il en fronçant les sourcils. On s'est embrassés une fois. Je ne vais pas mentir : c'était bon, et sur le moment, c'était amusant. Elle est cool, avec un côté Janis Joplin qui me plaît. J'ai tenté ma chance, tout comme Cam, et c'est lui qui a gagné. Ils sont faits l'un pour l'autre. Je n'ai jamais essayé de m'interposer entre eux. Quand ils se sont remis ensemble, j'ai tout de suite vu qu'il était fait pour être avec elle. Et ça ne m'a jamais dérangé, Isa, pas le moins du monde. Je n'attendais rien de ta sœur, mais quand j'ai l'occasion d'embrasser une belle femme, je la saisis et je profite de l'expérience pour ce qu'elle est : un beau baiser avec une femme sublime qui est désormais mon amie. C'est tout. Rien de plus, rien de moins. Ce qui compte pour moi, maintenant, c'est de savoir si tu vas laisser un minuscule baiser gâcher l'occasion de vivre quelque chose qui pourrait être magique entre nous ?

– Magique ?

– Honnêtement, je n'en sais rien. Mais dès que je t'ai vue, j'ai voulu te connaître davantage. Ça fait très longtemps que je n'ai pas ressenti ça.

– Ouais, il y a un an, avec ma sœur.

– Pas vraiment, répond-il en soupirant. Il y a autre chose. Quelque chose que je veux explorer. Je te demande de tenter ta chance et de venir dîner avec moi. Je ne te demande pas de sauter dans mon lit, ma belle. Juste un dîner, puis une balade. Qui sait, peut-être qu'on découvrira qu'on n'a rien en commun, et ce ne serait pas grave. Si c'est le cas, tu auras bien dîné et tu te seras fait un ami. C'est quoi le pire qui puisse arriver ?

Des papillons s'envolent dans mon ventre. Je sais ce que je dois faire.

– D'accord.

– D'accord ? répète-t-il en plongeant son regard dans le mien. Tu veux dire que tu veux bien sortir avec moi ?

– Jeudi, j'acquiesce. Je dois mettre quelque chose de chic ?

Il sourit jusqu'aux oreilles.

– Tu peux mettre ce que tu veux, mais je pensais t'emmener dans un restau sympa. Une robe sur tes superbes courbes serait fortement appréciée.

Je ne peux pas m'empêcher de glousser comme une gamine.

– Ça marche, je réponds.

Kyson se penche vers moi et pose sa main sur ma hanche avant de m'embrasser sur la joue.

– J'ai hâte d'être seul avec toi, chuchote-t-il.

Je dois faire appel à tout mon self-control pour me retenir de frissonner, car je ne veux pas qu'il sache combien sa proximité m'affecte.

J'entends des pas dans l'escalier et je me redresse avant de faire un pas en arrière pour m'éloigner de Kyson, qui en fait de même avant de se plonger dans son bloc-notes.

– Il faut qu'on parle de ce que vous voulez faire niveau décoration, ainsi que des équipements dont vous avez besoin, histoire qu'on réfléchisse à la meilleure mise en place et à ce que ça va vous coûter. Toutefois, je peux déjà vous dire que la plus grosse dépense va concerner l'électricité, le carrelage de la cuisine et les nouveaux placards. Le local est moins désuet que je ne le pensais, surtout pour l'usage que vous comptez en faire.

Il me tend son bloc-notes, où il a noté diverses dépenses en matière d'électricité, de carrelage, de main-d'œuvre et de peinture.

– Il faudrait que je monte sur le toit pour vérifier l'état des conduits d'évacuation, et j'aurai d'autres vérifications à faire une fois que vous aurez fixé vos besoins en équipement. Tu pourras m'envoyer les fiches techniques de vos fours, éviers, frigos, et tout le reste ? me demande-t-il.

Je hoche la tête et lui souris.

– Maintenant, qu'est-ce que vous envisagez pour cet espace ? demande-t-il en désignant la salle principale.

Je lui explique notre idée d'un présentoir en L, les portes de saloon pour la cuisine, les couleurs auxquelles on a pensé, et Kyson me rappelle qu'il faut qu'on pense à un endroit où stocker nos produits, aux étagères dont on va avoir besoin, et ainsi de suite.

Une fois que Jasper a fini de baver dans son appartement, on file chez Suda Kaye pour en discuter en privé et jeter un œil à son appartement.

On dit ensuite à l'agent immobilier qu'on est très intéressés et que l'on va rapidement revenir vers elle. Mais comme personne n'a visité le local en un an, on a le temps de réfléchir et on pense pouvoir obtenir un bon prix pour le tout, sans oublier les meubles de l'appartement de Jasper.

J'ai donc un emplacement potentiel pour ma nouvelle boutique, le nom de ma pâtisserie et un rencard pour jeudi soir.

Venir dans le Colorado semble être une des meilleures décisions de toute ma vie.

CHAPITRE 9

– Suda Kaye, tu as cru que j'avais les mêmes fesses que toi ? Voire qu'Evie ? Ce n'est pas le cas, ma belle ; j'ai un fessier bien rembourré et il ne rentrera jamais dans ta micro-robe ! je marmonne en gigotant de gauche à droite, saucissonnée dans la jupe étroite.

Ma sœur étudie mes fesses en fronçant les sourcils.

– Hmmm. Le descriptif disait que la robe conviendrait à toutes les tailles, répond-elle d'un ton pensif.

– Et tu l'as cru ?

Je retire la robe vers le bas en la baissant sur mes chevilles. Il est hors de question qu'elle repasse sur mes seins, j'ai déjà eu un mal de chien à l'enfiler.

– Les tailles uniques sont un leurre, je rouspète.

– C'est de la publicité mensongère ! Je n'achèterai plus rien à ce fournisseur, dit-elle, dégoûtée.

Je jette la robe sur le lit qui m'appartient, maintenant que je loue le studio de ma demi-sœur. Je fouille dans la pile de vêtements et en sors un pantalon de tailleur noir, taille basse, avec une coupe droite. Il a de gros ourlets sur les chevilles, il est à la fois sexy et élégant.

– Oooh, il est canon, celui-là, dit Suda Kaye en extirpant un débardeur violet pailleté du tas. Ce top serait parfait avec.

– Est-ce qu'il contiendra les filles ? je demande en soupesant mon bonnet E.

Suda Kaye n'est pas à plaindre avec son bonnet D, alors qu'Evie atteint à peine le B.

– Oui, Izzy, soupire-t-elle. Ça fait un moment que je fais ce métier, et je connais bien ces marques. Je voulais juste que tu essaies la robe parce qu'elle avait l'air sexy dans le catalogue et que le mannequin avait de belles rondeurs. C'est vraiment de la publicité mensongère. Je vais écrire au service client, répond-elle en se laissant tomber sur le lit alors que j'enfile le pantalon.

Il me va comme un gant, et ma sœur siffle lorsque je me tourne devant le miroir pour mieux me voir.

– Ton cul est superbe, dit-elle.

Je souris en promenant mes mains sur mon fessier.

– C'est vrai, hein ? Youpee ! On a un vainqueur ! je dis avant de regarder l'heure sur la pendule. Mince, il arrive dans vingt minutes.

– Crotte !

Ma sœur saisit le débardeur et me le jette. Je l'enfile et suis enchantée par son col boule, qui révèle mon décolleté tout en restant élégant.

– Génial ! s'exclame-t-elle avant de saisir une dizaine de bracelets brillants et des boucles d'oreilles pendantes assorties.

Je mets le tout, détache mes cheveux, secoue la tête pour libérer mes boucles, qui sont particulièrement brillantes après le soin que j'ai fait ce matin.

– Tu es tellement belle, Izzy. Maman serait stupéfaite par ta beauté. Elle nous montrait toujours les filles rousses, quand on était avec elle, dit Suda Kaye, pensive. Une fois, on était dans un parc et on a vu une maman rousse avec sa fille, et elle nous les a montrées en disant « Regardez ces jolies filles. J'adore les cheveux roux ; c'est tellement unique », raconte-t-elle en souriant. Je comprends, maintenant, pourquoi ça la fascinait autant, conclut-elle tristement.

– C'est normal, tu sais, de trouver tout ça bizarre. Ma présence ici, le fait que j'habite dans ton ancien studio, que j'aie déménagé dans le Colorado et envahi vos vies.

Suda Kaye se lève d'un bond et vient vers moi pour prendre mes mains dans les siennes.

– Ce n'est pas bizarre du tout. Au contraire, c'est comme si on découvrait une facette de maman qu'on ne connaissait pas. Et puis, bien sûr, il y a Ian...

– Est-ce que vous vous êtes parlé ? je demande en lui souriant tendrement.

– Oui, sauf que c'est un peu tendu parce qu'il veut tout savoir de moi tout de suite, mais c'est impossible. Surtout à distance. Cela dit, Cam m'a dit qu'il m'emmènerait à Chicago pour que je puisse mieux les connaître, lui et Casey. Mais je me suis dit qu'on pourrait aussi les inviter ici, vu que tu es là.

– Mon papou est l'incarnation même de l'amour. S'il s'engage auprès de toi, c'est pour la vie. D'après ce qu'il m'a dit, tu es comme un immense mystère qu'il aime déjà de tout son cœur. Mais il ne sait pas comment obtenir ton amour en retour. C'est dur pour lui, parce qu'il a grandi en famille d'accueil. Il n'avait jamais eu de famille à lui avant de rencontrer Casey et de m'avoir. Je crois qu'il veut désespérément tout savoir de toi parce qu'il veut rattraper en un mois les vingt-neuf années qu'il a ratées. Tu veux un conseil ?

Elle hoche la tête.

– Offre-lui ce que tu peux, ce dont tu es capable. Sois honnête avec lui. Dis-lui que c'est bizarre pour toi d'essayer de lui raconter tout ce qu'il a raté, mais que tu as hâte de te concentrer sur les années à venir.

– C'est un bon conseil, chuchote-t-elle. Après tout, ce n'est pas que je n'ai pas envie de le connaître. C'est ce que je veux plus que tout, mais il est tellement avide du moindre bout d'info... Il ne me parle jamais de lui. Parfois, j'ai l'impression de passer un entretien d'embauche, dit-elle en riant.

– Il est parfois un peu intense, c'est vrai. Rappelle-toi seulement que c'est par amour. Et bien sûr, s'il est trop insistant, dis-le-moi et je le remettrai tout de suite à sa place, je déclare en souriant.

Elle sourit également et m'attire dans ses bras.

– Je suis contente que tu sois là. C'est facile d'être avec toi, de tenir à toi. C'est comme si on avait toujours été sœurs.

Ma gorge se noue et mes yeux me brûlent, mais je me force à repousser mes larmes.

– Je suis contente d'être là, moi aussi.

Quelqu'un frappe alors à la porte.

– Merde, il est là ! je m'exclame en contournant Suda Kaye pour me précipiter dans la salle de bains, où je vaporise un peu de laque sur mes boucles.

Je mets ensuite un peu de gloss avant de réaliser que je suis pieds nus.

– Tu peux lui ouvrir ? je crie.

– Je gère ! répond-elle en arrivant derrière moi, une paire de chaussures à la main.

Je les adore, celles-ci. Ce sont des sandales à talon compensé, noires, avec des clous sur le cuir, ce qui leur donne un côté badgirl. Jasper dit qu'elles sont « sexy-rockeur ».

Il aurait voulu être là pour m'aider à me préparer, mais il avait prévu un appel en visio avec ses mères.

Je finis de me préparer, puis je mets mes sandales avant de m'étudier dans le miroir. J'ai mis du fard à paupières noir, du blush rose et un gloss mauve qui donne un air juteux à ma bouche. Mes cheveux sont un peu sauvages et très séduisants, sans me donner un air négligé ou aguicheur. Je me tourne d'un côté puis de l'autre et décide que ce look me ressemble. Je ne sais pas si ça plaira à Kyson, mais je n'ai pas l'intention de changer ni pour un homme ni pour personne. Je crois que ma mère approuverait, étant donné qu'elle a vécu comme elle le voulait durant son court séjour sur terre.

Je respire et sors de la salle de bains, trouvant Kyson installé sur un tabouret de bar de la cuisine, concentré sur son téléphone. Il est très élégant dans son pantalon gris foncé et sa chemise blanche. Les premiers boutons sont défaits et je peux admirer la peau ambrée de sa gorge. Je fais quelques pas dans la pièce et réalise que Suda Kaye est partie.

Il lève la tête, je lui souris et ses beaux yeux bleus trouvent les miens. Mon souffle en est coupé et je me force à déglutir avant de faire un petit tour sur moi-même.

– Ça ira pour notre dîner ? je demande.

– Viens par là, Isa, ordonne-t-il alors que son regard s'embrase.

Isa.

J'adore qu'il prononce ce diminutif avec sa voix grave.

Je marche vers lui et il se lève, posant aussitôt une main sur ma hanche et l'autre sur mon cou. Il baisse la tête et, l'espace d'un instant, je suis persuadée qu'il va m'embrasser. Je découvre alors que je suis terriblement déçue qu'il ne le fasse pas.

– Ta beauté est irréelle. Tu pourrais porter un sac en toile de jute et je penserais quand même que tu es la plus belle femme que j'aie jamais vue.

J'inspire brusquement et plonge mon regard dans le sien en posant ma main sur son torse.

– Tu plaisantes…

– Pas du tout, non. Tu verras, tu apprendras vite à savoir quand je plaisante et quand je suis en train de faire appel à tout mon self-control.

– Ton self-control ?

– En ne m'emparant pas de ta bouche pour savoir quel goût a ton gloss. Je le sens d'ici et j'en ai l'eau à la bouche.

J'écarquille les yeux et ne trouve pas mes mots. Cela fait sourire Kyson, qui se baisse de nouveau pour coller délicatement sa joue à la mienne. Je respire son parfum d'agrumes aux notes boisées, et j'empoigne sa chemise alors qu'il s'approche encore un peu.

– Ne doute jamais de ta beauté, Isa, chuchote-t-il dans mon oreille, me faisant frissonner. Je te garantis que tous les mecs qu'on croisera ce soir regretteront de ne pas être à ma place.

Il frotte sa barbe naissante à ma joue et dépose un baiser sur le coin de ma bouche. Il me suffirait de tourner à peine un peu la tête pour l'embrasser. Et j'en meurs d'envie. Il va falloir que je reprenne le contrôle de mes hormones, bon sang. J'ai eu ma dose d'histoires sans lendemain et, si c'est amusant sur le moment, je cherche une relation sérieuse, à présent. Or, Kyson a tout d'un bad boy, même si c'est son côté doux, franc et naturel qui m'attire. Ça, et bien sûr son corps de rêve, ses yeux sublimes et son fessier exquis.

Il esquisse un sourire satisfait et sa main quitte ma nuque pour descendre sur mon bras jusqu'à ma main.

– Tu es prête ?

Je hoche la tête et saisis ma pochette sur le plan de travail.

– J'allais t'emmener dans un restaurant un peu chic, mais j'ai pensé que comme ça ne fait que quelques jours que tu es ici, un pub serait plus fun. Ils servent de superbes steaks, des fruits de mer et des bonnes pâtes maison, mais l'atmosphère est plus animée. Moins guindée.

– Mouais, les ambiances guindées ne sont pas mon truc. Je te suis ! Je sais m'amuser n'importe où, et je suis cheffe. On ne peut pas être cuistot et être difficile en matière de nourriture. Du moins, c'est que mes pères disent toujours.

– Tes pères ?

Je prends sa main en riant et je le laisse m'emmener sur le palier, où je ferme la porte à clé avant de le suivre dans l'escalier.

– Je t'expliquerai ça au restaurant, je réponds alors qu'on arrive dans la boutique de Suda Kaye, qui encaisse un client. *Bye*, Suda Kaye ! je lance en lui faisant un au revoir de la main.

– *Bye*, sœurette ! Amusez-vous !

Dans la rue, Kyson ouvre la portière passager d'un pick-up de chantier blanc, portant l'emblème *Turner Brothers Construction* ainsi que leurs coordonnées. L'intérieur est étonnamment propre et sent le nettoyant ménager. Même le sol porte encore les traces d'un aspirateur.

– Est-ce que tu as lavé ta voiture pour moi ? je demande en souriant.

Il s'installe au volant et attache sa ceinture.

– Ouaip, répond-il sans hésiter. Je ne voulais pas que tu te salisses. C'est mon véhicule principal, et mon boulot est salissant. Cela dit, même si je l'ai nettoyé aujourd'hui pour toi, je le fais très régulièrement.

Sa franchise me surprend et me plaît énormément.

– J'ai hésité à venir te chercher à moto.

– Tu as une moto ? je demande en écarquillant les yeux.

– Ouais, depuis longtemps. J'adore ça. C'est une passion que je partage avec mes frères et mon père. Il est membre du club de moto du coin, et il a un garage à Denver.

– Tu es dans ce club, toi ? je demande, curieuse, car dans ma tête les clubs de motards ont toujours été synonymes de gangs.

J'ai regardé la première saison de *Son of Anarchy* et les types faisaient vraiment flipper. Ils étaient tous beaux, mais effrayants, et ils avaient constamment des ennuis avec les flics.

– Non, répond Kyson en secouant la tête. Vincent, l'un de mes frères, en fait partie et mon père est vice-président du club. Mon frère espère prendre sa place un jour.

– Et toi ?

– Honnêtement, je n'ai pas le temps. Entre mon entreprise et... euh... le reste, je ne peux pas m'engager dans un truc qui demande une telle implication. C'est une véritable fratrie. La plupart des membres travaillent ensemble, roulent ensemble et passent leur temps au clubhouse ensemble. Ils font aussi beaucoup de bénévolat, et je m'entends avec la plupart d'entre eux, mais ce n'est pas pareil. C'est vraiment une famille de frères. Ils mourraient les uns pour les autres.

– Ouais, je comprends. Tu as dit que tu avais plusieurs frères ?

Il hoche la tête en entrant sur le parking d'un restaurant qui s'appelle *Bryant Brews & Grill.*

– Lincoln et moi travaillons ensemble. Il détient 25% des parts de l'entreprise, et son but et d'en avoir 50 un jour.

– Est-ce qu'il est comme toi ?

Il secoue la tête en souriant.

– Non. Enfin physiquement, peut-être un peu. Mais nos personnalités n'ont rien à voir, répond-il en garant son énorme pick-up avec autant de facilité que si c'était une petite Twingo. D'ailleurs, mon frangin a un caractère un peu particulier.

– Comment ça ? je demande en détachant ma ceinture et en me tournant vers lui.

– Suda Kaye dit qu'il est ronchon. D'ailleurs, il vaut sans doute mieux qu'on en parle tout de suite, au cas où ce serait un problème. Quand on travaillait pour Suda Kaye, il y a eu un petit incident parce que Lincoln avait mal interprété ce qui se passait entre elle et moi. Quand Cam a débarqué, mon frère s'est emporté. Cam l'a viré du chantier, et il a eu raison de le faire.

– Waouh. Qu'est-ce qu'il avait dit ?

– Peu importe. En plus, c'était il y a un an. Je te le dis parce qu'il va travailler dans ta pâtisserie. C'est un bon gars et il travaille dur, et vite. Je lui fais entièrement confiance. On a des employés, mais ils sont pris sur d'autres chantiers. Et je préfère travailler avec mon frère sur les chantiers plus compliqués ou qui me tiennent à cœur, parce qu'on travaille de la même façon. Et pour toi, je veux ce qu'il y a de mieux.

Je souris jusqu'aux oreilles et pose ma main sur la sienne, sur son siège.

– C'est mignon. Ça ne me dérange pas de travailler avec un maçon ronchon. Il est très rare que j'aie des problèmes avec qui que ce soit.

Kyson se lèche les lèvres et je le regarde faire, fascinée.

– Ce n'est pas toi qui m'inquiètes. Tu vois, euh, Linc ne... n'est pas intéressé par les femmes, si tu vois ce que je veux dire.

– Ah.

– Ouais, et euh... Jasper est un peu... exubérant...

Je fronce les sourcils, persuadée qu'il s'apprête à tenir des propos blessants envers mon meilleur ami qui est, certes, clinquant mais qui est aussi la plus belle personne que je connaisse. J'essaie de retirer ma main de la sienne, déjà furieuse, mais il m'en empêche et secoue la tête.

– Si tu t'apprêtes à insinuer quoi que ce soit à propos de Jasper, on devrait écourter la soirée tout de suite... je commence d'un ton menaçant.

– Isa chérie, ce n'est pas ça du tout. Ce que j'essaie de dire, c'est que Lincoln aime un certain type de mec. Les mecs excentriques et un peu efféminés.

– Je ne comprends pas le problème, alors, je réponds, parfaitement confuse.

– Linc pourrait lui mettre le grappin dessus. Et ça pourrait devenir gênant, explique-t-il d'un ton très sérieux.

Je le regarde dans les yeux, note son air inquiet, et j'éclate de rire. Un fou rire incontrôlable qui résonne dans l'habitacle du véhicule. Je suis tellement pliée que je pousse Kyson en arrière et me laisse tomber en avant, appuyant mon front sur son épaule, à bout de souffle.

Il me tient d'abord timidement contre lui, puis il caresse mon dos de bas en haut.

– Euh... dois-je en déduire que je n'ai pas de raison de m'inquiéter ?

Je finis par réussir à me calmer et je me redresse, repoussant mes cheveux en arrière avant d'essuyer mes larmes avec mes doigts.

– L'idée que Lincoln mette Jasper mal à l'aise en le draguant est vraiment absurde, Kyson. J'ai hâte de le dire à mes pères. Ils vont être pliés de rire ! j'explique en riant de nouveau.

Je secoue la tête et repose ma main sur son torse.

– Ne t'inquiète pas pour Jasper. S'il ne veut pas de l'attention de ton frère, il saura le lui dire. Ça ne m'angoisse pas du tout. Et s'ils se plaisent, alors tant mieux. Ça fait des mois que Jasper se plaint de ne pas avoir de mec. Si ton frère le kiffe et que c'est réciproque, moi je dis, qu'ils s'amusent !

– Tu es assez détendue comme nana, Isabeau. Ça me plaît. Beaucoup, déclare Kyson en souriant.

Il n'en dit pas plus, sort du véhicule avant d'en faire le tour pour ouvrir ma portière avant même que j'aie eu le temps de prendre ma pochette. Il me tend alors la main et m'aide à descendre les deux marches du pick-up.

Il m'escorte dans le pub qui fourmille de clients. Il a dû réserver, car l'hôtesse d'accueil nous emmène tout de suite vers le fond de la salle, légèrement à l'écart du bar et de ses écrans télé.

Nous nous asseyons face à face sur les banquettes, et j'étudie le menu, découvrant qu'ils vendent de la bière qu'ils brassent sur place.

– J'ai une petite manie, je déclare en plaquant le menu contre ma poitrine pour regarder Kyson. Quand je vais dans un restaurant pour la première fois, j'ai l'habitude de commander la spécialité du chef et je demande systématiquement le vin ou la bière locale.

– J'ai déjà goûté la *Bryant Brew,* elle est très bonne. Porter Bryant est un bon gars, c'est lui le patron.

– Attends... Bryant ? Comme Camden ?

– Ils sont frères, oui. J'ai pensé que ce serait sympa de t'emmener dans un de mes endroits préférés, avec lequel tu as aussi des liens familiaux.

– Génial !

Lorsque le serveur arrive, Kyson lui demande de dire à Porter qu'on est là, puis nous commandons tous les deux la bière de la maison ainsi que la spécialité du chef, sans demander ce que c'est. J'aime les surprises, et j'aime la nourriture. Il y a peu de choses que je refuse de manger ou de goûter. C'était super pour mes parents, d'ailleurs, car ce sont des fans de gastronomie, eux aussi.

– Alors, parle-moi de tes pères, au pluriel. Et du fait que tu es la sœur retrouvée de Suda Kaye et Evie.

J'explique alors l'histoire à Kyson ; que Catori était donneuse d'ovocytes et mère porteuse pour mes parents, qui étaient mariés et s'aimaient profondément. Que j'ai grandi sans connaître l'existence de Catori, car c'est ce qu'elle avait souhaité. Et donc que je ne savais pas que j'avais deux sœurs ni que mon père Ian était le père biologique de Suda Kaye, ce qui fait que nous avons toutes les trois la même mère, mais des pères différents.

– C'est aussi fascinant que bizarre. Ça a dû être dur pour toi, d'apprendre leur existence grâce à l'héritage de ton beau-père.

– Hmmm. Je n'avais jamais pensé à Adam Ross de cette façon, mais je suppose que si je l'avais connu de son vivant, c'est ce qu'il aurait été pour moi, oui.

– Tu aurais eu trois pères !

On rit tous les deux, et cela détend un peu l'atmosphère après ce que je viens de raconter.

– Et comment tu te fais au Colorado, après une semaine ici ?

– Pour l'instant, je ne peux pas me plaindre. Mon meilleur ami est avec moi, on va ouvrir notre pâtisserie après en avoir rêvé pendant vingt ans, et ce grâce à la fortune dont j'ai hérité. J'apprends à connaître deux femmes géniales que j'apprécie sincèrement et avec qui je serais amie même si on n'était pas demi-sœurs.

– Mais ça doit être dur, non, d'être loin de chez toi et de tes parents ?

Je suis du bout du doigt le bord de l'étiquette de la bouteille et la gratte avec mon ongle jusqu'à ce que j'en décolle un coin.

– Oui, ça l'est, mais je ne suis pas toute seule. Mes pères me manquent, mais les enfants grandissent et finissent par partir. On y est obligés, sinon on dépendrait de nos parents toute notre vie.

– C'est vrai, admet-il en riant. Je me repose encore beaucoup sur ma mère, c'est clair ; plus que je ne le souhaite, en fait.

– C'est-à-dire ? je demande, surprise de voir que son sourire disparaît et que son visage se referme.

Je n'ai pas le temps de le lui faire remarquer car notre repas arrive : un délicieux faux-filet, accompagné de pâtes et d'asperges vertes grillées ainsi que d'une sauce crémeuse aux gambas.

Je souris jusqu'aux oreilles et saisis ma fourchette.

– Tu vois, tu t'es laissé guider et regarde ta récompense… si tu aimes le bœuf et les gambas, bien sûr.

– Oui, carrément. Je n'avais jamais vu ce plat au menu, répond Kyson.

Le serveur sourit et joint ses mains devant lui.

– Il ne l'est pas. Le chef a su que vous vouliez goûter à sa spécialité et il s'est senti inspiré. Et voilà le résultat, déclare-t-il avant de poser une bouteille de rouge que nous n'avons pas commandée et deux verres à vin. Bon appétit !

– Apparemment, le chef veut également qu'on accorde son plat avec le vin, je dis en souriant.

Kyson nous sert un verre et nous goûtons au plat, ne reprenant notre conversation qu'une fois que nous avons englouti un bon quart de l'assiette.

– Dis donc, c'est un des meilleurs plats que j'aie mangés depuis longtemps, dit Kyson en s'essuyant avec sa serviette.

Je souris avant d'avaler une bouchée de pâtes crémeuses.

– Je suis d'accord. Mais attends que je t'aie fait à manger, chéri. Tu en seras estomaqué, je lance d'un ton moqueur.

– J'ai hâte de goûter à ta cuisine... entre autres choses.

Je le regarde, bouche bée et choquée, et il écarquille les yeux, réalisant ce qu'il vient de dire.

– Non, Isa, je ne voulais pas insinuer que...

Il semble parfaitement misérable et je commence à rire, presque aussi fort que dans sa voiture.

– Tu devrais voir ta tronche ! Tu as l'air paniqué, je me moque, avant d'avaler un autre morceau de faux-filet. Tu es facilement perturbé, à ce que je vois.

– Pas d'habitude, non, répond-il en secouant la tête.

– Eh ben, détends-toi. Je ne me vexe pas facilement, surtout quand je connais les intentions de la personne en face.

– Tu m'en vois ravi.

Nous finissons notre repas en parlant de nos familles. Je lui explique que mon papa est architecte et que mon papou est paysagiste à son compte. Je savais déjà que son père travaille dans le garage tenu par le club de moto, et il m'apprend que sa mère est comptable à son compte et qu'elle travaille chez elle. Si je présume qu'elle s'occupe des comptes de Turner Brothers, Kyson ne révèle pas pourquoi sa mère fait encore beaucoup pour lui, et je ne lui pose pas la question. J'apprends également qu'il est propriétaire de sa maison et qu'il a créé son entreprise il y a six ans. Il me dit également qu'il a trente ans et qu'il a étudié la finance à l'université du Colorado. Bien sûr, je lui explique mon parcours culinaire et mon séjour auprès de pâtissiers étoilés à l'étranger.

Lorsque nous avons fini de manger, nous nous dirigeons vers le bar, où il m'explique un jeu que je ne connaissais pas, le *Shuffleboard*[6].

– C'est tellement fun ! je m'exclame en projetant mon palet bleu sur la longue table.

Il percute le disque rouge de Kyson, qui tombe alors dans la gouttière, l'éjectant du jeu.

– Tu m'étonnes ! Tu me mets une raclée ! râle-t-il avant de venir derrière moi.

Il colle son torse contre mon dos et passe son bras autour de moi, son disque à la main. Il penche alors son visage par-dessus mon épaule et pose son autre main sur ma hanche avant de viser un de mes palets.

– Euh, je ne suis pas sûre que ce soit dans les règles du jeu...

Il effleure ma gorge avec le bout de son nez puis il respire mon parfum avant de m'embrasser dans le cou en terminant par un minuscule coup de langue.

– Au contraire, je crois que c'est écrit noir sur blanc dans le règlement, Isa.

Je pose ma main sur la sienne, sur ma hanche, et m'appuie contre son torse. Son visage est si près du mien que je pourrais l'embrasser. Je me lèche les lèvres et il suit ma langue des yeux, se rapprochant encore, jusqu'à ce que nos bouches ne soient plus qu'à quelques millimètres l'une de l'autre.

---

6. Jeu qui consiste à faire glisser des palets sur une longue table en bois en visant les différentes zones de points, à l'autre bout.

– Eh, Kyson ! dit une voix d'homme.

Kyson tourne la tête et le sort est immédiatement rompu. Mince.

Il lâche ma hanche et tend la main au grand et bel homme brun qui s'approche, lui serrant la main avant de lui mettre une tape sur l'épaule.

– Je ne t'ai pas vu depuis la dernière fois que tu es venu avec Hope. C'était quoi, il y a deux ou trois mois, non ? Mec, faut venir plus souvent.

Hope.

Ma poitrine se pince, mais je me force à me tenir plus droite, m'éloignant de Kyson pour saluer le beau gosse de la main.

Il ressemble à Camden, mais ses cheveux et ses yeux sont bruns alors que Camden est plutôt clair.

– Tu dois être Isabeau. Je suis ravi de te rencontrer. Je suis Porter. Toute la famille a entendu parler de toi par Suda Kaye. Ça fait deux mois qu'elle ne cesse de répéter combien tu es belle et gentille.

Je souris et lui serre la main.

– Oh, elle est mignonne. J'adore ton pub, Porter. Le repas était délicieux.

Kyson me prend par la taille et me ramène contre lui dans un geste possessif qui me surprend.

– Et elle sait de quoi elle parle, puisqu'elle est cheffe cuistot, dit-il d'un ton empli de fierté.

Porter passe sa main sur sa barbe de trois jours.

– Ah oui, c'est vrai. Cam me l'a dit, mais il a dit que tu te concentrais sur les desserts, si je me souviens bien ?

– Oui, c'est ma passion. D'ailleurs, je vais ouvrir une pâtisserie avec mon meilleur ami, juste à côté de *Gypsy Soul*. C'est Kyson qui va s'occuper de la rénovation.

– Ah, bien. Et il compte mêler le plaisir aux affaires, à ce que je vois, répond Porter d'un ton enjoué.

– Eh, quand une superbe et brillante femme flamboyante débarque dans ta vie, il faut savoir ignorer les règles et saisir sa chance, répond Kyson, ce qui me fait rougir.

Je serre son biceps et m'appuie contre son bras pour qu'il sache que j'apprécie qu'il admette ce qu'il ressent.

– Je te comprends, mec. Je suis juste désolé de ne pas t'avoir rencontrée le premier, dit-il en me faisant un clin d'œil qui me fait éclater de rire. Je vous offre une tournée de bières ?

– Pas pour moi, je conduis.

– Pour moi non plus, je réponds en plantant mon index dans le torse de Kyson. Je dois garder les idées claires, j'explique d'un ton moqueur.

Kyson salue Porter en ricanant et, encore une fois, je meurs d'envie d'embrasser sa bouche pulpeuse.

– Je pense qu'on devrait, euh...

Il se lèche les lèvres et je ressens le mouvement de sa langue entre mes cuisses. Je me demande même si je ne gémis pas un peu. Apparemment, je n'ai aucun contrôle sur mon corps, ce soir.

– ... aller se balader en ville, conclut-il.

Je souris et me colle à lui. Il passe son bras dans mon dos et me ramène contre sa taille alors que je lève les yeux vers lui.

– Tiens donc, c'est à ton tour d'être muet, je dis d'un ton moqueur avant d'empoigner sa nuque et de déposer un baiser furtif sur sa mâchoire. Le dîner était génial. Merci.

Ses narines se dilatent et il caresse mon dos de haut en bas.

– On devrait y aller.

– Je suis prête quand tu veux, je réponds.

Et c'est vrai. Je suis on ne peut plus prête. Pour lui. Pour ce qui se passera lorsqu'on sera enfin seuls.

Prête à enfreindre chacune des règles que je me suis toujours fixées.

CHAPITRE 10

Nous nous garons dans la cour arrière et passons par la remise de Suda Kaye pour monter à mon studio. Je déverrouille la porte et me mets de côté pour l'inviter à rentrer.

– Est-ce que tu veux prendre un dessert ? J'ai fait des cookies aux pépites de chocolat aujourd'hui. Je comptais t'en donner pour te remercier de m'avoir invitée ce soir.

– Avec plaisir, répond-il en souriant.

La tension sexuelle présente au restaurant s'est apaisée lorsque nous nous sommes promenés dans la rue commerçante. Kyson a été un très bon guide, me montrant les endroits où il aime manger ou encore les boutiques qui pourraient me plaire. Il m'a tenu la main pendant toute la balade, et cela a suffi à me séduire. Ça fait un moment qu'un homme qui me plaît ne m'a pas gardée contre lui en chuchotant des plaisanteries dans mon oreille.

En dehors du pub où j'ai failli l'embrasser deux fois, il s'est comporté en parfait gentleman, n'insistant pas pour aller plus loin, semblant apprécier cette balade nocturne à mes côtés.

Mais dès qu'il passe la porte de chez moi, son regard s'embrase de nouveau et la tension refait surface. Je le regarde entrer et sa démarche assurée m'excite immédiatement.

L'appartement de Suda Kaye est plus petit, mais selon moi bien plus agréable que celui de Jasper. La cuisine est entièrement rénovée, avec un plan de travail en granit dans lequel se reflètent les luminaires suspendus au-dessus du bar. Le canapé est un trois-places très confortable, mais j'aimerais acheter des fauteuils et ajouter des coussins et des tapis pour montrer un peu de ma personnalité. J'irai sans doute faire un tour des magasins que j'ai vus ce soir pour trouver des affiches,- et une ou deux lampes, ces petits objets qui permettent de s'approprier un espace.

Bien sûr, la première chose que j'ai déballée est mon attirail de cuisine. Il me faudra davantage de casseroles et de poêles, mais pour l'instant, j'ai ce qu'il faut. Jasper et moi commanderons le nécessaire lorsqu'on s'occupera d'équiper la pâtisserie.

Lorsque j'ouvre le frigo pour nous servir à boire, je sens Kyson arriver derrière moi. Il passe un bras autour de ma taille et niche son nez dans le creux de mon cou, me faisant frissonner.

– Isa, je n'ai pas faim, chuchote-t-il en promenant son nez sur ma gorge.

Je penche la tête sur le côté pour l'inviter à poursuivre, et je referme le frigo avant de m'appuyer contre son torse.

– Je croyais que tu voulais un dessert ?

Il fredonne et je ressens les vibrations de sa voix dans mes veines.

– Pas ce genre de dessert, ma belle.

Il me retourne vers lui et fait un pas en avant de sorte que je suis plaquée contre la porte du frigo, puis il pose sa main sur mon cou et lève mon menton vers lui.

Je plonge mon regard dans le sien et découvre ses pupilles dilatées sous l'effet du désir.

– Détends-toi, bébé. Respire... dit-il de cette voix grave qui fait palpiter mon cœur et durcir mes tétons.

– Je ne peux pas... je réponds en secouant la tête.

– Pourquoi ? demande-t-il en effleurant mon nez du bout du sien.

– J'ai trop envie de toi.

– Putain... gronde-t-il avant de s'emparer de ma bouche.

J'ouvre immédiatement la mienne, savourant le goût de sa langue. Il empoigne ma nuque et penche ma tête de côté pour plonger plus loin sa langue, l'aplatissant sur la mienne, la titillant avec expertise, me faisant rêver qu'il en fasse de même avec un autre endroit de mon corps.

Le baiser dure longtemps, et chacun mène la danse à son tour. Sa main quitte ma hanche pour descendre sur mes fesses et me ramener contre lui. Je sens sa verge épaisse et dure sur mon ventre, et quelque chose explose en moi. Ma peau devient brûlante. Je le prends dans mes bras et tire sur sa chemise pour la sortir de son pantalon, promenant aussitôt mes mains sur son ventre musclé.

Kyson pousse un grognement contre ma bouche et nous éloigne du frigo, puis il me soulève et j'entoure sa taille avec mes jambes. Il me porte alors jusqu'au lit, sur lequel il pose un genou pour m'allonger délicatement sur la couette. Sa bouche quitte enfin la mienne, mais il s'empare aussitôt de ma gorge, qu'il lèche de mon épaule à mon oreille, dont il mordille le lobe, me faisant soupirer de plaisir. Je pose à nouveau mes mains sous sa chemise et la remonte autant que possible.

Il comprend mon souhait et se met à genoux, à cheval sur moi, pour la déboutonner. Je le regarde faire en pantelant, mais suis déçue de découvrir qu'il porte un maillot de corps.

– Enlève-moi ça, je gronde en tirant sur le marcel.

– Toi d'abord, ma belle, répond-il en souriant.

Sans hésiter, j'empoigne le bas de mon débardeur scintillant et le passe par-dessus ma tête avant de le jeter par terre. Je me retrouve alors en soutien-gorge en dentelle gris foncé qui ne cache pas mes tétons dressés.

Soudain, en une fraction de seconde, il se débarrasse de son maillot de corps et s'allonge sur moi, m'empêchant d'admirer son torse sublime. Il plonge sa tête dans mon décolleté et le lèche avant d'empoigner mes seins. Il baisse alors mon soutien-gorge et pince mon téton jusqu'à m'arracher un cri.

– Tu as des seins exquis, bébé, dit-il d'un ton émerveillé.

Il titille une des pointes avec sa langue avant de la sucer aussi fort que possible. Je me cambre aussitôt et empoigne sa nuque pour m'offrir à sa bouche tandis que mon autre main plonge dans ses cheveux.

Kyson s'attaque alors à l'autre sein et lui offre la même attention experte qu'au premier, me transformant en une masse pantelante.

– S'il te plaît, Ky, je gémis en plantant mes ongles dans ses épaules.

Mes jambes ne tiennent pas en place, et je les frotte aux siennes alors que mon sexe désespère que son tour arrive. J'ai besoin de plus, de plus de lui, n'importe quoi pour attiser la flamme qui brûle en moi.

Il lève la tête et me fait le sourire le plus sexy que j'aie jamais vu. Comme un enfant dans une confiserie et c'est moi son bonbon préféré.

– Bébé, je pourrais passer des heures sur tes seins, mais j'ai envie de goûter autre chose, dit-il en haussant un sourcil.

Mon cœur accélère encore et la petite dévergondée en moi sort de sa cage en bondissant joyeusement lorsqu'il soupèse mes seins, pince mes tétons et lèche mon décolleté avant de promener sa langue sur mon ventre. Il ne s'arrête pas là, poursuivant sa descente vers mon pantalon, qu'il défait avec les dents.

Les dents.

Je n'ai jamais vu ça, et Kyson maîtrise le geste à merveille. En une fraction de seconde, ma braguette est ouverte et son nez chatouille la dentelle de ma culotte.

Je soulève mon bassin tandis qu'il baisse mon pantalon sur mes cuisses, juste assez pour pouvoir plaquer sa bouche sur ma culotte trempée. Sa bouche suce aussitôt mon clitoris et j'empoigne ses cheveux pour l'encourager à continuer.

Tout à coup, une horrible sonnerie retentit dans sa poche arrière.

– Merde ! gronde-t-il, appuyant sa joue contre ma culotte avant de prendre une profonde inspiration.

La sonnerie retentit de nouveau.

– Qu'est-ce que c'est ? Un appel ?

Il secoue la tête et se redresse, à genoux sur moi. Il sort son téléphone, appuie sur quelques boutons, puis il me laisse bouche bée lorsqu'il descend du lit et se relève.

– Isa, bébé, tu vas détester ça, mais pas plus que moi, crois-moi. Faut que j'y aille, chérie, dit-il, et son dos se voûte légèrement.

Je suis estomaquée, allongée sur le dos, mon soutien-gorge baissé sous mes seins énormes qui sont encore couverts de sa salive... et il doit partir ? Mon pantalon est sur mes cuisses, ma culotte est trempée et il doit partir ?

– Tu pars ? Je ne comprends pas, je réponds, me sentant soudain frigorifiée, comme si une avalanche m'avait ensevelie.

Kyson ferme les yeux et les poings, puis il déglutit comme pour se maîtriser, se retenir de me rejoindre sur le lit pour poursuivre ce qu'on a commencé.

– Je suis désolé, je dois rentrer. Je ne pensais pas qu'on irait aussi loin et...

Sa voix et son visage sont crispés, comme torturés.

Je fronce les sourcils et soulève mes fesses pour remonter mon pantalon, puis je roule sur le ventre et me lève pour saisir ma robe de chambre que j'enfile avec des mains tremblantes.

– Isa, je suis sérieux. Si je n'étais pas obligé de partir, rien n'aurait pu m'arrêter et m'arracher à toi. C'est juste que je... merde, je n'ai pas le temps de t'expliquer. Mon alarme me dit qu'il est onze heures, donc je dois rentrer. Je t'expliquerai, euh... plus tard.

Je me tourne vers lui en serrant mon peignoir contre moi pour m'assurer que pas un seul horrible centimètre de peau ne soit visible.

– Pourquoi pas tout de suite ?

Il secoue la tête, son marcel à la main, et enfile sa chemise sans prendre le temps de la boutonner. J'étudie les quelques poils sur ses pectoraux ainsi que cette ligne sublime qui disparaît dans son boxer, et j'en ai l'eau à la bouche. J'espérais vraiment pouvoir admirer son torse sans son pantalon et caresser sa peau avec ma langue ainsi que mes doigts... mais non. Il doit partir.

– Est-ce que c'est moi ? Est-ce que j'ai... fait quelque chose qu'il ne fallait pas ? je demande alors que ma lèvre se met à trembler.

Il vient aussitôt à moi, pose sa main sur ma joue et m'oblige à lever les yeux vers lui.

– Tu es de loin la plus parfaite des femmes. N'en doute jamais. Chacun de tes baisers et chaque caresse de ta main m'ont enflammé, ma belle. Je brûle pour toi.

Il soutient mon regard pour me montrer combien il est sincère, mais ses paroles contredisent ses actes, et ça n'a aucun sens.

– Alors, pourquoi tu pars ? je demande d'une petite voix meurtrie.

Il soupire et ferme les yeux avant d'appuyer son front sur le mien.

– Tu as encore beaucoup à apprendre à mon sujet. Et je veux tout te dire, mais pas maintenant. Je suis déjà en retard. Il faut que j'y aille.

Je hoche la tête, ravalant mes émotions qui menacent de jaillir dans un déluge de larmes et de doutes qui ne se feront pas attendre dès qu'il aura passé la porte de chez moi.

Il baisse la tête et m'embrasse langoureusement, et je me perds dans le baiser qui, hélas, n'est que de courte durée.

– Je peux t'inviter ce week-end ? Je travaille vendredi et samedi, mais que dirais-tu d'un brunch dimanche ?

Il veut qu'on se revoie. Donc, ça ne peut pas être de ma faute. C'est juste qu'il doit partir. Je regrette seulement qu'il ne m'explique pas les raisons de son départ, car ça m'oblige à les deviner, ce qui se fera forcément avec un pot de glace Ben & Jerry's. Le parfum Cherry Garcia est le meilleur pour guérir les cœurs brisés, et j'en ai acheté trois pots ce matin.

– Seulement si tu me laisses cuisiner, je dis, surprise par ma propre réponse.

Bon sang, c'est quoi mon problème ?

Kyson sourit et secoue la tête.

– Tu ne ressembles à aucune autre femme. Dieu merci, ajoute-t-il avant de m'embrasser brièvement. Un brunch ici serait parfait. Je ferai en sorte qu'on ne soit pas interrompus. Merci pour cette superbe soirée, Isa, chuchote-t-il avant de se diriger vers la porte.

– Oh, attends...

– Chérie, faut vraiment que je parte, répète-t-il d'une voix tendue.

Je cours dans la cuisine et saisis le Tupperware de cookies.

– Je les ai faits pour toi, je murmure en le lui donnant.

– Ma douce Isabeau. Merci, ma belle, dit-il en souriant. Maintenant, verrouille la porte derrière moi. Je t'écris demain pour fixer l'heure du brunch.

Je le suis jusqu'à la porte et le regarde descendre l'escalier. L'issue de secours de Suda Kaye se referme toute seule, donc je n'ai pas besoin de l'accompagner. Lorsqu'il arrive au pied des marches, il se tourne vers moi et me salue de la main.

– J'ai passé une super-soirée.

– Moi aussi, je réponds avant de rentrer chez moi.

Je tourne le verrou, puis je m'adosse contre la porte, essayant désespérément de comprendre ce qui vient de se passer.

Sans succès.

♦

Jasper pousse son caddie le long de l'allée du magasin. Nous sommes venus pour acheter des serviettes, des draps et tout ce dont nous avons besoin pour commencer notre nouvelle vie dans nos nouvelles maisons. Jasper a plus d'achats à faire que moi, car Suda Kaye m'a laissé pas mal de choses, alors que l'appartement de mon ami est vide.

Lorsque nous avons aménagé il y a deux jours, je l'ai dépanné temporairement, mais nous nous occupons désormais d'acheter tout ce qui nous manque.

– Je ne comprends pas. Tu étais à moitié à poil, pantelante et prête à passer à la casserole... dit Jasper, résumant ce que je viens de lui raconter.

– Exact.

– Et tu allais enfreindre ta règle des six rencards avant le sexe pour lui. Mais il s'est levé quand les choses devenaient intéressantes et... il est parti.

– Ouaip, je réponds, et mon ventre se noue.

– Et il ne t'a pas donné l'impression qu'il n'aimait pas ce que tu faisais ?

Je fais non de la tête et m'accoude à la barre du chariot pour le pousser à côté du sien, dans l'allée réservée au linge de maison. C'est loin d'être la partie la plus fun du magasin, et c'est pour ça qu'on a commencé par ça. Parce qu'on est capables de passer le reste de la journée dans la section cuisine.

Jasper grimace et s'arrête, posant une main sur le haut de son jean ocre. Il porte un tee-shirt noir moulant, sur lequel s'étend une bande diagonale blanche, mettant en valeur son torse svelte mais ferme. Ses cheveux blonds sont coiffés en crête, dressés sur le dessus et vers l'avant de sa tête, et il porte une boucle d'oreille pendante en forme de flèche à une oreille. Son look est fabuleux, et il en a parfaitement conscience. Il a également mis des bottes de moto, et je regrette qu'on ne fasse pas la même taille car j'aurais pu les lui prendre pour partir en virée avec Kyson. Si tant est que j'en aie l'occasion un jour.

Je m'avachis davantage sur le chariot en y repensant. J'espère vraiment que j'aurai cette chance.

– Je kiffe pas les nanas, mais si j'étais avec un mec qui est torse nu, dont le pantalon est baissé et que ma bouche était sur son boxer, rien au monde ne m'empêcherait d'aller jusqu'au bout, dit-il.

– Peut-être que je ne lui plais pas tant que ça. Peut-être qu'il pense que je suis une fille facile qui couche avec les mecs le premier soir, et que maintenant je ne l'intéresse plus.

Jasper émet un ricanement sec.

– N'importe quoi. Tous les mecs qui te regardent fantasment sur toi. Chérie, je passe mon temps à te dire que tu es une meuf sublime avec un corps canon. Les mecs aiment les nanas comme toi. Même moi, je le sais, alors que je suis gay. Il faudrait qu'un mec soit dans le coma pour ne pas te trouver belle, à l'extérieur comme à l'intérieur. Alors s'il te plaît, je t'en supplie, arrête de te dénigrer. C'est désobligeant.

– Désobligeant ? je répète d'un ton moqueur.

– Mais oui ! Je suis en train de lire un des vieux romans d'amour que l'ancienne propriétaire a laissés dans la bibliothèque, et il y a des mots comme « désobligeant », « s'ébaudir » et « emberlucoter ». C'est fabuleux. Je te le passerai quand j'aurai fini. J'ai hâte de savoir si Lord Hemingford finit par choper la comtesse Béatrice.

J'éclate de rire et secoue la tête.

– Quoi qu'il en soit, je ne sais pas quoi penser, Jas. Je ne me suis jamais retrouvée dans cette situation.

Il hoche la tête et pousse son caddie vers la section salle de bains. Mon Dieu, quel ennui ! Moi, je choisis la première chose que je trouve. En l'occurrence, c'est un distributeur de savon en forme d'hippocampe. Il est de toutes les couleurs et je le trouve amusant. Je le mets dans mon chariot, avec deux serviettes jaunes, deux bleu ciel et deux roses. Autant avoir une salle de bains joyeuse, non ?

De son côté, Jasper a besoin d'étudier chaque objet pendant plusieurs minutes pour décider s'il rentre dans le thème qu'il s'est fixé. Je sais déjà que le mélange de couleurs, de tissus et de formes qu'il va choisir créera un résultat merveilleux, mais je n'ai pas la même patience que lui pour ce genre de choses.

Je regarde mes achats dans mon chariot et je trouve le tout bien ennuyeux. Peut-être que c'est ça, le problème : Kyson m'a trouvée rabat-joie.

– Il y a aussi la mystérieuse Hope dont Porter a parlé. Après tout, peut-être que Kyson sort avec plusieurs femmes et que je suis la dernière d'une longue série. Ce n'est pas comme si on en était au stade de se dire qu'on est exclusifs ; on n'est sortis ensemble qu'une seule fois.

Jasper fronce les sourcils.

– C'est vrai. Je suppose que c'est possible, mais Hope pourrait aussi être une sœur ou une amie avec qui il va au restaurant. Tu ne le sauras pas tant que tu ne le lui auras pas demandé. Pourquoi tu ne l'as pas fait, d'ailleurs ?

– Ça m'a paru déplacé. S'il avait voulu m'en parler, il l'aurait fait. Et puis, Porter n'a pas prononcé son nom sur un ton suspicieux et il n'a pas essayé de le cacher.

– Exactement. Donc, c'est sans doute juste une connaissance, pas une femme avec qui il sort.

– Ou alors c'est une ex.

– Ou alors c'est une ex, admet Jasper. Mince, ça pourrait être une ex. Mais ça ne colle pas avec le scénario que j'ai inventé pour ma meilleure amie et son Maçon-Délice, donc je préfère ne pas y penser.

J'éclate de rire et me sens déjà un peu mieux.

– Je crois que je suis surtout gênée ; c'était hyper-embarrassant. Après tout j'étais quasiment à poil devant lui, et il m'a laissée sur ma faim.

– Ouais, alors que tu étais clairement affamée au point d'en saliver, si tu vois ce que je veux dire, ricane-t-il.

– Jas ! je gronde en regardant autour de moi pour m'assurer que personne n'écoute notre conversation.

– C'est vrai !

– Peut-être, mais tu n'es pas obligé de le crier sur tous les toits ; je suis suffisamment mortifiée comme ça.

Il hoche la tête d'un air contrit.

– Alors... ?

– Alors quoi ? demande-t-il.

– Tu ferais quoi à ma place ?

Il vient vers moi et pose ses mains sur mes épaules.

– Izzy, je ne suis pas à ta place, et je ne suis pas toi. Tu es gentille, et douce, et généreuse. Je ne connais personne avec un cœur aussi grand que le tien. Moi, je l'enverrais bouler et je chercherais un autre mec avec lequel je paraderais devant lui.

Je ferme les yeux et me sens de nouveau misérable.

– Il me plaît vraiment. Genre, vraiment.

Jasper grimace d'un air désolé, puis il me prend dans ses bras.

– S'il te plaît à ce point, alors, laisse-lui une autre chance. Tu as dit qu'il avait l'air vraiment désolé et qu'il allait s'expliquer plus tard. Laisse-le faire. Comme ça, tu décideras si son excuse résout tout.

Mon ami recule et coiffe une de mes mèches derrière mon oreille.

– Mais... ne t'emballe pas trop. Sois prudente.

– Ok, tu as raison. C'est ce que je vais faire.

Jasper sourit et se baisse pour m'embrasser sur le nez lorsque mon téléphone se met à vibrer. Je le sors de mon sac à main et lis le message.

C'est Kyson.

Isa, j'ai hâte de me faire pardonner au brunch. À quelle heure tu veux que je vienne chez toi ? xxx Ky

Jasper voit mon sourire et mes mains tremblantes et se colle à moi pour lire le message.

– Apparemment, il a autant envie de remettre le couvert que toi, dit-il en souriant.

Je le bouscule légèrement et me sens tout à coup plus légère. On est vendredi. Je revois Kyson dans deux jours.

– Ok, donc tu n'as plus qu'à lui préparer un plat qui va l'époustoufler. Au point qu'il en perde sa chemise. Et son pantalon. Surtout son pantalon, dit-il en jouant des sourcils. Et aussi, on devrait te trouver une nouvelle tenue chez *Gypsy Soul*.

– J'ai tellement de vêtements, maintenant. J'en ai trop.

– Pfff, soupire Jasper. Tu as un dixième de ce que j'ai, et je suis ici depuis aussi longtemps que toi. Et moi, je n'ai pas assez de fringues, ce qui veut dire que toi non plus.

– Suda Kaye vient de me donner trois nouvelles tenues, et j'en ai eu une autre pour mon rencard, hier.

Jasper secoue la tête et me prend par les épaules.

– Izzy, Izzy, Izzy, ma mère et moi ne t'avons-nous rien appris ? Pour se sentir au top, il faut avoir l'air top. Si tu veux séduire Maçon-Délice, tu dois faire un effort. Et une tenue ultra-sexy t'aidera à atteindre ton but.

– Si tu le dis, je réponds en levant les yeux au ciel.

Mon héritage va partir en fumée, maintenant que j'habite au-dessus d'une boutique de fringues.

– Ne t'en fais pas, j'ai repéré la tenue parfaite quand j'y étais, hier.

– Tu traînes avec mes sœurs quand je ne suis pas là ? je demande en le bousculant de nouveau.

– Bien sûr ! Tu veux que je fasse quoi, quand tu disparais dans le soleil couchant avec le plus beau maçon du Colorado ?

– Oh ! J'ai oublié de te dire quelque chose ! je m'exclame d'un ton tout excité.

– C'est croustillant ? chuchote-t-il en se rapprochant de moi. Dis-moi que c'est croustillant.

– Eh bien... Kyson...

– Ouiii ? encourage Jasper en collant son oreille à ma bouche.

– Il a un frère. D'ailleurs, il en a deux.

– Ok, et en quoi c'est croustillant ? demande-t-il en reculant la tête, sourcils froncés.

– L'un d'eux est gay, et célibataire ! je déclare en tapant dans mes mains.

Jasper fait quelques pas en arrière, une main sur le cœur, comme s'il avait été électrocuté.

– Tu plaisantes ? Un mec avec les mêmes gènes que Kyson, qui est gay ?

– Carrément. Et attends, tu n'as pas entendu le meilleur...

Jasper s'évente et me coupe la parole.

– Je ne sais pas si je peux supporter d'en entendre davantage. Mon cœur bat déjà la chamade et je n'ai encore jamais vu ce gars. Mais j'ai vu Kyson et j'ai bavé devant lui. Son frère doit forcément être aussi canon.

– J'imagine, oui. Mais Kyson m'a dit qu'il s'inquiétait parce qu'il pense que tu es tout à fait le genre de mec qui plaît à Lincoln.

– Ben ouais, normal, rétorque Jasper d'un ton faussement hautain. Je plais à tout le monde. Mais dis-m'en plus.

J'hésite à lui rapporter l'intégralité de la conversation.

Je choisis donc de ne pas lui dire que Camden l'a viré du chantier de Suda Kaye parce qu'il s'était pris la tête avec elle. Après tout, ça n'a pas d'importance.

– Tout ce que je sais, c'est que Suda Kaye l'appelait Monsieur Ronchon.

– Ok… répond Jasper qui se contente de hausser les épaules.

– Kyson a aussi dit qu'il avait peur qu'il t'agace en te draguant. En étant insistant, je ricane.

Mon meilleur ami esquisse un sourire diabolique.

– Heureusement que j'aime les hommes qui savent ce qu'ils veulent et font tout pour l'obtenir. Surtout si ce qu'ils veulent, c'est moi !

– Je savais que ça te plairait.

– Eh bien, il semblerait que je doive me mettre sur mon trente et un, lundi, quand Monsieur Ronchon et Maçon-Délice commenceront le chantier.

– Par contre, n'oublie pas que c'est le frère de Kyson et qu'il rénove notre boutique. On doit être sages.

– Chérie, tu me connais. Je suis toujours sage ! se moque-t-il. Bref, on a ce qu'il nous faut. Il est temps de filer au paradis culinaire ! s'exclame-t-il.

J'éclate de rire et lui emboîte le pas avec mon chariot, me sentant plus légère. Je suis même tout excitée par mon brunch et tout ce que ça peut impliquer.

– Oui, allons-y !

CHAPITRE 11

Ma sauce hollandaise est prête à cuire et je viens de saupoudrer les œufs Bénédicte de persil haché lorsqu'on frappe à ma porte. Je souris en mettant le plat d'œufs pochés, de jambon et de muffins au four. La salade d'épinards, de laitue, de feta, d'amandes et d'abricots est prête également, il ne me restera plus qu'à y verser la vinaigrette balsamique. J'ai même fait une tarte au citron et aux framboises pour le dessert, qui s'accorde à merveille avec le champagne que j'ai choisi.

On frappe de nouveau à la porte.

– Isa, c'est moi, chérie.

Je m'y précipite sans un bruit, sur la pointe de mes pieds nus. Ça a beau être un rencard, cela se déroule chez moi et c'est un brunch. D'après mon expérience limitée en la matière, donc, il n'était pas nécessaire que je me mette sur mon trente et un, quoi qu'en dise Jasper. Si Kyson veut sortir avec moi, c'est moi qu'il va avoir : Isabeau Collins. Une nana détendue, qui aime rire et profiter de la vie. Je ne veux pas séduire Kyson en prétendant être quelqu'un que je ne suis pas. J'aime faire un effort vestimentaire lorsque l'occasion se présente, mais je veux un homme qui m'apprécie telle que je suis.

La seule entorse que j'ai concédée à ma théorie, ce matin, a été de mettre un peu de maquillage et de me faire une demi-queue-de-cheval pour dégager mon visage, en laissant tomber ma crinière jusqu'au milieu du dos. Je porte une robe noire moulante qui m'arrive aux chevilles. J'ai également mis un sautoir en argent avec un pendentif en quartz que j'ai trouvé dans un marché d'artisanat dans l'Illinois, et j'ai accompagné le bracelet de ma mère d'une bague épaisse en argent, qui couvre quasiment toute une phalange de mon index.

C'est simple, c'est détendu : c'est tout moi.

J'ouvre la porte et suis accueillie par un sourire assorti au mien. Kyson est habillé comme tous les jours avec un jean délavé, mais il semble avoir fait un effort en mettant une chemise vert émeraude et des chaussures en daim beige à lacets en cuir.

Il fait deux pas vers moi et me prend par la taille pour m'embrasser. Je suis tellement prise de court que je commence à reculer avant de me rendre compte que c'est idiot et de lui offrir ma bouche.

– Tu es superbe, ma belle. J'adore ta crinière, mais ça met en valeur tes jolis yeux noisette quand tu dégages ton visage comme ça, dit-il avant de plonger son regard dans le mien pendant plusieurs secondes.

– Le repas est prêt. J'espère que tu as faim, je réponds en souriant jusqu'aux oreilles.

– Je suis affamé !

Je tapote son torse et recule, réalisant qu'il cache un bras dans son dos. Il révèle alors un sublime bouquet de fleurs orange, bleues, violettes, rouges et roses, noué avec un ruban en satin jaune.

– Je les ai cueillies dans le jardin de ma mère, ce matin. Elle a la main verte et son jardin est le plus beau de Pueblo. J'ai pensé que c'était moins impersonnel que de t'offrir un bouquet standard acheté chez un fleuriste, dit-il en me tendant les fleurs.

– Waouh, elles sont magnifiques, je dis avant de respirer leur parfum.

Je regarde son sourire ravi, puis je me mets sur la pointe des pieds et lui offre un baiser bien plus mouillé et langoureux que le premier. Toutefois, on s'emballe tous les deux lorsque ma langue effleure la sienne, et il me serre fort contre lui tandis que je passe mes bras dans son dos pour en faire de même.

Il m'embrasse comme s'il ne m'avait pas vue depuis des mois et qu'on était en couple depuis plusieurs années. Lorsqu'il rompt le baiser, il effleure tendrement mon nez avec le sien et je respire son parfum en soupirant joyeusement.

– Bon sang, tu sais vraiment embrasser, dit-il en souriant.

Je suis sûre que mes joues rougissent et je préfère changer de sujet.

– Alors... euh... c'est ta mère qui les fait pousser dans son jardin ?

– Je te le montrerai, un jour, répond-il en hochant la tête. Je lui répète constamment d'envoyer des photos à des concours, mais elle refuse. Ma mère aime que l'attention soit sur ceux qu'elle aime : mes frères, moi et... euh... toute la famille.

Je respire à nouveau la senteur des fleurs, et cela me rappelle aussitôt les pique-niques que nous faisions dans le parc avec mes pères, quand j'étais petite. Ça me manque, en fait.

– Eh bien, elles sont superbes. Je serais ravie de voir son jardin et de rencontrer ta mère un jour.

Il sourit et semble si heureux que j'en frissonne.

– Ça sent super-bon. Tu as préparé quoi ? demande-t-il en me suivant vers la cuisine et en s'asseyant sur un tabouret de bar.

– Du bonheur pour les papilles. J'espère que tu aimes les œufs Bénédicte, je réponds en fouillant dans les placards.

Je trouve un vieux vase qui a vu des jours meilleurs et je me promets d'en trouver un autre lors de ma prochaine sortie en ville.

– Je ne sais pas, je n'en ai jamais mangé, répond-il en haussant les épaules.

– C'est vrai ?

Je remplis le vase d'eau et remarque que les tiges des fleurs sont déjà coupées en biais.

– Elles sont vraiment magnifiques.

– Ce n'est rien à côté de ta beauté, Isabeau.

Je rougis de plus belle et des papillons se mettent à voleter dans mon ventre.

– Dis donc, tu es hyper-séducteur, aujourd'hui !

Il s'accoude au plan de travail et joint les mains devant lui. J'ai déjà dressé le bar avec les sets de table que j'ai achetés avec Jasper, ainsi que mes nouveaux couverts. Je crois que Suda Kaye aimait donner une seconde vie aux choses, car la plupart de ses objets sont complètement dépareillés. Ça ne me dérange pas nécessairement, mais j'ai décidé de remplacer ce qui me déplaît et de lui demander si elle veut en récupérer ou si je peux en faire don à quelqu'un.

– C'est qu'il faut que je me rattrape après mon départ précipité de l'autre soir, répond-il d'un ton coupable.

Je contracte la mâchoire et prends une longue inspiration avant d'enfiler les maniques pour sortir le plat du four. Je le pose sur le plan de travail, puis j'allume la gazinière pour réchauffer la sauce hollandaise, la touillant vivement pour éviter qu'elle ne brûle.

– Ce ne sont pas mes affaires, mais je dois avouer que je me suis sentie assez gênée.

– Si je n'avais pas été obligé de partir, je serais resté. J'espère que tu me crois et que je te l'ai montré en insistant pour qu'on se revoie rapidement.

– Hmm-mmm...

– Ça veut dire quoi « hmmm-mmm » ? dit-il en appuyant son menton dans ses mains.

Je remarque seulement maintenant qu'il est rasé de près. Ça lui va bien. Qu'il soit rasé ou qu'il ait une énorme barbe, Kyson reste un des plus beaux hommes que j'aie jamais vus.

Je retire la casserole du feu et sors deux assiettes du placard.

– C'est juste que je ne suis pas le genre de fille qui fait ça le premier soir, je réponds en étudiant sa réaction.

– Et quel genre de fille es-tu, Isa ? demande-t-il d'une voix grave et ultra-sexy qui incite la petite dévergondée en moi à pointer le bout de son nez.

– Le genre de nana qui attend toujours six rencards avant le sexe, j'admets d'un ton un peu frustré.

Kyson éclate de rire.

– Six rencards avant le sexe ? Ce n'est pas l'impression que tu m'as donnée l'autre soir, chérie.

Je pousse un grognement tout en lui servant une double portion avant de la couvrir de sauce crémeuse. Lorsque j'ai fini, j'attrape la salade et remplis les deux petits bols assortis aux assiettes.

– Tu veux la vérité ?

Je m'agrippe au bord du plan de travail et décide de me débarrasser de mes inquiétudes.

– Toujours. Tu peux toujours être honnête avec moi.

– Avec ton corps de demi-dieu, tu me donnes envie de jeter mes règles par la fenêtre. Ton corps, ton sourire, tes cheveux soyeux, tes yeux superbes et ta façon de me regarder… tout ça me rend dingue. Je suis dans un état de perpétuelle excitation avec toi, et ça m'agace, parce que je n'ai jamais été comme ça de toute ma vie. Avec personne.

Il esquisse un sourire narquois et satisfait.

– Si tu espérais que ça me pose problème, chérie, tu vas être déçue. J'ai autant envie de toi que toi de moi, apparemment. Tu n'as pas idée de ce que je dois faire pour me retenir de te toucher en permanence. Tes courbes, ta voix suave, tes lèvres pulpeuses et tes pommettes… bon sang, tu as le visage d'un ange et un corps de diablesse. Et je ne parle pas de tes cheveux, qu'il me suffit de voir pour bander.

Je couvre ma bouche d'une main tremblante.

– Ouais, donc si tu t'attendais à ce que je sois désolé de te mettre dans tous tes états… En revanche, je veux bien trouver un compromis pour cette histoire de six rencards.

– La règle tient telle quelle, je déclare. L'autre soir était une erreur. D'ailleurs, regarde comment ça a fini, j'ajoute en déglutissant pour essayer de me débarrasser du nœud dans ma gorge.

– Tu veux dire qu'après l'autre soir, alors que j'ai savouré et dévoré tes seins sublimes et que j'avais ma bouche entre tes jambes, tu penses qu'on devrait mettre notre exploration intime en suspens ?

– Je ne le pense pas, je le sais. Si tu veux continuer à me voir, sache que je ne serai pas juste un coup d'un soir.

Je te dis que j'ai perdu la tête l'autre soir. Mais j'ai retrouvé la raison, à présent. Et ce n'est que le second rencard, donc si tu veux qu'on recommence là où on s'est arrêtés l'autre soir, tu vas devoir prendre ton mal en patience et faire un effort.

– Ça peut se négocier ? On peut trouver un compromis ? Disons la moitié ; ça me paraît juste, non ?

– Quoi ? Le troisième rencard sera le prochain. On n'aura pratiquement pas attendu !

– Alors quatre ? propose-t-il aussitôt.

Je verse un filet de vinaigrette sur la salade.

– C'est une règle. Une loi. Ça ne se négocie pas, je réponds en posant son assiette et son bol devant lui.

– Je parie que je réussirai à te faire enfreindre ta propre règle, déclare-t-il avec une arrogance que je n'avais encore pas perçue chez lui.

Or, comme tout ce qui le concerne, je trouve ça hyper-sexy.

– Fais-toi plaisir, mais je suis convaincue que c'est la bonne conduite à adopter. Pour moi.

Il baisse les yeux sur son assiette, puis les lève de nouveau vers moi.

– Mange tant que c'est chaud, je dis en posant mon assiette et mon bol sur le set à côté du sien.

Kyson sourit et coupe son œuf Bénédicte.

– Ok, chérie, je veux bien suivre ton règlement, mais crois-moi, c'est toi qui vas me supplier de l'enfreindre avant la fin des six rencards.

– Deal, je déclare en souriant et en lui offrant ma main pour sceller le défi.

– Ça va être tellement fun, chérie. Alors, tu veux qu'on aille où pour notre troisième rencard ?

♦

Je déambule dans le rayon de robes de mariée, les étudiant une par une avec Evie et Suda Kaye.

– Et il a accepté la règle des six rencards ? s'étonne Suda Kaye, clairement outrée que je fasse poireauter le sosie d'Henry Cavill. En quoi tu es gagnante, toi ? demande-t-elle en sortant une robe à la jupe froufrou pour la mettre devant Evie. Non, trop princesse, déclare-t-elle aussitôt.

– Kaye, toutes les femmes ne couchent pas le premier soir. Elle a momentanément perdu la raison, et elle le regrette. Il y a des gens qui aiment apprendre à connaître l'autre avant d'être intimes. Ça n'a rien de bizarre, répond Evie.

Suda Kaye fronce les sourcils.

– Mais quel meilleur moyen de connaître un mec qu'en couchant avec lui ? Si c'est nul, tu passes à autre chose parce que tu sais que tu ne l'épouseras jamais. Tu ne peux pas passer le reste de ta vie avec un amant pourri.

Je dois admettre que son raisonnement se tient.

– Par le passé, j'ai souffert d'avoir été avec des mecs qui voulaient juste coucher avec moi et qui m'oubliaient dès le lendemain. Je n'ai plus envie de ça. J'ai passé mes années étudiantes à m'amuser. Maintenant, je veux une relation sérieuse avec un homme avec qui je peux construire une vie. Comme toi et Cam, et Evie et Milo.

– Ça viendra, j'en suis sûre, dit Evie en serrant mon bras. Si ce n'est pas Kyson, ce sera quelqu'un d'autre. Cela dit, si Kyson est prêt à faire l'effort, ça en dit long sur lui.

– Mouais, mais il pense qu'il va réussir à me faire enfreindre la règle, je réponds en riant. Il a même essayé de négocier le nombre de rencards !

– Je savais qu'il était malin, dit Suda Kaye en souriant. Je veux parier avec vous, moi aussi.

Evie lève les yeux au ciel et sort une robe fourreau toute simple qui serait super sur une femme de deux fois son âge.

– Elle est jolie, dit-elle.

Je regarde Suda Kaye, qui me regarde en retour, et nous faisons toutes les deux non de la tête.

– Evie, j'ai l'impression que t'aimes ce qui est simple, épuré et élégant. Je suis sûre qu'on peut trouver ça sans que ce soit trop... mature, je dis d'un ton hésitant.

– Exactement. Ça, c'est une robe de grand-mère, sœurette, ajoute Suda Kaye sans prendre de pincettes.

Nous poursuivons donc notre recherche. Le mariage d'Evie est dans trois semaines et elle n'a pas encore de robe. Ils vont se dire oui sur une falaise, dans la réserve américaine où vit mon grand-père maternel, que je vais rencontrer pour la première fois. Je suis aussi excitée que terrifiée.

– Que va mettre Milo ? je demande.

– Oh, ça va être parfait. Il aura un jean noir, des bottes de cow-boy noires, une chemise blanche et une nouvelle veste de costume noire. Il portera le bolo[7] que sa mère est en train de lui fabriquer, et il aura une tresse africaine par-dessus laquelle il va mettre un bandeau confectionné par une des femmes navajo de la réserve qui fabrique des coiffes traditionnelles. Il n'aura pas tout l'attirail de cérémonie, juste des plumes qui tomberont sur le côté de sa tête. En revanche, un des anciens va nous marier et, lui, il aura la tenue traditionnelle complète. J'ai tellement hâte ! s'exclame-t-elle en joignant ses mains sur sa poitrine.

– Ça va être génial, ajoute Suda Kaye. Maintenant, on doit juste trouver la robe parfaite.

---

7. Le Bolo, Bolo tie, ou cravate texane, est une sorte de cravate généralement associée avec l'habit traditionnel du cow-boy ; il consiste en une corde attachée par une barre ou une agrafe ornementale.

– Aucune ne me plaît, râle Evie. Elles font trop église ou princesse. Y a trop de tissu et de froufrous.

Evie et Suda Kaye partent dans le rayon suivant quand j'aperçois une robe couleur crème, de l'autre côté de la boutique, dans le rayon réservé aux robes de cocktail. Je traverse la pièce et l'enlève du portant. Elle a de minuscules bretelles qui descendent en triangle sur la poitrine couverte de petites perles formant des motifs à spirales. Un ruban en satin, large de deux ou trois centimètres, se noue sur la taille pour marquer le début de la jupe en mousseline de soie, qui tombe en faisant de gros plis. Elle serait superbe avec le désert en toile de fond : elle est élégante, simple, unique et sublime. Comme Evie.

Je prends la robe et retourne auprès de mes sœurs, qui sont en train d'étudier un énième modèle. Evie grimace, il est évident qu'elle ne s'amuse pas, alors que c'est le but de la journée. Toutefois, on a regardé des centaines de robes, elle en a essayé au moins dix, et rien ne lui plaît. Je comprends bien qu'elle commence à en avoir assez. Je n'ai rien essayé, moi, et ce n'est pas mon mariage, pourtant, j'ai grandement besoin d'un bon verre de vin et d'un énorme burger.

– Mesdames... je dis, essayant d'attirer leur attention.

– Essaie-la, c'est tout. Allez, Evie, insiste Suda Kaye.

– Si je la déteste sur le cintre, je la détesterai encore plus sur moi.

– Tu ne le sauras pas tant que tu ne l'auras pas essayée, gronde Suda Kaye en grinçant des dents.

– Eh, les meufs ! je crie.

Elles tournent la tête vers moi et le regard d'Evie se pose sur la robe. Elle écarquille aussitôt les yeux qui se remplissent soudain de larmes. Elle tend les bras pour prendre le cintre dans une main et la jupe dans l'autre, et elle l'inspecte de plus près.

– Mon Dieu, je n'ai jamais rien vu d'aussi beau, chuchote-t-elle.

Suda Kaye sourit jusqu'aux oreilles, vient à mes côtés et me prend par les épaules.

– Notre petite sœur vient de nous sauver, je crois.

Elle passe alors son autre bras sur ma taille et appuie sa tête sur mon épaule. Ses cheveux sentent la cerise et je grave cet instant dans ma mémoire pour ne jamais l'oublier.

– Je vais l'essayer tout de suite, dit Evie.

Je me tourne vers Suda Kaye et lève les deux mains en l'air. Elle comprend aussitôt et tape dedans en souriant jusqu'aux oreilles.

– Est-ce qu'on devrait prier pour que ce soit la bonne ? je demande.

Elle entrelace ses doigts avec les miens et m'attire contre elle, puis elle appuie son front contre le mien et ferme les yeux. Ne sachant pas quoi faire, je l'imite.

– Maman, si tu peux faire en sorte que cette robe soit la bonne, nous t'en serons éternellement reconnaissantes. Evie mérite de se sentir comme une reine le jour de son mariage, et la robe compte pour beaucoup là-dedans. Alors, file-nous un coup de main, tu veux ? chuchote-t-elle, me faisant glousser.

– Ouais, tout pareil ! j'ajoute, faisant rire Suda Kaye à son tour.

– Merci, maman. Tu nous manques et on t'aime. Amen.

– Tu pries Catori ? je demande lorsqu'elle ouvre les yeux.

– Tout le temps ! Elle est tout le temps avec nous, donc je sais qu'elle nous écoute et qu'elle nous guide. C'est sans doute pour ça qu'on a découvert ton existence.

Je fais un pas en arrière et croise les bras.

– De quoi tu parles ?

– Dans notre culture, quand un membre d'une tribu décède, il est enterré sur notre terre. Ensuite, on allume un feu pour guider l'esprit vers son lieu de repos final. Maman a insisté pour que son esprit ne passe pas dans l'au-delà. Pas encore. Il n'y a que Toko qui saura quand le moment sera venu, explique-t-elle avant de hausser les épaules comme si de rien n'était.

– Tu es en train de dire que son esprit est toujours sur terre, alors qu'elle est morte depuis plus de dix ans ?

Elle hoche la tête.

– Je ne suis pas sûre que ça me plaise, j'admets en me sentant toute bizarre.

– Détends-toi, dit Suda Kaye en souriant. Ce n'est pas comme si elle te regardait quand tu es sous la douche ou que tu te masturbes ou couches avec un mec. Mais je suis sûre qu'elle nous regarde quand on est ensemble. C'est grâce à elle que j'ai mis fin à mon vagabondage et que je suis revenue dans le Colorado.

– Comment ça ?

– À cause d'une de ses lettres. Celle pour mes vingt-huit ans. Elle me disait de rentrer à la maison. Et depuis que j'ai atterri dans le Colorado, je sens sa présence à chacun de mes pas. Ici, son essence semble constamment portée par la brise. Et je n'ai jamais été aussi heureuse que depuis que je suis rentrée. On a perdu Adam, mais on t'a trouvée, toi. Encore plus de bonheur.

– Et comment je reconnaîtrais son essence sans jamais l'avoir connue en personne ?

– Tu le sauras, dit-elle en me souriant tendrement. Tu le sentiras. Quoi qu'il en soit, c'est pour ça que je lui demande des choses. Quitte à ce qu'elle traîne avec nous pour s'assurer qu'on va bien, autant lui dire ce dont on a besoin.

Je suis sur le point de répondre lorsqu'Evie sort de la cabine d'essayage.

Elle est tout simplement sublime.

Une déesse dorée.

Elle ressemble à un ange marchant sur un nuage.

Suda Kaye se couvre la bouche avec les deux mains.

– Mon Dieu, sœurette... tu es juste magique.

Evie agite la jupe d'un côté puis de l'autre et elle monte sur la petite estrade. Je n'ai jamais rien vu d'aussi beau. C'est vraiment la bonne. C'est la robe parfaite pour la femme la plus resplendissante au monde.

Des larmes coulent sur ses joues.

– C'est la bonne. C'est dans cette robe que je vais épouser l'homme que j'ai aimé toute ma vie.

Elle sourit jusqu'aux oreilles à travers ses larmes.

Suda Kaye sautille sur place et se précipite sur l'estrade pour prendre sa sœur dans ses bras. Je les regarde rire et pleurer en même temps jusqu'à ce qu'Evie ouvre de nouveau les bras en me regardant.

– Petite sœur, viens par ici !

Ma poitrine explose de joie et d'amour. Je me suis rarement sentie autant à ma place, et le sentiment est si prégnant que j'ai l'impression de flotter en rejoignant mes sœurs et en les serrant contre moi.

Mes sœurs.

Ce ne sont plus des femmes que j'apprends à connaître. Ce sont des femmes que j'aime et que j'adore comme personne en dehors de Jasper. Je veux faire partie de leur vie pour toujours, et je sais en cet instant que ce sera le cas. Ces femmes ont traversé beaucoup d'épreuves durant leur enfance. Leur mère et leur père étaient rarement là. Elles ont vécu leurs premières années d'adulte loin l'une de l'autre et elles ont dû reconstruire leurs vies côte à côte, et trouver un moyen d'y accueillir leurs hommes. Et de m'y accueillir aussi, à présent.

Or, depuis le premier jour, je n'ai jamais eu l'impression qu'elles ne voulaient pas de moi dans leur vie, et elles me l'ont prouvé toute la semaine en me témoignant leur amour. C'est comme si j'étais la pièce manquante de ce duo devenu trio, et je suis la plus heureuse sur terre.

– Je vous aime toutes les deux, je chuchote alors que nos fronts s'appuient les uns contre les autres.

La blonde, la brune et la rousse.

Trois sœurs.

Unies pour la vie.

Toutes décidées à tisser ce lien qui nous unit désormais.

– Je t'aime aussi, Isabeau, dit Evie en reculant pour poser une main sur ma joue.

– Comment ne pas t'aimer, Izzy ? ajoute Suda Kaye en souriant derrière ses larmes.

– Mes sœurs, je dis d'une voix rauque. Le plus beau cadeau qu'on m'ait offert de toute ma vie, je dis en les prenant par la taille. Merci, maman, je chuchote.

C'est la première fois que je prononce ce mot en parlant de Catori.

Soudain, venue de nulle part dans ce magasin sans fenêtres, une brise soulève mes cheveux, portant avec elle un parfum de patchouli, de bergamote et de fleurs sauvages.

CHAPITRE 12

Le mercredi suivant, les travaux de rénovation de la pâtisserie sont passés à la vitesse supérieure. J'ai rencontré Camden à deux reprises pour discuter de notre start-up et, ensemble avec Jasper, nous avançons à vive allure. De son côté, il s'occupe d'entrer en contact avec les fournisseurs, il rencontre également les commerciaux pour discuter de nos besoins en équipement. Du mien, je me charge de tout l'aspect administratif en ouvrant les comptes bancaires, mais aussi en travaillant avec le graphiste pour créer notre logo ainsi que les autres produits promotionnels dont nous aurons besoin pour l'ouverture. J'ai même rencontré la maire de Pueblo, Mme Browning, pour organiser une inauguration officielle qui attirera également la presse locale.

Le premier matin, Kyson et Lincoln sont arrivés à l'aube. Dire que Lincoln n'est pas le mec parfait pour mon meilleur serait un euphémisme. Il est horriblement ronchon, tout l'opposé de mon ami jovial, et la tension sexuelle entre les deux a été palpable dès la première seconde.

J'ai été ravie de voir que Jasper a fait ce qu'il fait toujours lorsqu'une personne ne l'apprécie pas ; il volète autour d'elle en se rendant aussi agaçant que possible. Or, ça n'a pas dérangé Lincoln le moins du monde. Par ailleurs, Kyson ne s'était pas trompé sur le genre d'homme qui plaît à son frère, car il a clairement apprécié mon ami branché et fabuleusement clinquant. À la fin de la première journée, Lincoln a marché d'un pas décidé vers Jasper, qui regardait un catalogue, et a refermé brusquement le magazine. Il lui a ensuite saisi le bras et a exigé de l'emmener dîner.

Jasper ne s'est pas laissé faire, le défiant du regard en croisant les bras avant de rétorquer un « non » sans appel. Apparemment, Lincoln a pris cela comme un défi. J'ai d'abord vu la surprise dans ses yeux, puis un éclat malicieux qui révélait sa détermination féroce.

De mon côté, j'ai décidé de ne pas m'en mêler. Déjà parce que ça ne changerait rien mais aussi parce que j'ai mon propre Turner à gérer.

Tout ça s'est passé il y a deux jours. Nous sommes en fin de journée, mercredi, et je n'ai pas vu Kyson depuis qu'il est parti à midi. Ce n'est pas inhabituel, car étant le gérant de l'entreprise, il passe régulièrement voir ses employés sur les autres chantiers et rencontre de nouveaux clients.

Je lève la tête de ma liste de choses à faire quand il entre justement dans la cuisine.

– Isa chérie, tu as mangé, aujourd'hui ? demande-t-il en s'appuyant contre l'embrasure de la porte.

Je souris depuis le vieux plan de travail où je suis assise, qui sera bientôt remplacé par une nouvelle surface en inox.

Jasper sort de la chambre froide qui, heureusement, fonctionne parfaitement.

– Elle n'a rien mangé depuis les cupcakes qu'on a achetés ce matin dans une pâtisserie de l'autre côté de la ville, pour évaluer la concurrence.

– Ben ouais, mais aussi parce que c'est des cupcakes !

Qui a besoin d'une excuse pour manger des cupcakes ?

– Je t'invite, j'ai envie d'une pizza et d'une bière. Tu manges ce genre de chose ? demande Kyson.

Je souris et hoche la tête.

– Bien sûr ; je viens de Chicago où on trouve la meilleure pizzeria de la terre. Et j'ai rien contre une bière ou deux, j'ajoute en soupirant, épuisée.

Kyson et moi n'avons pas eu de nouveau rencard depuis notre brunch de dimanche, mais on s'est vus tous les jours et on s'est beaucoup écrit. J'ai apprécié de le voir au travail, aussi, et de pouvoir discuter avec lui de tout et de rien. J'ai ainsi découvert que son cerveau fourmille d'idées uniques et innovantes pour nous permettre d'offrir la meilleure expérience à nos clients.

– Ça a l'air divin, râle Jasper en venant vers moi et en me prenant dans ses bras. Tu as le meilleur des petits copains, soupire-t-il.

À ce mot, je me redresse et me crispe, cherchant aussitôt le regard de Kyson qui ne semble absolument pas affecté par le titre que Jasper vient de lui attribuer. Je décide donc qu'il est prudent d'ignorer la remarque de mon ami.

– Je suis content que ça te plaise, joli cœur, parce qu'on part avec eux, déclare Lincoln en rejoignant son frère dans l'encadrement de la porte.

Jasper me lâche et prend une pose théâtrale, les mains sur les hanches.

– Si tu crois que tu peux m'ordonner de te suivre, tu es encore plus fou que je ne le pensais.

– Assez fou pour courir après le plus joli mec que j'aie jamais vu, avec une bouche qui nourrit tous mes fantasmes, même si la plupart du temps je meurs d'envie de te bâillonner et de te ligoter pour t'obliger à faire ce que je dis ? J'ai suffisamment de folie pour tout ça, ouais. Maintenant, bouge ton petit cul et pose-le à l'arrière de ma bécane.

– Merde, il te l'a dit ! je m'exclame en souriant.

Lincoln a peut-être un fichu caractère et un tempérament bougon qui rend fou mon ami, mais il a une excellente éthique professionnelle, il n'est jamais en retard, il est toujours attentionné et délicat lorsqu'il me parle et il est presque aussi beau que son frère. Les gènes familiaux les ont gâtés, ces deux-là, avec leurs cheveux bruns, leurs yeux bleus et leur corps musclé. Cela dit, leurs muscles viennent peut-être de leur travail. D'ailleurs, regarder Kyson et Lincoln soulever des objets lourds et mettre des coups de marteau est devenu notre nouveau passe-temps favori.

– Ta bécane ? Tu veux dire une moto ? s'émerveille Jasper.

Lincoln esquisse un minuscule sourire.

– Tu aimes les motos ?

– J'aime les beaux gosses qui en font, ouais.

Je peux voir combien ce nouveau côté de Lincoln lui plaît. Non seulement ce type est tenace en matière de drague, mais en plus il a sa propre moto. Or, Jasper et moi sommes obsédés par les motards depuis qu'on a regardé *Sons of Anarchy*. Notre personnage préféré était Opie, mais hélas, Jasper n'est jamais sorti avec un motard. C'est un bon point pour Lincoln.

– Et toi, Isa ? demande Kyson en souriant. Tu aimes les mecs à moto ? Je suis passé prendre la mienne après le dernier chantier.

Je saute sur mes pieds et lève les mains en l'air comme une cheerleader.

– Grave ! je m'exclame en prenant mon meilleur ami dans mes bras. On sort avec des beaux gosses à moto ! C'est trop fun !

Jasper se met à sautiller sur place.

– Le Colorado est génial ! Je peux enfin rayer ça de ma *bucket list*[8] ! s'écrie-t-il avant de me taper dans la main.

Je me tourne vers Kyson et dégage mes cheveux de mon visage.

– On est méga prêts pour une virée endiablée à moto !

– Bon sang, vous êtes vraiment tarés, tous les deux, dit Kyson en riant.

Jasper se lèche les lèvres en regardant Lincoln, qui sourit de la façon la plus sexy qui soit.

– Euh, est-ce que tu conduis une Harley ? demande-t-il d'un ton admiratif.

– Fais-moi un bisou et je te le dirai, rétorque Lincoln en désignant sa joue.

Choquée, je laisse Jasper se débrouiller et je rejoins Kyson qui passe son bras sur mes épaules pour m'attirer contre lui.

– Et si tu me faisais un bisou, toi ? Ça fait des jours que je n'ai pas goûté à ta bouche et je suis affamé, chérie, chuchote-t-il contre mes lèvres.

Je me mets sur la pointe des pieds et plaque mes mains sur son torse. Je l'embrasse d'abord timidement, mais le baiser devient vite langoureux et je ne veux plus m'arrêter. Hélas, nous ne sommes pas seuls, donc je me force à reculer. Kyson mordille ma lèvre inférieure, comme s'il rechignait lui aussi à mettre fin au baiser.

– Bon sang, tu as vraiment une bouche parfaite, dit-il en empoignant mes fesses.

Je souris avant de me blottir contre lui. Je regarde alors Jasper, qui semble à la fois agacé et intrigué par la requête de Lincoln.

---

8. Liste de choses que l'on souhaite voir ou faire avant de mourir.

– J'ai toute la soirée, Jasper. Ou alors tu peux te dépêcher de me donner ce que je veux pour que je puisse te renvoyer la pareille. Ensuite, on pourra aller manger.

Jasper l'observe, puis il marche d'un pas de mannequin de podium vers Lincoln qui ne bouge pas, même quand Jas pose ses mains de part et d'autre de sa tête, sur le mur. Au lieu de l'embrasser sur la joue, il fonce droit sur sa bouche. Le temps que Lincoln comprenne ce qui se passe et essaie de saisir Jasper par la taille, mon meilleur ami recule, dépose deux bisous rapides sur sa bouche, puis marche vers l'entrée de la boutique d'un pas léger, comme pour le narguer.

Lincoln pousse un grognement et pose deux doigts sur sa bouche.

– Ce mec va me rendre chèvre.

– Moi, je crois plutôt qu'il va t'apprendre à vivre, répond Kyson. Tu mérites d'être heureux, Linc. Et la source de ce bonheur vient de sortir dans la rue dans une explosion de couleurs.

– Mon Dieu ! Ils ont tous les deux des Harley ! crie Jasper, fou de joie.

– Allez viens, chérie. Mon frère et moi allons vous emmener en balade.

♦

Rouler à moto collée contre Kyson est tout simplement grisant. Je prends un plaisir fou à voir voler mes cheveux dans le vent, à voir l'horizon s'assombrir et à sentir le ronronnement du moteur entre mes jambes. C'est le nirvana, et je veux que cela ne s'arrête jamais.

Les mecs doivent deviner que cela nous plaît, car la virée dure une bonne demi-heure. Si je n'avais pas peur de me tuer, j'aurais sorti mon téléphone pour prendre Jasper en photo. Son sourire, sa joie évidente alors qu'il est collé à Lincoln et le serre dans ses bras me comblent de bonheur. Personne ne mérite autant d'être heureux que Jasper Prince.

Car non seulement il offre son amour sans retenue mais il est l'incarnation même de l'amour. Un amour pur, honnête et magnifique. C'est un don, le sien. Et je suis ravie de faire partie des personnes à qui il l'offre. Secrètement, j'espère aussi que Lincoln fera partie des chanceux.

Kyson suit la moto de Lincoln sur le parking d'un bâtiment en tôle où sont garées des dizaines de Harley.

Lorsque Kyson gare sa moto et pose un pied à terre pour la stabiliser, j'enlève le casque et laisse mes cheveux tomber dans mon dos comme il aime. Je porte un jean, le marcel noir avec l'inscription « Bad Girl » en paillettes roses que j'ai trouvé chez Suda Kaye, une paire de boucles d'oreilles pendantes en argent, le bracelet de ma mère et, heureusement, mes sandales compensées noires. Ce n'est pas un look cent pour cent biker, mais je ne m'en sors pas trop mal.

Contrairement à Jasper.

– On est dans un bar de bikers ? je demande en attendant que Kyson tourne la tête vers moi.

– Ouais. Ils ont la meilleure pizza du coin. Tu vois la pizzeria collée au bar ? demande-t-il en désignant la dépendance en tôle. On peut commander ce qu'on veut depuis le bar. Comme ça, je pourrai essayer de te mettre une raclée au billard, après celle que tu m'as mise au Shuffleboard, la semaine dernière.

Je souris et regarde mon meilleur ami qui tient toujours Lincoln contre lui, arborant une expression sereine, les yeux fermés, comme s'il faisait de doux rêves.

Lincoln me regarde et me fait un clin d'œil sans bouger d'un iota, apparemment il est aussi ravi que mon meilleur ami.

Youpee !

– Euh... comment je descends ? je demande en étudiant le moteur brûlant près de mes pieds.

– Pose tes mains sur mes épaules et balance ta jambe par-dessus. Tu vas y arriver ?

– Sans me casser la figure ? Peut-être. Mais je n'en suis pas certaine.

Je ne plaisante qu'à moitié, car je suis quasi sûre que je vais m'écraser par terre ou me brûler sur l'un des pots d'échappement.

Je suis en train d'étudier la situation lorsque Kyson se tourne vers moi et me saisit par la taille pour me faire descendre de la moto, comme si j'avais le poids d'un enfant. Ce qui n'est absolument pas le cas, étant donné tous les cupcakes que je mange !

Je pousse un cri de surprise qui tire Jasper de sa transe.

– Mon joli cœur aime chevaucher ma moto ; ça me plaît, grommèle Lincoln d'un ton sexy qui me fait frémir, bien qu'il soit le frère de mon mec.

– Oh ! mais ce n'est pas la seule chose que j'aime chevaucher, rétorque Jasper d'un ton lourd de promesses.

– J'ai hâte de le découvrir... bientôt, répond Lincoln.

Jasper sourit et descend de la moto comme s'il avait fait ça toute sa vie. Mince, comment il fait ?

– Izzy, tu n'as pas trouvé ça génial ? me demande-t-il, le regard pétillant.

– Si, c'était merveilleux.

Jasper et moi passons quelques minutes à décrire nos moments préférés, papotant comme des ados jusqu'à ce que Kyson nous interrompe en sifflant.

– Tu as faim, ma belle ? Ça fait une heure que tu as dit que tu voulais une bière, tu te souviens ? demande-t-il en m'offrant son bras.

Je cours vers lui et il passe son bras sur mes épaules tandis que Jasper prend son temps pour rejoindre Lincoln, qui saisit aussitôt sa main.

Je souris face à ce geste possessif et devant la surprise de mon ami qui se ressaisit rapidement et entrelace ses doigts avec ceux de Lincoln.

Oh... mon meilleur ami et son ronchon canon. Trop cool !

Je lève les yeux vers Kyson, qui m'étudie pendant que j'observe le couple.

– Merci pour la virée à moto, c'était trop cool.

– Je suis content que ça t'ait plu, Isa, dit-il d'un ton sexy qui vibre dans mes veines.

Je souris jusqu'aux oreilles et l'embrasse rapidement sur la bouche, puis il m'emmène à la porte, qu'il tient ouverte pour moi et nos frères.

Lorsque j'entre, plusieurs choses me sautent aux yeux. Le bar est plein à craquer et tous les clients sont des bikers. La bière coule à flots, et le parfum de pizza est aussi délicieux qu'elles en ont l'air sur la table voisine. Mais surtout, ce qui est le plus marquant, c'est que tous les regards sont rivés sur nous.

– Une tournée de bière pour ma nana et moi, et pour mon frère et son rencard, dit Kyson à la serveuse derrière le bar qui semble le reconnaître.

Nous suivons une autre serveuse jusqu'à notre table et je sens le regard de tous ces hommes bourrus sur nous. Je me tourne et suis déçue de voir que Lincoln a lâché la main de Jasper. Or, il ne l'a fait que pour prendre mon meilleur ami par la taille, une marque d'affection que ce dernier n'a pas manqué d'imiter.

Kyson recule ma chaise et je suis sur le point de m'asseoir lorsqu'un type immense arrive derrière lui et le serre dans ses bras pour le soulever jusqu'à ce que ses pieds ne touchent plus le sol.

Je m'attends à ce que Kyson s'énerve, mais il éclate de rire et, dès que ses pieds ont touché terre, il se retourne et frappe l'homme dans le dos.

– Papa !

– Ky, qu'est-ce que tu fais ici ? Je croyais que tu allais au restau avec la jolie rousse dont tu nous as parlé. C'est pour ça que ta mère est à la maison plutôt qu'ici avec nous.

– J'ai décidé de lui offrir une virée à moto et de lui faire goûter la meilleure pizza de la ville.

– Y a pas de meilleure pizza qu'ici, c'est clair, répond le père de Kyson en riant.

Il porte un bandana noir et blanc autour de ses longs cheveux poivre et sel qui tombent sur ses pectoraux. Il a une grosse barbe qui descend en pointe sur son sternum, à la ZZ Top. Un tee-shirt noir avec un crâne en feu et une veste sans manches en cuir noir avec un badge « Vice-Président ».

Il est cool de la tête aux pieds, et légèrement menaçant. À côté de lui, les mecs de *Sons of Anarchy* sont des anges.

– Papa, je te présente ma nana, Isabeau Collins, dit Kyson.

Je souris jusqu'aux oreilles et le salue de la main, un peu gênée de rencontrer son père pour la première fois.

– Waouh, dit-il en m'étudiant. Ce corps, ce visage, ces cheveux... Fiston, tu es dans le pétrin, conclut-il en souriant.

– À qui le dis-tu, ricane Kyson. Elle m'a envoûté dès la première seconde.

– Je veux bien te croire. Elle est angélique, mais j'espère pour toi qu'elle cache une diablesse en elle, répond le père de Kyson en me faisant un clin d'œil et en empoignant la nuque de son fils, comme s'il était fier de lui.

C'est bizarre, mais mignon, je suppose.

– Papa, dit alors Lincoln en ouvrant les bras.

– Eh bien, deux de mes trois fistons sont au même endroit et je n'ai même pas dû obliger votre mère à cuisiner pour y parvenir ! C'est un miracle, dit-il en tapant Lincoln dans le dos comme il l'a fait avec Kyson.

– Je veux te présenter quelqu'un, papa, grommèle-t-il en se tournant vers Jasper et en le ramenant contre lui.

Mon meilleur ami semble on ne peut plus nerveux, de la pointe de ses cheveux blonds jusqu'à celle de ses Rangers rouges à lacets noirs. Sa tenue du jour en dit long sur lui : un pantalon de survêtement jaune fluo en tissu plastifié qui fait un bruit terrible quand il marche, et un tee-shirt blanc et moulant avec l'emblème du drapeau canadien sur le torse. Jasper est obsédé par le Canada, car ses mères aiment y passer des week-ends en famille. Il a même un boléro rouge à boutons dorés qui ressemble à la tenue de la garde montée canadienne.

– Enchanté, Monsieur Turner. Je suis Jasper Prince, dit Jas en tendant la main.

– Prince ? répond le père de Kyson en souriant et en étudiant mon ami. C'est un nom approprié.

Je retiens mon souffle, car nous sommes dans un bar de motards rempli de mecs immenses qui semblent capables de briser un crâne d'un simple coup de poing et parce que le look de mon ami est suffisamment tape-à-l'œil pour les offusquer.

– Razor, dit le père de Kyson en serrant la main de Jasper.

– Euh… Razor ? demande mon ami.

– Mon nom, fiston. Razor.

– C'est le surnom de mon père dans le club, explique Lincoln. Tous les membres en ont un. Il nous a fait jurer de ne jamais répéter son vrai prénom, ajoute-t-il en souriant.

En souriant ! Il a un sourire magnifique qui le rend cinq fois plus beau, même si, bien sûr, mon mec reste le plus beau de tous.

Jasper prend Lincoln par la taille et le regarde dans les yeux.

– Tu me le diras, à moi ? demande-t-il en clignant rapidement des cils.

Alors, à la vue de tous y compris de son père, Lincoln se baisse et s'empare de la bouche de Jasper dans un baiser à peine décent, même s'il est bref.

Je regarde Razor du coin de l'œil et découvre qu'il sourit joyeusement.

– Alors, ça ne dérange pas ton père ? je demande à Kyson lorsqu'il s'assoit à mes côtés.

Je continue d'observer Jasper, qui sourit jusqu'aux oreilles. Il a peut-être fait le difficile pendant trois jours, mais il est évident qu'il est désormais dingue de son Maçon-Ronchon.

– Ça fait longtemps que Linc a fait son coming-out, chérie. Et mon père ne tolérerait jamais que qui que ce soit le traite différemment à cause de son homosexualité. Ça inclut les membres du club. S'ils ont un problème avec ça, ils sont mis dehors. Être biker implique de vivre librement et d'aimer tous ses frères. On ne peut pas fixer de limite à leur liberté, ça ne colle pas avec leur philosophie. Quand tu es dans le club, tu vis, tu saignes et tu meurs pour tes frères. Peu importe avec qui ils couchent ou qui est avec eux sur la moto.

– C'est cool, je réponds.

– Amusez-vous bien, les enfants. Et quand vous aurez fini de manger, amenez vos rencards boire une bière et faire un billard avec votre vieux, ok ? dit Razor en frappant sur la table.

– Ça marche, papa, répond Kyson, et Lincoln hoche la tête.

Lorsque nous sommes tous assis, Kyson et Lincoln se dépêchent de commander à manger auprès de la serveuse qui apporte nos bières.

– Ton père a l'air super-sympa, dit Jasper.

– Ouais, c'est un chouette type. Il aime ses fils, ma mère, ses frères. La bière et la nourriture, aussi. Il mène la vie qu'il veut et il est heureux de le faire, répond Lincoln.

Je pose ma main sur la cuisse de Kyson et la serre délicatement.

– Est-ce que tu crois que... euh... on pourrait aller à une soirée au club-house ? demande Jasper d'un ton tout excité.

Kyson et Lincoln éclatent tous les deux de rire.

– Moi aussi je veux venir ! Et je pourrais inviter Suda Kaye et Camden ! Elle kifferait trop ! En revanche, je ne suis pas sûre qu'Evie et Milo apprécieraient, mais je pourrais leur proposer, je déclare en imaginant déjà la scène.

Il y aurait un cochon rôti au-dessus d'un énorme feu, des femmes en minijupe au bras de leur motard... ce serait génial.

Kyson et Lincoln rient de plus belle et mon mec me prend par les épaules pour me serrer contre lui.

– Chérie, tu ne peux pas t'incruster à une soirée du club. Il faut être invité.

Jasper et moi fronçons les sourcils.

– Mais je suis sûr qu'on pourrait demander à papa ou à Vince de vous inviter à un des barbecues. Cela dit, les soirées sont toujours un peu déjantées.

– Ça me va, je chuchote alors que Jasper s'écrie : « À moi aussi ! »

Nos deux hommes secouent la tête en souriant.

– On verra. Ça dépendra du sixième rencard, répond Kyson en me toisant de son regard de braise.

Je me lèche les lèvres en imaginant tout ce que j'ai envie de faire à mon motard canon lorsqu'on sera seuls.

– Au passage, ça compte pour notre troisième rencard. Car oui, je les compte, ajoute-t-il, me faisant glousser.

– Haha, t'es cuite, meuf, lance Jasper d'un ton moqueur.

– Quoi ? C'est quoi cette histoire de rencards ? demande Lincoln.

Jasper se tourne vers son mec et ouvre la bouche, mais je m'allonge sur la table pour plaquer ma main dessus.

– Je t'interdis d'en parler.

Jasper fronce les sourcils et finit par hocher la tête. Je le lâche et le regrette aussitôt.

– Pourquoi tu ne veux pas que je parle à Linc de ta règle des six rencards avant le sexe ?

– Je n'en reviens pas que tu l'aies dit ! je m'exclame avant de saisir ma bière et d'en boire plusieurs énormes gorgées.

– Six rencards avant le sexe ? s'étonne Lincoln en grimaçant. Tu ne suis pas cette règle débile toi, si ? demande-t-il alors à Jasper.

– Bien sûr que non !

– Tant mieux, parce qu'il est hors de question que j'attende six rencards avec toi. Frangin, tu es un saint ! dit-il à Kyson, qui éclate de rire.

– Eh oh ! je rouspète.

– Izzy, tu as de la chance d'être la femme de ses rêves, poursuit Lincoln en me regardant dans les yeux, parce que ça peut tuer un mec, de se retenir à ce point.

Je grimace et suis sur le point d'envoyer bouler Lincoln lorsque Kyson rattrape la situation.

– Tu vois cette femme ? dit-il à son frère. Non seulement c'est la femme de mes rêves mais elle cuisine, elle est sublime, brillante, et le peu que j'ai vu de son corps est encore plus beau que dans mes fantasmes les plus fous. Je suis ravi d'apprendre à connaître son esprit avant d'apprivoiser chaque millimètre de son corps.

– Oh, merci bébé, je réponds avant de m'emparer de sa bouche.

Il répond par un baiser sulfureux qui dure bien plus longtemps que je n'en ai l'habitude lorsque nous sommes en public, mais je m'en fiche. On est dans un bar de bikers, entourés de mecs qui font sans doute bien pire avec leurs femmes.

Kyson pense que je suis la femme de ses rêves ! Or, chaque minute que je passe avec lui me convainc un peu plus qu'il est peut-être l'homme de mes rêves aussi.

CHAPITRE 13

– Ce quatrième rencard était génial, Ky, je chuchote contre sa bouche avant de l'embrasser, suçant sa langue avant d'en titiller la pointe.

Nous sommes allés au cinéma, puis nous avons dégusté un délicieux repas dans un petit restaurant thaï d'un quartier calme. Kyson a pris sa moto et, mes hormones étant en délire comme toujours avec lui, je l'ai plaqué contre le mur à peine passée la porte de la pâtisserie.

Le baiser devient vite sulfureux et il me soulève par les fesses pour aller s'asseoir sur une chaise pliante près du plan de travail. À cheval sur lui, je frotte mon entrejambe contre son érection, essayant d'assouvir mon désir brûlant.

– Bon sang, tu es vraiment d'un autre monde, chuchote-t-il dans mon cou tout en plongeant sa main dans mes cheveux pour les empoigner à la racine.

Un picotement surgit, mais la douleur se transforme en excitation lorsqu'il penche ma tête sur le côté pour plonger sa langue plus loin dans ma bouche. Son autre main remonte sur ma cuisse nue, sous la petite jupe à volants que j'ai mise pour notre rencard, et il empoigne ma fesse pour m'écraser sur sa verge épaisse.

– Bébé… je gémis en me cambrant pour me rapprocher autant que possible. Je t'en supplie…

Il sourit et mord le point de rencontre de mon épaule et de mon cou, lâchant mes cheveux pour caresser l'intérieur de ma cuisse, me faisant frémir de plaisir.

– Montre-moi combien tu as envie de moi, murmure-t-il contre ma peau avant de poser sa main à plat sur mon sexe. Putain, tu es trempée, dit-il en caressant ma culotte alors que je me frotte à sa main.

Je cherche désespérément quelque chose, n'importe quoi pour satisfaire mon désir ardent. Kyson ne me déçoit pas, plaquant son pouce sur mon clitoris pour le masser en cercle, m'arrachant un cri aigu. Mes mains quittent ses épaules pour descendre sur son torse et s'attaquer à sa ceinture, mais il secoue la tête.

– Pas touche, chérie. Profite juste de ce que je te fais.

– Mais…

Je ne termine pas ma phrase, car ses doigts glissent sous ma culotte et dans ma fente trempée pour plonger dans mon sexe.

C'est le paradis.

Incapable de parler, toute mon attention est fixée sur mon sexe qui s'étire pour accommoder ses doigts experts. J'appuie mon front contre le sien alors qu'il retire ses doigts et les enfouit de nouveau en moi, encore plus profond cette fois. J'empoigne ses cheveux et tiens sa tête près de la mienne, nos bouches à quelques millimètres l'une de l'autre.

Sous l'effet du désir, ses yeux sont d'un superbe bleu foncé et ses pupilles dilatées.

– Chevauche-les, grogne-t-il en serrant les dents alors que l'odeur de sexe nous enveloppe.

– Bébé... je miaule avant de me soulever puis de me rasseoir comme il me le demande, déclenchant une nuée de frissons dans tout mon corps.

– Putain ouais, murmure-t-il. Tu es tellement chaude. J'ai hâte de m'enfouir en toi. Et quand je le ferai, je ne m'arrêterai plus, Isa. Jamais. Je le sais déjà. Tu vas devenir une addiction. Avec ta bouche exquise, tes cheveux sauvages, tes magnifiques seins et ta chatte trempée... je n'en aurai jamais assez. Jamais, bébé, siffle-t-il, m'excitant avec ses mots comme jamais je ne l'ai été.

Je crie lorsqu'il m'écrase sur lui et écarte les jambes, étirant mes cuisses sur les siennes, ouvrant mon sexe de façon indécente. Ses doigts vont encore plus loin et il accélère leur va-et-vient jusqu'à ce que je sois sur le point de jouir.

Mon sang s'embrase et les muscles de mon sexe, ignorés depuis si longtemps, hurlent de plaisir, tendus de la meilleure façon qui soit.

– Tu peux prendre plus, Isa ? demande-t-il d'une voix rauque.

Je secoue la tête, ne sachant même pas ce qu'il demande mais persuadée que je ne supporterai pas davantage que ce qu'il m'offre déjà.

Kyson frotte un troisième doigt à ma fente avant de le plonger en moi, formant un triangle qui me coupe le souffle alors que son pouce presse mon clitoris.

Je penche la tête en arrière, bouche ouverte, poussant un cri silencieux tandis que je rebondis sur ses doigts, saisissant sans vergogne le plaisir qu'il m'offre, désespérée d'atteindre l'orgasme.

Celui-ci ne se fait pas attendre, car je chante bientôt « oui, oui, oui » en boucle alors que Kyson passe son bras dans le bas de mon dos et que son autre main me tire vers le bas, depuis l'intérieur de mon sexe, me plaquant contre le sien.

Mon orgasme explose, détonant dans le bas de mon dos avant de se propager dans mon corps tout entier, comme un courant électrique qui embrase toutes mes terminaisons nerveuses.

Il s'empare de ma bouche alors que je tressaille sur lui, savourant l'euphorie qui m'enveloppe des pieds à la tête.

Je tremble et il me serre dans ses bras, m'embrassant tendrement, caressant ma langue avec la sienne, délicatement, m'accompagnant alors que je reviens lentement sur terre.

Je finis par lever la tête et le regarder dans les yeux.

– C'était intense, je chuchote en me sentant soudain un peu vulnérable.

Il me sourit tendrement et retire sa main de ma culotte.

– Te regarder prendre feu est une des plus belles choses que j'aie jamais vues, Isabeau, dit-il d'une voix rauque. Merci pour ce beau cadeau, chérie.

Je l'embrasse et mes yeux se remplissent de larmes. Nous restons un moment à nous embrasser langoureusement, tendrement, et je prends le temps de mémoriser son goût, de noter ce qui le fait soupirer. Un lien physique se tisse entre nous et je ne crois pas avoir déjà ressenti cela avec personne.

Kyson est différent.

Inhabituel.

Lorsqu'il me touche, mon sang s'embrase. Mon attirance et mon désir pour lui sont inédits, et cela m'effraie. Je pourrais facilement m'oublier avec lui, si je ne fais pas attention. Cependant, une part de moi pense que nous sommes tous deux censés nous oublier. Il en est ainsi pour mes parents, après tout. J'admire leur amour, qui est de ceux qu'on retrouve dans les livres : intense, respectueux, loyal... C'est spécial. On doit avoir une chance sur un million de connaître cet amour. Peut-être même sur un milliard.

Peut-être que Kyson est ma chance.

Peut-être qu'il est fait pour moi.

Peut-être est-il mon âme sœur.

Non pas que je pense qu'il n'y a qu'une seule personne pour chacun. Je pense sincèrement que plusieurs personnes sont faites pour être dans nos vies, pour différentes raisons. Par exemple, il est évident que Jasper est fait pour moi, pour être à mes côtés jusqu'à nos vieux jours. J'en suis intimement persuadée. Idem pour mes parents. Et je sais aussi que mes sœurs auront une place importante dans ma vie, jusqu'à la fin. Peut-être que Kyson est celui que je suis censée aimer, avec qui je dois construire ma vie. Mes parents m'ont montré l'exemple, et ils m'ont toujours dit de ne pas accepter une relation qui ne me remplisse pas de bonheur et de joie de vivre.

J'embrasse Kyson si longtemps que mes lèvres en sont enflées, puis je recule.

– Est-ce qu'on poursuit ça dans un endroit plus... intime ? je demande en me mordant la lèvre, consciente de ce que je suggère.

Au diable mon règlement.

– Ça me plairait, chérie, mais je dois rentrer et on doit parler, d'abord, dit-il avec un sourire en coin. Nous avons encore beaucoup à apprendre l'un de l'autre, et il y a quelque chose que je dois t'expliquer avant qu'on aille plus loin.

Je fronce les sourcils et caresse ses cheveux soyeux.

– Mais... et toi ? je demande en désignant son érection.

– J'aime que tu veuilles t'occuper de moi, mais si tu me prends dans ta bouche ou que je m'enfouis en toi, je n'aurai plus envie de partir, et je sais qu'on ne parlera pas.

Je souris et mordille son menton.

– Je préfère agir que parler, chéri, je réponds en promenant ma langue sur la commissure de ses lèvres.

– Bon sang, bébé, tu me ferais presque hésiter, mais il faut vraiment que...

Il est interrompu par des personnes qui font irruption dans la pièce par la porte arrière. Je m'accroche à Kyson et suis sur le point de me lever lorsque les deux silhouettes se dirigent vers l'escalier qui mène à l'étage.

Je pousse un petit cri qui les interpelle, et elles entrent dans la salle éclairée par les lampadaires de la rue. C'est alors que je reconnais Lincoln, portant mon meilleur ami dans ses bras. Les jambes de Jasper entourent la taille de Lincoln, comme les miennes le font avec Kyson.

Jasper étudie ma position et nous sourions tous les deux.

– Ne faites pas attention à nous, on... euh... on rentre de notre rencard, dit Jasper.

– Mmm-hmmm, je vois ça, je réponds. Tu t'es cassé une jambe ?

Jasper sourit et joue des sourcils.

– Je suis trop fatigué pour marcher, tu sais ce que c'est, après avoir fait de la moto.

– Frangin, qu'est-ce que tu fais là ? demande Lincoln en faisant glisser Jasper le long de son corps, le gardant contre lui jusqu'à ce qu'il repose les pieds par terre.

– Je raccompagne Isa à sa porte, répond-il simplement.

– Ouais, ça se voit, étant donné qu'elle est assise sur tes cuisses avec sa jupe sur la taille. Jolie culotte, Izzy, même si je dois avouer que je préfère les boxers, perso, répond Lincoln, avant de promener la pointe de son nez dans le cou de Jasper.

Je baisse rapidement ma jupe pour me couvrir, rougissant de la poitrine jusqu'aux joues.

– Et tu penses quoi d'être commando ? demande mon meilleur ami en frémissant.

– Tu es en train de me dire que tu es à poil sous ton jean ? grommelle Lincoln en se crispant.

La vache, les choses semblent sur le point de déraper.

Jasper ricane et se tourne vers lui.

– Je suppose que tu vas devoir attendre de le découvrir... répond-il avant de marcher vers sa porte en se déhanchant.

J'observe Lincoln qui serre les poings en respirant lentement, comme s'il essayait de se maîtriser. Je suis ravie et j'ai hâte d'interroger Jasper plus tard.

Toutefois, plutôt que de le suivre, Lincoln regarde sa montre puis son frère.

– Frangin, il est onze heures et quart, déclare-t-il en tapotant sa montre.

Kyson se lève alors d'un bond, me reposant brusquement par terre sans la moindre délicatesse.

– Merde, Isa, je dois partir, bébé, dit-il d'un ton inquiet.

– Quoi ? Encore ? Pourquoi ? je demande en fronçant les sourcils.

– Je t'ai dit qu'il fallait qu'on parle, mais je n'ai pas le temps maintenant. Je suis déjà en retard, répond-il en empoignant ma nuque pour rapprocher mon visage et m'embrasser brièvement. J'ai passé une super-soirée et j'espère remettre ça bientôt.

Encore cette histoire de retard !

– Mais... je ne comprends pas.

– Chérie, je ne peux pas t'expliquer, mais je te dirai tout. On parlera demain. On se voit demain matin, ok ? dit-il en soutenant mon regard.

Je hoche la tête, profondément déçue.

– Ok. Comme tu veux, Kyson. Vas-y. Tu es en retard, je rétorque froidement.

Il soupire longuement, tourne les talons et me laisse plantée dans la salle. En général, il me raccompagne jusqu'à ma porte et s'assure que je la verrouille derrière lui. Mais apparemment, il est très en retard pour quelque chose. Pour quoi ? Je ne sais pas ; mais je compte le découvrir dès demain.

Plus de secrets.

J'en ai assez qu'il me plante à chaque fois, me laissant sur ma faim.

C'est fini, j'en ai marre. Demain, advienne que pourra, je vais le faire asseoir et lui tirer les vers du nez.

♦

Hélas, le lendemain est le jour où arrive le gros de notre équipement. Un énorme camion se gare devant la pâtisserie, au milieu de la route, à six heures du matin au lieu des quatorze heures prévues. Heureusement, Lincoln a passé la nuit chez Jasper et il est sur place pour aider les trois livreurs à décharger et mettre en place tout l'équipement.

Tout le monde est là, sauf Kyson en revanche, ce qui m'agace profondément.

Jasper, Lincoln, les trois livreurs et moi passons donc les heures suivantes à traîner l'électroménager dans la cuisine, puis à brancher les câbles, les évacuations et les ventilations. Heureusement, la cuisine a déjà été carrelée, donc nous n'aurons plus à les déplacer.

Kyson arrive à midi avec un sac en papier blanc ainsi qu'un plateau contenant des boissons chaudes dans des gobelets en carton. Il fronce les sourcils et son regard est rivé sur Lincoln. Étant encore frustrée d'hier soir, j'attends qu'il m'accorde son attention pour lui lancer un regard assassin et exiger qu'on discute. Je veux aussi savoir où il était ce matin.

Lorsqu'il entre dans la cuisine, il note tout l'équipement désormais en place et il sourit joyeusement.

– Super, ils sont arrivés plus tôt. J'avais peur que ce soit retardé et qu'on doive repousser l'inauguration.

Je pose mes mains sur les hanches, prête à répondre, lorsque Jasper me devance, essuyant la sueur sur son front.

– Mec, pourquoi tu n'es pas à genoux, à supplier Izzy de te pardonner pour hier soir ? lance-t-il d'un ton amer.

Kyson recule, comme si Jasper l'avait giflé.

– Joli cœur, ne t'en mêle pas. Tu ne sais pas de quoi tu parles, soupire Lincoln pour mettre Jasper en garde.

– Je sais que ma nana s'est couchée seule, poursuit Jas. À voir ses cernes, je sais qu'elle n'a pas dormi de la nuit. Et je sais que c'est parce que son Maçon-Délice l'a laissée en plan. Encore une fois ! Et voilà que tu débarques l'air de rien, alors qu'on a passé la matinée à tout mettre en place !

– Jasper, arrête. Kyson, il faut que je te parle, j'insiste, coupant la parole à mon ami.

– Pourquoi tu n'as pas dormi, bébé ? Et pourquoi je devrais me faire pardonner ? répond Kyson d'un ton agacé. Tu vois, j'étais sur un chantier depuis l'aube, et un de mes gars est tombé d'un échafaudage de cinq mètres de haut. Il s'est cassé le dos, les côtes et le bassin. C'est sans parler du fait que mon téléphone a cessé de marcher dans la nuit et que je ne pouvais pas vous appeler. J'ai dû emprunter un portable pour pouvoir appeler les pompiers et la femme de Frank !

– Merde, gronde Lincoln, mais Kyson ne s'arrête pas là.

– Donc, je suis désolé si je n'ai pas été là pour la livraison du matériel, mais je savais que vous aviez Lincoln en plus des trois installateurs, gronde-t-il en jetant le sac sur le plan de travail, prenant plus de soin avec les boissons, qu'il renverse néanmoins. Je nous ai pris à manger après avoir passé la matinée à consoler la femme et les enfants de Frank, ajoute-t-il en secouant la tête et en se passant la main dans les cheveux. Vous savez quoi, je n'ai pas besoin de cette merde. Pas aujourd'hui, ricane-t-il en marchant d'un pas rapide vers la porte arrière.

Il la pousse si fort qu'elle percute le mur de brique, puis il la referme en la claquant.

– Kyson ! je crie en lui emboîtant le pas.

Lincoln saisit mon bras et m'arrête en secouant la tête.

– Je vais y aller. Quand il est comme ça, en colère à ce point, il est capable de dire des choses qu'il regrettera.

– Je m'en fiche, il a besoin de moi !

Ma poitrine se resserre et je désespère de lui courir après, de le soutenir et de m'excuser. Certes, il doit encore m'expliquer ce qui s'est passé hier soir, mais j'aurais dû lui accorder le bénéfice du doute et le laisser parler d'abord.

– J'y vais le premier, insiste Lincoln. Je vais le calmer et lui parler de Frank. Frank est un bon gars et il a trois enfants de moins de dix ans, il a besoin de ce boulot. Putain, ça doit vraiment ronger Ky. Je viens te chercher quand il sera calmé.

Ne connaissant pas les humeurs de Kyson après si peu de temps, je n'ai d'autre choix que d'accepter.

Lincoln se précipite dehors, mais pas avant de prendre la main de Jasper pour la serrer. C'est mignon, et je suis contente pour mon meilleur ami.

– Izzy, ce n'est pas de ta faute. C'est de la mienne, c'est moi qui l'ai attaqué dès qu'il a passé la porte, s'excuse Jasper d'un ton sincèrement contrit.

– Non, tu voulais juste me protéger. Je comprends, j'aurais fait la même chose pour toi. Et on ne pouvait pas se douter de ce qu'il avait vécu ce matin. Maintenant, je me sens idiote et je ne sais pas quoi faire pour réparer les dégâts. Imagine que j'aie tout gâché en ne lui faisant pas confiance ?

Jasper me prend dans ses bras et m'emmène dans la salle principale qui commence à prendre forme. Les vieux meubles de la confiserie ont été jetés, de nouveaux câbles pendent du plafond que les mecs se préparent à réenduire avant d'installer les nouveaux spots. Les murs ont été décapés et sont désormais peints en blanc.

– Regardons les échantillons de peinture. On peut en mettre sur les murs et prendre la décision finale, comme ça, on pourra commencer à peindre dès demain, dit Jasper en me poussant vers une table couverte de cartons de couleurs ainsi que de petits pots de peinture.

Nous passons la demi-heure qui suit à évaluer le meilleur choix, ne sachant s'il vaut mieux laisser les murs blancs ou les peindre en rose ou en pêche. On finit par opter pour du pêche, avec des mots écrits en dorés, qui reflètent notre inspiration et qui donneront envie, on l'espère, de goûter à nos créations. Des mots comme cupcake, cookie, donut, délicieux, savoureux, sucré, et ainsi de suite.

On est en train de rire en réfléchissant au mot « émoustillant » lorsque la porte de la boutique s'ouvre sur une petite fille brune aux yeux bleus, d'environ cinq ou six ans.

Jasper et moi nous regardons avant de nous concentrer sur la fillette.

– C'est toi la dame des cookies ? demande-t-elle en souriant jusqu'aux oreilles, balançant ses couettes et me regardant avec ses grands yeux.

C'est sans doute la fille la plus chou que j'aie jamais vue.

– Bonjour ma puce, elle est où ta maman ? je demande.

Elle ferme la bouche et prend appui sur sa Converse rose pour faire une pirouette.

– Je n'ai pas de maman. J'ai un papa, un papi, une mamie, un oncle Vince et un oncle Linc, répond-elle en entortillant sa couette sur son doigt. Et plein de tontons au club de moto, ajoute-t-elle en souriant joyeusement.

Oncle Vince. Oncle Linc.

– Alors, c'est toi ? insiste-t-elle.

– C'est moi… quoi ? je demande en marchant vers elle pour m'accroupir. Qui t'accompagne, ma puce ?

– La dame aux cookies ? Papa a dit que la plus belle femme sur terre aux cheveux rouges m'a fait des cookies. Je les ai tous mangés. Est-ce que tu peux me faire des cookies avec du glaçage ? C'est mes préférés, dit-elle.

– Comment tu t'appelles, ma chérie ? je demande.

Elle sourit et la porte s'ouvre de nouveau, cette fois sur Razor, le père de Kyson.

– Ma puce, je t'ai dit de ralentir. Ton papi ne peut pas te suivre, à son âge ! déclare-t-il d'un ton enjoué avant de prendre la fillette dans ses bras pour lui chatouiller le ventre.

– Papi, papi, c'est elle la dame aux cookies ? lui demande-t-elle.

– Oui, choupette, c'est Isabeau. La petite amie de papa, répond-il l'air de rien, comme si ce n'était pas la nouvelle de l'année.

Enfin, en dehors du fait que j'ai une mère, deux sœurs et que j'ai hérité une fortune d'un homme que je ne connais pas. Bon, ok, ce n'est pas *la* nouvelle de l'année, mais quand même.

J'ouvre la bouche et la referme, ne sachant pas par où commencer.

– Coucou, ma puce, je m'appelle Jasper.

– Salut Jasper, dit-elle en agitant la main avant de faire les gros yeux. Oooooh, mais toi, t'es le garçon qui plaît à Tonton Linc ! s'exclame-t-elle en frappant dans ses mains. J'ai entendu mamie parler du garçon que Tonton Linc adoooooore et qui s'appelle Jasper.

– Qu'il adore, hein ? répète Jasper en approchant d'elle. Dis-m'en plus, ma puce.

– Jas... je gronde alors que mon cœur bat la chamade.

– Izzy, ma chérie, est-ce que Kyson ou Lincoln sont là ? Mamie a la grippe. Le temps qu'elle rentre de la maternelle, elle était trempée de sueur et bouillante. Elle m'a appelé pour me demander de m'occuper de la petite, mais je bosse sur une moto qui doit à tout prix être réparée par moi, et moi seul. Elle ne veut pas que la petite attrape la grippe, tu comprends ?

Je hoche bêtement la tête, les yeux rivés sur la fillette. Elle a exactement les mêmes yeux et les mêmes cheveux que Kyson. Elle n'a pas sa bouche ni son nez, mais c'est clairement une Turner.

– Bien sûr, oui, pas de souci. On s'occupe d'elle. Kyson et Lincoln sont dans la cour. Un de leurs hommes s'est blessé et...

– Qui ? demande-t-il.

– Il s'appelle Frank, je crois...

Je perds le fil de ma pensée, car je ne parviens pas à quitter la fillette des yeux. Une fanfare pourrait entrer dans la pièce que je n'arriverais pas à arracher mon regard de son visage.

– Merde, Frank est un de mes frères. Il va bien ? Le club voudra savoir, s'ils ne savent pas déjà, grommelle Razor en posant la fillette par terre.

– Je ne sais pas, désolée, je réponds en haussant les épaules.

– Où sont les garçons ?

– Dans la cour, je réponds en désignant la porte.

Il hoche la tête et se penche pour parler à sa petite-fille.

– Sois sage avec Izzy, d'accord ma puce ? Papi va aller parler à papa et Tonton Linc, mais je leur dis de vite venir te chercher.

Elle acquiesce et fait une pirouette, admirant la façon dont sa jupe jaune se soulève.

– C'est bon, je te la laisse ? me demande-t-il.

– Oui, bien sûr, je réponds automatiquement.

Il fonce vers la cuisine et disparaît.

Jasper écarquille les yeux, choqué, une main sur sa poitrine.

Je ne sais ni quoi penser ni quoi ressentir, mais j'ai promis de m'occuper de cette fillette pour que Razor puisse annoncer encore une mauvaise nouvelle à mon mec.

Mon homme.

L'homme qui ne m'a pas dit qu'il avait une fille.

Je ferme les yeux un instant et m'autorise à être vexée par la situation, mais je sens un petit tapotement sur ma main.

Je baisse la tête et découvre son visage merveilleux.

– Est-ce que tu as d'autres cookies ? me demande-t-elle en se balançant de droite à gauche, pointant son pied par terre et en le tournant d'un côté et de l'autre, comme le font les enfants lorsqu'ils veulent quelque chose.

– Oui, mais tu dois d'abord répondre à une question avant qu'on aille les chercher chez moi. D'accord ?

Son regard s'illumine, elle est encore plus mignonne.

– Comment tu t'appelles, choupette ? je demande en tapotant son nez du bout du doigt.

– Je m'appelle Hope.

Elle s'appelle Hope.

La femme mystère dont Porter a parlé lors de mon premier rencard. Ce n'était ni une autre copine ni une ex. C'était une fillette. Sa fille de cinq ou six ans. Kyson et moi sommes sortis quatre fois ensemble et nous sommes vus presque tous les jours durant ces deux dernières semaines, et il n'a jamais pris la peine de me dire qu'il avait une fille.

– C'est un très joli prénom. Tu sais ce que ça veut dire ? je demande en lui prenant la main pour l'emmener vers le rideau qui sépare nos travaux de *Gypsy Soul*.

– Papa dit que ça veut dire espoir. C'est ce qu'on ressent quand on attend de belles choses.

Je déglutis pour ravaler toutes les émotions qui menacent de jaillir à la surface.

– Il a tout à fait raison.

J'espère seulement que de belles choses m'attendent avec Kyson, parce que c'est un sacré tournant dans notre relation.

Or, je ne sais absolument pas où cette route va nous mener.

CHAPITRE 14

– Tu habites ici ? demande Hope en s'amusant à tourner sur le tabouret de bar.

– Oui, je réponds en posant une assiette sur le plan de travail.

– Mais il n'y a pas de murs ? C'est juste une grande pièce, remarque-t-elle en étudiant l'espace.

– Ouais, ça s'appelle un studio. Il y en a beaucoup dans les grandes villes.

– Pourquoi ?

Je lui souris et retire le couvercle de la boîte de biscuits. Hélas, je n'en ai pas avec du glaçage, mais j'ai des petits sablés à la cannelle et des cookies au beurre de cacahuète.

– Tu as déjà mangé du beurre de cacahuète ? je demande pour m'assurer qu'elle n'est pas allergique.

Elle hoche la tête et je pose un cookie ainsi qu'un sablé à la cannelle sur son assiette.

– Eh bien, il y a beaucoup de gens dans les grandes villes, donc il faut beaucoup d'appartements. Un studio permet d'avoir tout ce qu'il faut dans un espace réduit.

Elle hoche la tête, mais son regard est rivé sur les gâteaux.

– Tu veux du lait ?

– Oui, s'il te plaît ! répond-elle joyeusement avant de prendre une énorme bouchée du cookie au beurre de cacahuète.

– Ralentis, il ne va pas s'enfuir, je dis en riant.

Elle prend le temps de mâcher. Lorsqu'elle a fini sa première bouchée, elle boit une grande gorgée de lait et se retrouve avec une moustache blanche.

– Tes gâteaux sont les meilleurs du monde.

Venant d'un enfant, c'est un sacré compliment.

– Merci, je réponds en m'accoudant au bar. Tu sais, ton père aide mon ami et moi à rénover notre pâtisserie. Bientôt, j'aurai plein de desserts parmi lesquels tu pourras choisir.

– J'adooore les desserts, dit-elle en écarquillant les yeux. C'est le meilleur moment de la journée. Mamie veut bien que j'aie un goûter au sucre tous les jours après l'école, mais elle les achète au supermarché. Ils ne sont pas aussi bons que les tiens, mais ne lui dis pas, ça la rendrait triste.

– Ton secret sera bien gardé avec moi, je réponds en lui faisant un clin d'œil.

Elle renifle le petit sablé et l'inspecte de près.

– Ça sent la cannelle.

– Bien joué ! Oui, il y a du sucre et de la cannelle. On appelle ça un sablé.

– Un sablé ? Mais il n'y a pas de sable dedans, si ? s'offusque-t-elle.

– Non, heureusement. C'est super-bon. Vas-y, goûte-le.

Elle en prend une petite bouchée, puis elle sourit.

– C'est bon, le sable ! déclare-t-elle avant de mordre à nouveau dedans.

– Je suis contente que ça te plaise.

Et c'est vrai. Cette précieuse fillette est la fille de Kyson, et il me suffit de la regarder pour voir qu'elle est heureuse, qu'on s'occupe bien d'elle et qu'elle est gentille. Je ne peux cependant pas m'empêcher de me demander où est sa mère, étant donné que Kyson ne m'a même jamais parlé de sa fille.

– Tu sais faire quoi d'autre ? demande Hope.

– À peu près tout, en fait. Je suis cheffe cuistot et pâtissière. J'ai été à l'école pour apprendre les deux. Un peu comme la fac, mais pour la cuisine.

– Oh, mon papa a été à la fac, aussi. Il construit et rénove des trucs. Parfois c'est des maisons, parfois des immeubles et même, une fois, c'était mon école ! s'exclame-t-elle fièrement.

– Ah oui ? Qu'est-ce qui était cassé dans ton école ?

Elle essuie sa bouche sur le revers de sa main et je me rends compte que je ne lui ai pas donné de serviette.

– Désolée ma puce, tiens, je dis en lui tendant un carré d'essuie-tout.

– Dans une des classes, le plafond s'est effondré à cause de la pluie, explique-t-elle avec de gros yeux et en ouvrant grands les bras pour me montrer combien cet évènement a été marquant.

– C'était après un orage ? Est-ce que quelqu'un a été blessé ?

Elle secoue la tête et prend le cookie au beurre de cacahuète. Elle semble manger les deux tour à tour.

– Non, ça s'est passé pendant la nuit. Le directeur était triste, mais ils ont fait classe dans la bibliothèque et papa et Tonton Linc l'ont réparé hyper vite.

– Ah, tant mieux. Et ta maman, elle fait quoi ? je demande d'un ton neutre, même si je me sens coupable d'essayer d'obtenir des informations auprès d'une petite fille.

En même temps, je ne comprends vraiment pas pourquoi Kyson ne m'a pas parlé de Hope dès le premier rencard, quand on apprenait à se connaître. Ou durant un des trois autres rencards ou encore pendant les dizaines d'heures qu'on a passées ensemble dans la boutique.

– J'ai plus de maman, répond-elle en fronçant les sourcils avant de mordre dans le sablé.

Mon Dieu, est-ce que Kyson est veuf ? Et me voilà en train d'interroger sa fille à propos de sa mère ? Je serre les dents et ferme les poings, mortifiée.

– Ah non ? je dis en posant ma main sur mon cœur.

Elle secoue la tête et mâche plus lentement en étudiant mon studio, comme si elle n'était pas à l'aise de parler de sa mère. Je me sens minable d'avoir abordé le sujet.

– Je suis désolée de l'entendre, ma puce.

– Ce n'est pas grave, répond la fillette en haussant les épaules. Je ne me souviens pas d'elle, de toute façon, admet-elle en traçant le contour de son verre du bout du doigt d'un air mélancolique. Je peux avoir plus de lait ? demande-t-elle enfin.

– Bien sûr. Est-ce que tu veux un autre biscuit ?

Ou un rein, une pièce montée, n'importe quoi qui la fera sourire de nouveau !

– Oui, s'il te plaît, répond-elle, et son regard scintille. Un gâteau au sable, je crois.

– Un petit sablé, je corrige en sortant le plus gros de la boîte.

Peu importe qu'elle n'ait plus faim pour le dîner, ce soir, ce sera la punition de Kyson pour ne pas m'avoir parlé d'elle.

– Ah oui, celui-là, acquiesce-t-elle, ravie, avant de faire un tour complet sur son tabouret.

Je viens de remplir son verre de lait lorsque quelqu'un frappe à la porte. Elle s'ouvre, et le visage triste de Kyson apparaît. Mon cœur se brise en voyant cet homme auquel je tiens de plus en plus dans un tel état. Il marche lentement vers nous, le dos voûté, comme s'il portait une pile de briques sur le dos. Toutefois, c'est son regard qui m'inquiète le plus, car il est torturé et épuisé.

– Coucou, ma luciole, tu manges quoi ? demande-t-il à Hope en tirant sur une de ses couettes.

– Des biscuits au sable ! Ils sont trop bons, papa.

Kyson esquisse un minuscule sourire qui n'atteint pas ses yeux, comme si cela lui demandait un effort surhumain.

– Ça a l'air bon. Isabeau est une super-pâtissière, dit-il en se tournant vers moi et en scrutant mes yeux.

Son regard en dit long : il me supplie de lui accorder du temps pour s'expliquer, il admet qu'il a merdé et il me demande pardon.

Tout ça est évident dans ses yeux, et si je peux crier, pleurer, râler ou grogner, je peux aussi l'écouter, lui donner du temps et lui accorder le bénéfice du doute. Je déciderai de ce que je ressens une fois qu'il m'aura dit pourquoi il m'a caché quelque chose d'aussi important.

Toutefois, pour lui et parce que de jeunes oreilles innocentes nous écoutent, je lui offre mon sourire le plus tendre pour qu'il sache que j'accepte de lui laisser le temps dont il a besoin.

– Des nouvelles de Frank ?

– Non, mais Lincoln et papa ont appelé sa femme. Tout le club va débarquer à l'hôpital quand ils vont l'apprendre.

– Waouh, la vache. Cela dit, j'imagine que ça fera du bien à sa femme et ses enfants.

Kyson hoche la tête avant de se passer la main dans les cheveux en soupirant.

– Isa, je suis désolé. Je... je ne sais même pas par où commencer.

Je secoue la tête et le rejoins pour le prendre par la taille.

– Ne t'en fais pas. On en parlera plus tard.

– C'est vrai ? Tu vas pas t'enfuir en courant ? demande-t-il d'un ton plein d'espoir qui m'émeut.

– Je ne suis pas très douée pour la course, je réponds en posant ma main sur sa joue.

Il tourne la tête et embrasse la paume de ma main.

– Ah, et c'est quoi ton truc ?

– Manger. Cuisiner. Pâtisser. Je ne sais même pas si je possède une paire de baskets.

– Tu veux rencontrer ma fille, chérie ?

– C'est déjà fait, je réponds en souriant.

– Hope, papa veut que tu rencontres une femme qui compte beaucoup pour lui, dit Kyson en me prenant par la taille et en nous tournant vers sa fille.

Elle fronce les sourcils et penche la tête sur le côté, comme le fait son père lorsqu'il étudie un problème.

– Mais papa, je sais déjà que la dame aux cookies est ta copine. Tu as une autre copine ? s'offusque-t-elle en lui faisant les gros yeux. Mamie dit que les garçons ne peuvent avoir qu'un copain ou une copine à la fois. Et papi a dit que c'était elle ta petite amie.

Kyson éclate de rire et me serre un peu plus contre lui. Je pose ma main sur son torse et soupire, soulagée. On doit encore parler et aborder de nombreux sujets. Notre couple est tout jeune et on a encore beaucoup à apprendre l'un de l'autre. Le fait qu'il a une fille ne me refroidit pas du tout. C'est le fait qu'il me l'ait caché qui me dérange et que je ne comprends pas.

– Non, papa n'a pas d'autre copine. Seulement Isabeau, dit-il en caressant ma joue avec la pointe de son nez.

– Ouf. Tu aurais pu avoir des ennuis, tu sais ! dit-elle en mordant dans son troisième biscuit.

– Carrément ! j'acquiesce en grimaçant. Tu peux m'appeler Izzy, ma belle.

– Izzy. Ça me plaît, dit-elle la bouche pleine.

– Tant mieux, je réponds en souriant.

– Maintenant que les deux femmes de ma vie se sont rencontrées, je pense que notre prochaine sortie devrait se faire à trois. Tu en penses quoi, Hope ?

Elle hoche la tête d'un air enthousiaste.

– Isabeau ? Est-ce que tu aimerais dîner avec ma fille et moi demain soir, chez nous ?

Mon cœur bat la chamade et mon estomac fait un saut périlleux.

– J'adorerais, merci. Tu cuisines ?

– Je n'ai pas le choix, ma belle. J'ai un enfant qui a besoin de vraie nourriture. Elle ne peut pas se nourrir seulement de pizzas et de burgers, même si elle adorerait, répond-il en riant.

– Ce serait tellement cool ! J'adore les pizzas et les burgers ! s'exclame Hope d'une voix suraiguë.

Waouh. Je suppose que je vais devoir m'habituer à ce timbre de voix.

– Calme-toi, luciole. Et si papa faisait des tacos ?

– Génial. Papa fait les meilleurs tacos de la terre.

– Eh bien, je n'ai jamais mangé un taco que je n'aimais pas. Et si j'apportais le dessert ?

Hope gigote sur le tabouret et tourne de nouveau sur elle-même, bien plus vite. Peut-être le troisième biscuit était-il de trop, en termes d'apport en sucre.

– Attention, luciole, ne te fais pas mal, gronde Kyson.

– Tu peux faire des cookies avec du glaçage ? demande-t-elle, ignorant son père.

– Si tu veux. Je peux aussi faire un gâteau, une tarte, des donuts... tout ce que tu voudras.

– J'adore les cookies avec du glaçage, mais papa dit qu'ils sont trop sucrés. Je ne comprends pas pourquoi. Les gâteaux préférés de papa, c'est ceux au citron ou au chocolat.

– Dans ce cas, je ferai des cookies pour toi et une tarte au citron pour ton papa. Comme ça, tu goûteras les deux et tu décideras lequel est le meilleur. Tu en penses quoi ?

– Youpee ! s'exclame-t-elle, les mains en l'air.

Kyson m'embrasse sur la joue et chuchote dans mon oreille.

– Je vois que tu commences déjà à gâter ma fille.

– Elle est mignonne et elle pense que mes gâteaux sont les meilleurs, je réponds en haussant les épaules.

– Je peux t'appeler plus tard, ce soir ? Il faut que je prenne des nouvelles de Frank et de ma mère. Et celle-ci doit rentrer faire ses devoirs, se doucher, dîner et se coucher.

– Oh, c'est nul. J'aime bien la maison d'Izzy. Y a plein de couleurs, et elle a des biscuits.

– Je vais t'en donner pour manger au dessert avec ton papa, d'accord ? je demande en souriant.

– Génial !

– Je te dois beaucoup, Isa. Bien plus qu'une explication, admet Kyson d'un ton solennel.

– Oui, en effet.

– Je t'appelle quand elle sera couchée ? demande-t-il d'un ton un peu désespéré.

– Ça marche. Et si tu as besoin que quelqu'un passe la prendre à l'école demain, je peux le faire. Je peux la ramener à la boutique pour que tu puisses travailler. Tu es bien plus utile dans la pâtisserie que moi. Je peux l'emmener chez *Gypsy Soul* pour rencontrer les filles.

– Tu la connais à peine, tu mérites une explication ainsi que de plates excuses, et tu veux quand même me dépanner ? dit Kyson en fronçant les sourcils. Tu es bien réelle ?

Il semble si étonné que je me sens soudain triste à l'idée qu'il n'a personne pour l'épauler en dehors de ses parents. Or, je réalise soudain que je me vois très bien combler le vide.

Je me tourne dans ses bras et le prends par la taille, plongeant mon regard dans ses yeux épuisés. Il a besoin de manger, de dormir et de mettre cette journée derrière lui. Hélas, il n'est pas près d'avoir ce répit. Il a des responsabilités, une enfant qui a besoin de lui, une jeune entreprise, un collègue et ami blessé, et une copine auprès de qui se faire pardonner. Mais il y a une chose avec laquelle je peux l'aider.

Je me mets sur la pointe des pieds et l'embrasse délicatement sur la bouche, mais j'entends un gloussement derrière moi qui me fait sourire.

Pour la première fois depuis qu'il est arrivé ce midi, Kyson sourit jusqu'aux oreilles.

– Je suis bien réelle, chéri, je réponds d'un ton enjoué.

– Alors, je suis l'homme le plus chanceux de la terre, dit-il avant de m'embrasser brièvement. Allez viens, luciole. On doit rentrer et faire tes devoirs.

Hope descend du tabouret d'un bond, prend son assiette et son verre, et fait le tour du bar pour les poser dans l'évier.

– Tu as de bonnes manières, qui t'a appris ça ? je demande en mettant la moitié des biscuits dans un Tupperware.

– Mamie dit qu'une demoiselle doit toujours avoir de bonnes manières, répond-elle en souriant.

Je ferme le couvercle, tapote son nez avec le bout de mon doigt et m'accroupis devant elle.

– Ta mamie m'a l'air sacrément intelligente, je dis alors qu'elle hoche vigoureusement la tête. Est-ce que tu veux venir ici demain, et m'aider à faire tes cookies et la tarte au citron, pendant que ton papa et Tonton Linc travailleront dans ma pâtisserie ? On pourra aller au magasin acheter les ingrédients, si tu veux. Tu en penses quoi ?

– Oui ! Génial ! s'écrie-t-elle en levant les poings en l'air.

Je ris et ouvre les bras, et Hope se jette contre moi. Elle sent la cannelle et le shampoing, et je souris, contente d'être acceptée par la fille de Kyson.

Je la libère et Kyson lui prend la main.

– Je t'appelle plus tard, ok ? demande-t-il en marchant jusqu'à la porte.

Lorsqu'il l'ouvre, elle lui lâche la main et descend l'escalier en chantant « Passez pompons les carillons ».

– Ouais, je réponds en souriant. Au revoir, petite miss, je crie en lui faisant un signe de la main.

Hope arrive à la dernière marche, qu'elle descend en sautant et en éclatant de rire.

– Isa... commence Kyson alors qu'il est à la moitié de l'escalier. Merci.

– Ne t'inquiète pas, tout va bien, je réponds.

– Pas encore, mais ce sera bientôt le cas. Je te le promets. À plus, ma belle.

– *Bye*, je réponds avant de tourner les talons et de rentrer chez moi.

Je m'adosse alors contre la porte pour faire le point. Kyson a une enfant. Une adorable fillette qui s'appelle Hope. Ou plutôt, une fillette gentille, intelligente et pleine de vie, qui a été élevée sans maman. Apparemment, Hope et moi n'avons pas pour seul point commun de tenir à son papa. J'ai hâte d'en savoir davantage.

CHAPITRE 15

Il est vingt et une heures et je viens à peine de m'installer en tailleur contre la tête de lit, avec les lettres de Catori, que mon téléphone sonne.

Je regarde l'écran, qui affiche un appel entrant de Kyson.

Je repousse les lettres et décroche.

– Salut, Hope s'est bien endormie ?

– Tu as passé une demi-heure avec ma fille et tu t'inquiètes déjà ? demande-t-il en riant. Bon sang, Isa, arrête d'être aussi parfaite.

C'est à mon tour de rire.

– Je n'y peux rien, elle est vraiment mignonne, elle est bien élevée et j'ai aimé passer du temps avec elle aujourd'hui. J'ai hâte de la revoir demain, je suis sûre qu'on va s'éclater.

– Tu vois ? Tu es parfaite.

– Personne n'est parfait !

– Ouais, j'ai appris ça à la dure...

– Tu as l'air d'avoir de l'expérience, tu veux être plus précis ? je demande pour l'encourager, consciente que nous devons déballer tous nos secrets afin de pouvoir continuer à passer du temps ensemble.

– Bon sang, Isa, j'aimerais être avec toi et avoir cette conversation en face à face. J'aimerais te tenir dans mes bras pour voir comment tu réagis plutôt que d'essayer de deviner par téléphone ce que tu penses, dit-il d'un ton frustré.

– Et si tu commençais par le début ? Je te promets d'être sincère quant à ce que je pense et ressens.

– Je t'avoue que je n'y suis pas trop habitué, à la sincérité venant d'une femme, je veux dire. Surtout de la part de mon ex-femme, la mère de Hope.

– Alors, tu étais marié ? À entendre ton amertume, je suppose que ce n'était pas la meilleure des expériences ?

– En fait, au début, ça l'était. Veronica était tout pour moi. Je l'ai rencontrée en dernière année de fac, et on a tout de suite flashé l'un pour l'autre. J'étais fou d'elle. Elle venait de commencer la fac quand on s'est mis ensemble. Elle était en première année et elle travaillait dans le café où j'avais l'habitude d'aller. Quand j'ai eu mon diplôme, elle était en deuxième année et on vivait ensemble dans un petit appart, près de la fac. J'ai tout de suite commencé à travailler dans une entreprise de construction et de rénovation pour apprendre les ficelles du métier, le temps qu'elle finisse ses études. Quand elle a eu son diplôme, j'étais prêt à monter ma propre boîte et à faire ma vie avec elle.

– Qu'est-ce qu'elle étudiait ?

– La finance. C'était idéal, d'ailleurs, parce qu'elle a pu m'aider à obtenir le prêt pour mon entreprise et elle m'a conseillé sur le placement de mes économies. On formait une bonne équipe, dit-il avant de soupirer longuement. Je ne sais pas exactement à quel moment tout a basculé. Après avoir fini ses études, elle a été embauchée dans une grande boîte, à Colorado Springs, et on s'est mariés. Tout était parfait.

– Pourquoi j'ai l'impression qu'on arrive à un tournant de l'histoire ?

– Parce que c'est le cas, répond-il dans un rire amer. Cela dit, ce n'est pas comme si un seul élément majeur avait déraillé. Ça s'est fait sur la durée. À notre premier anniversaire de mariage, Roni était enceinte. On était fous de joie. Certes, elle commençait tout juste sa carrière et elle avait vingt-trois ans, trois ans de moins que moi, mais on était heureux. On travaillait, on s'aimait et on allait fonder une famille. La vie était belle. Du moins, c'est ce que je pensais.

La tristesse dans sa voix me chamboule et je regrette de ne pas pouvoir le prendre dans mes bras au moment où il s'apprête à me révéler quelque chose qui est clairement très douloureux.

– Qu'est-ce qui s'est passé ? Vous avez eu Hope...

Il se racle la gorge et prend une profonde inspiration.

– Ouais, les choses ont commencé à déraper peu de temps son accouchement. Elle était imprévisible et constamment déprimée. Elle était fatiguée, en colère.

– Est-ce qu'elle souffrait de dépression post-partum ?

– Au début, oui. J'ai fini par réussir à lui faire voir un médecin. Ils lui ont donné des antidépresseurs assez costauds mais, même après six mois, quand elle a repris le travail et que Hope était à la crèche, elle n'est pas redevenue elle-même. Quand elle était enceinte, Veronica était pleine de vie et d'énergie et elle était tout excitée à l'idée d'être maman. Or après ça, chaque jour, quand je rentrais d'une longue journée de travail, je trouvais Hope par terre ou dans son lit, en train de pleurer, et Roni plantée devant elle, à la regarder. Parfois elle pleurait aussi, ou alors elle était simplement dénuée d'émotions.

– Mon Dieu, c'est horrible. Elle devait aller vraiment mal.

– Oui, mais elle disait que c'était le travail et le fait d'être une jeune mère. Je venais d'être papa, j'avais monté ma boîte et je travaillais d'arrache-pied pour qu'elle soit un succès. Je n'y connaissais strictement rien en matière de femmes surmenées par le travail et la dépression.

– C'est normal, tu ne pouvais pas savoir, tu ne peux pas te sentir coupable, je réponds d'une voix tendre.

– C'est plus facile à dire qu'à faire. Quand Hope a eu environ un an, la crèche m'a appelé pour me dire que sa mère n'était pas venue la chercher. Ça faisait une heure qu'ils l'attendaient.

Je grince des dents et me blottis sous ma couette, craignant ce que je m'apprête à entendre.

– Veronica avait disparu. Ça a été la première d'une série de disparitions qui se sont répétées au cours des deux années suivantes. Parfois c'était une semaine, parfois deux, puis ça a été des mois entiers.

– Qu'est-ce qui est arrivé ?

– Au début, elle est devenue accro aux antidépresseurs et elle en a pris de plus en plus. Ensuite, elle allait voir le médecin et lui disait qu'elle avait mal au dos ou à la nuque pour obtenir des anti-douleurs. Quand les docteurs ont compris qu'elle était accro à la codéine, elle s'est mise à boire. Sauf que je n'ai rien vu de tout ça, au début, parce qu'elle le cachait très bien. Jusqu'à ce qu'elle se mette à disparaître, bien sûr. J'ai su plus tard qu'elle allait squatter avec des losers et se perdait dans l'alcool, les drogues et tout ce qui lui passait sous la main. Elle a failli nous mettre en banqueroute à cause de ses addictions.

– Mon Dieu, Ky, je suis tellement désolée. Ça a dû être terrible de voir ça chez la femme avec qui tu voulais construire ta vie.

– Ouais, soupire-t-il. À deux reprises, sa famille et moi avons réussi à la mettre en cure de désintox. A priori, elle aurait arrêté les cachets, mais son alcoolisme s'est aggravé. L'alcool est devenu un substitut pour le reste.

– Et Hope, dans tout ça ?

– Honnêtement, elle était presque tout le temps avec ma mère. Les parents de Veronica vivent à Kansas City, dans le Missouri. Ils venaient nous voir une ou deux fois par an, et on allait les voir, mais c'est devenu difficile à organiser, avec les disparitions de Veronica. Je ne savais absolument pas quoi faire. J'étais là, seul, avec une fillette qui avait besoin de sa mère.

– Et toi, tu avais besoin de ta femme...

– À ce stade, l'amour que j'avais eu pour Roni avait disparu. Chaque jour où elle choisissait son addiction plutôt que Hope ou moi aggravait la situation.

Mes yeux se remplissent de larmes. Je tente de les retenir. Kyson n'a pas besoin de ça alors qu'il me confie son histoire. Il a besoin d'une femme forte qui l'écoute et le soutienne.

– C'est compréhensible, je dis en me forçant à rester calme.

– Je n'en suis pas si sûr... Quoi qu'il en soit, aux trois ans de Hope, Veronica avait perdu son boulot et elle venait de faire deux cures extrêmement coûteuses, dont aucune n'avait réglé son problème. Je l'ai prise entre quatre yeux et je lui ai dit que je voulais divorcer et avoir la garde de Hope en ne lui autorisant que des visites supervisées.

Je retiens mon souffle et mon cœur bat la chamade.

– Qu'est-ce qu'elle a dit ?

– Elle a pété les plombs. Elle s'est mise à hurler, elle a fait peur à Hope, elle a cassé des objets, puis elle est partie. C'est la dernière fois que je l'ai vue, et c'était il y a trois ans.

– Tu plaisantes ? Tu n'as pas eu de nouvelles d'elle depuis ? je demande, outrée.

– Mon frère Vince l'a vue, quelquefois. Elle était toujours défoncée et accrochée au bras d'un loser dans un bar miteux. Vince s'occupe de livrer les motos et les voitures de luxe que répare le garage du club. Il ne l'a jamais vue dans le coin, mais quand il fait une livraison, il s'arrête boire un verre quelque part et c'est là qu'il l'a vue. Surtout dans les environs de Kansas City, là où elle a grandi. Ses parents l'ont vue, aussi, quand elle est venue leur demander du fric.

– Est-ce qu'elle t'en a demandé, à toi ?

– Non. Elle m'avait déjà endetté de vingt mille dollars quand elle s'est barrée. Je crois qu'elle n'osait pas venir quémander. Il m'a fallu deux ans de travail acharné pour renégocier le prêt de ma maison et pouvoir le rembourser. Ça fait à peine un an que j'ai sorti la tête de l'eau.

– Tu as traversé une sacrée épreuve, Ky. Et tu restes motivé, travailleur, et tu es un super-papa. Tu peux être fier de tout ce que tu as accompli.

– Mais non, des millions de parents célibataires font comme moi, ils essaient de faire ce qu'il y a de mieux pour leur enfant, pour lui offrir une belle vie. J'ai fait ce que n'importe quel parent aurait fait dans cette situation.

Je secoue la tête, même s'il ne peut pas le voir.

– Tu as fait plus que ça, Kyson. Tout le monde peut voir que ta fille est heureuse et aimée. J'espère que tu as conscience de faire du super-boulot avec elle, bébé, je lui dis tendrement.

– Merci, chérie. Mais je sais que j'aurais dû te parler de Hope.

– Est-ce que je peux te demander pourquoi tu ne l'as pas fait ?

– Honnêtement, ça a commencé par un instinct de protection. Je ne voulais pas partager cette partie de ma vie avec une femme que je connaissais à peine. Je venais de passer les six dernières années à gérer une femme qui m'a détruit, ainsi que la vie que j'avais construite. Donc, au début, je n'ai fréquenté des femmes que quand je ressentais un besoin d'intimité.

– Tu as cherché des plans cul, je ricane.

– Tu veux la vérité ? demande-t-il d'une voix grave et sexy.

– Toujours, chéri.

– Alors oui, c'était exactement ça. Enfin, pas la première année après le départ de Roni. Cette année-là, j'ai fui toute connexion avec le sexe opposé et je me suis concentré sur ma fille, mon travail et les dettes de Roni.

– Je comprends. J'aurais fui les hommes s'il m'était arrivé la même chose.

– Quand Hope a eu quatre ans, j'ai voulu commencer à voir des femmes de façon plus sérieuse, mais c'était bizarre. Je n'étais pas prêt à m'ouvrir aux autres, et surtout pas à impliquer ma fille. Donc, quand je rencontrais une femme qui me plaisait et que c'était réciproque, on passait la nuit ensemble, c'était tout. C'est ce que j'ai fait pendant deux ans, à peu près.

– Que s'est-il passé après ?

– Tu ne l'as pas compris ? Je t'ai rencontrée, toi, répond-il.

– Tu n'avais pas eu de relation sérieuse depuis ton ex-femme ? je m'exclame.

Il éclate de rire, ce qui me réchauffe le cœur.

– Il y a bien eu une femme avec qui j'aimais passer du temps. J'ai pensé que ça pouvait marcher, donc je l'ai revue une deuxième fois. Mais quand je lui ai dit que j'avais une fille, elle a décrété qu'elle ne voulait pas de ce genre de bagage.

– Quelle garce ! Hope n'est pas un bagage ! Elle est géniale. Je n'en reviens pas...

– Calme-toi, ma puce. Ce n'est rien. Ce n'était pas la bonne, c'est tout, mais ça m'a servi de leçon. J'ai appris, ou plutôt ça m'a rappelé de ne pas me compliquer la vie. Après ça, je me suis promis qu'à moins d'être certain qu'une femme était faite pour moi, je ne lui présenterais pas ma fille et ne lui parlerais même pas d'elle. Hope n'a pas besoin que des femmes entrent et sortent de sa vie alors qu'elle a déjà été abandonnée par sa mère.

– Oh, Kyson... je renifle alors que mes yeux se remplissent de larmes de colère. Tu es un mec bien et un père génial. Tu places les besoins de ta fille avant toute chose. C'est vraiment louable. J'espère que tu t'en rends compte, parce que Hope est vraiment super.

– Oui, je sais. C'est ma plus belle réussite. Mais ça ne change rien au fait que je regrette de ne pas t'avoir parlé d'elle plus tôt. Je devais partir à vingt-trois heures, ces soirs-là, parce que l'ado qui la garde doit être rentrée pour vingt-trois heures quinze, sinon sa mère me prend la tête. Je ne peux pas me permettre de la perdre comme baby-sitter et, honnêtement, je ne pouvais pas te parler de tout ça alors que tu étais à moitié à poil et qu'on était en train de s'allumer.

Je plaque plus fort le téléphone contre mon oreille pour entendre toutes les nuances de sa respiration.

– Je comprends, vraiment. Je regrette que tu ne me l'aies pas dit tout de suite, mais je comprends tes raisons, maintenant.

– Je veux que tu saches, Isa, que tu es déjà beaucoup plus que tout ce que j'aurais pu espérer. Ça fait longtemps que je ne me suis pas senti aussi bien. Au fil des jours, j'ai commencé à avoir peur de te perdre en te le disant. Et même si on n'est sortis ensemble qu'une poignée de fois ces quinze derniers jours, ça m'aurait tué de te perdre. Je voulais que tu restes avec moi aussi longtemps que possible.

– Si seulement tu étais ici, maintenant. Je pourrais te tenir, t'embrasser, te regarder dans les yeux et te dire que ta fille ne fait qu'accroître mon attirance pour toi. Et je te trouvais déjà sacrément séduisant, Kyson Turner.

– Mince, maintenant j'ai envie de t'embrasser, grommèle-t-il.

– Moi aussi.

– Demain, on va rattraper tous ces baisers manqués.

– Où tu veux et quand tu veux, bébé.

– Tu as beaucoup plu à Hope, tu sais, dit-il.

– Elle m'a plu, à moi aussi.

– Elle a répété combien tu étais belle pendant tout le trajet du retour. Elle dit qu'elle aura des cheveux de feu quand elle sera plus grande, comme Izzy. Elle a aussi décidé qu'elle serait une pâtissière célèbre et qu'elle va travailler dans ta boutique, donc qu'il faut que je me dépêche de la terminer pour qu'elle se mette au boulot.

– On verra comment elle s'en sort demain, je réponds en riant. N'oublie pas de m'envoyer toutes les infos pour que j'aille la chercher à l'école.

– On en parlera demain matin quand je l'aurai déposée et que je viendrai à la pâtisserie.

– Ah oui, c'est vrai que je te vois demain matin. Tu comptes faire quoi du reste de ta soirée ?

– Je suis raide, chérie. Je vais boire une bière et trouver une émission abrutissante à la télé, prendre une douche et me coucher. Et toi ?

– Je vais lire une des lettres de ma mère, puis quelques chapitres du roman que Jasper a trouvé dans son appart.

– Les lettres de ta mère ? Comment ça ? Tu m'avais dit que ta mère avait fait un don d'ovocytes et servi de mère porteuse à tes pères, mais que tu n'avais jamais été en contact avec elle. Elle t'a écrit des lettres ?

Des papillons s'envolent dans mon ventre alors que j'effleure du bout du doigt la pile d'enveloppes roses.

– Quand Evie et Suda Kaye se sont pointées chez mes parents il y a presque trois mois, elles avaient avec elles le testament d'Adam Ross, mais aussi une énorme pile de lettres que ma mère m'a laissées quand elle était malade et que sa fin était proche.

– Waouh, c'est rude.

– Oui, c'est clair. Je ne m'y attendais vraiment pas. Je ne pensais jamais à elle, puisqu'on m'avait dit qu'elle n'était qu'une donneuse d'ovocytes et une mère porteuse. Ce qui n'était pas vrai, en fait.

Je lui explique alors la relation de Catori avec mon papa Ian, et comment lui et Casey ont eu le cœur brisé après le premier échec de leur tentative d'adoption ; puis la proposition que Catori leur a faite. Je raconte ensuite qu'elle est restée avec moi durant les trois premiers mois de ma vie, laissant mes sœurs avec notre grand-père maternel, jusqu'à ce qu'il soit temps pour elle de partir, et que mes pères ne l'ont plus jamais revue.

– Mais alors, quand est-ce qu'elle t'a écrit ces lettres ?

– D'après Evie, c'était ces dernières années, quand elle a su qu'elle avait un cancer. Mes sœurs étaient ados et elles ont déménagé à Pueblo. Elle a passé ses dernières années avec elles, et c'est là qu'elle a écrit ces lettres. En fin de compte, elle a laissé une pile à chacune de ses filles, une pour chaque anniversaire. J'ai du retard puisque la première commence à mes dix-huit ans. J'aurai vingt-cinq ans cette année, et pour l'instant je n'en ai lu que deux.

– Donc tu t'apprêtes à ouvrir celle qu'elle t'a laissée pour tes vingt ans.

– Ouais, je soupire. C'est dur. J'aime les lire et en savoir davantage sur ma mère. Elle s'appelait Catori, au fait.

– C'est très beau. Comme Isabeau, d'ailleurs.

– Merci, je réponds en prenant la lettre et en la tapotant contre ma lèvre. C'est juste bizarre d'apprendre à la connaître comme ça alors que j'ai vécu toute ma vie sans savoir que j'avais une vraie mère. Sans savoir que j'avais des sœurs. Ça me met en colère, mais ça me rend surtout triste qu'elle ait fait les choix qu'elle a faits. J'aurais préféré l'avoir dans ma vie, même de loin et même en sachant qu'elle allait mourir, plutôt que pas du tout.

– Oui, je comprends. C'est ce que je voulais pour Hope, ces dernières années. Ça ne veut pas dire que ta mère ne t'aimait pas, Isa. D'ailleurs, d'après ce que tu me dis, je crois qu'elle t'aimait énormément.

– C'est juste que j'aurais aimé l'entendre de sa bouche, même une seule fois.

– Chérie...

Je déglutis et essuie les larmes stupides qui coulent soudain sur mes joues.

– Ça va, je vais bien. Vraiment, j'y suis habituée. En fait, je me sens assez hypocrite à propos de ce que je ressens pour Catori.

– Pourquoi ?

– Parce que j'ai eu des parents géniaux et une enfance pleine d'amour. Mes pères m'ont toujours traitée comme le plus précieux des trésors. Ils m'ont apporté tout ce dont j'avais besoin et ils ont travaillé dur pour que je ne manque de rien. Evie et Suda Kaye ont peut-être eu Catori et Adam, mais c'était peu fréquent et très irrégulier. Elles voyaient leur père quand il était en permission et leur mère quand cette dernière était fatiguée de ses voyages. Ça a dû être bien plus dur à vivre que d'avoir deux parents dévoués au quotidien. Néanmoins, maintenant que je suis au courant pour Catori, j'ai l'impression qu'elle m'a toujours manqué. C'est ridicule. Illogique, même.

– Je ne suis pas d'accord, Isa. Ce n'est pas parce que tu n'as pas eu de mère qu'elle ne peut pas te manquer. Tous les enfants méritent d'avoir une mère et un père dévoués, même si tu avais deux pères géniaux. Ça ne peut pas remplacer le lien qui t'unit à la femme qui t'a donné la vie. Tu as le droit d'être triste et en colère. C'est beaucoup à encaisser, et en très peu de temps.

– Tu crois ?

– Absolument, ma belle. Ne te sens pas coupable de ressentir un manque pour ta mère. C'est naturel. J'aurais aimé, moi, que Veronica se ressaisisse pour être une bonne mère pour Hope. Parfois, j'espère encore qu'elle se rattrapera. Parce qu'un jour, ça va vraiment déranger Hope. D'ailleurs, elle me demande déjà pourquoi elle n'a pas de maman, parce qu'à l'école, elle voit les mères de ses camarades venir les chercher, et les enfants parlent de tout ce qu'ils font avec leur maman.

– Pauvre petite.

– Oui, et pauvre Izzy, aussi. Chérie, ta mère t'a abandonnée. Elle avait peut-être ses raisons de le faire, mais ça n'est pas très différent de Veronica qui a tourné le dos à sa fille à cause de son addiction. C'est un abandon, point barre.

– Mais j'ai gagné tellement en échange... Evie, Suda Kaye...

– Tu les aurais eues dans ta vie quand même. Ian aurait dû connaître Suda Kaye. Elles méritaient toutes les deux d'avoir un père et une mère qui les choisissaient. Peu importent leurs raisons ; ça ne change rien au fait que c'est douloureux d'être laissé pour compte. Je le sens chaque fois que je couche ma fille et qu'elle prie le Ciel pour que sa mère aille bien et soit heureuse, où qu'elle soit. Ce n'est pas normal. Et il n'était pas normal que Catori t'abandonne non plus. Sois en colère, ma belle. Si tu veux crier, crie. Si tu veux pleurer, pleure. Mais n'ignore jamais ce que tu ressens parce que tu penses que c'est ridicule. Tes sentiments sont bien réels et tu dois les accepter quels qu'ils soient.

– Si tu continues d'être aussi top, je vais tomber amoureuse de toi. Et tu seras forcé d'avoir des placards remplis de gâteaux, ce qui te fera perdre tes abdos en acier, parce que mes desserts sont les meilleurs du monde.

Il éclate de rire et ma tristesse s'allège un peu.

– Ce n'est pas le pire des problèmes, Isa. Une femme qui reste. Une femme qui veut être avec moi et ma fille et nous servir des gâteaux faits maison ? Je m'y ferai, ma belle. Je ferai dix pompes de plus par jour, ne t'en fais pas. Tu peux nous gâter, ma fille et moi, autant que tu veux.

– Merci d'avoir été honnête avec moi, ce soir. Je suis vraiment navrée pour Veronica.

– Et je suis désolé pour Catori. J'avoue que je me sens plus léger de t'avoir parlé. J'ai l'impression de mieux respirer. En fait, quand je suis avec toi, je respire toujours beaucoup mieux.

Je souris jusqu'aux oreilles, ravie de ce que j'entends.

– Tant mieux. Allez, va te chercher une bière. Je vais lire ma lettre, sans doute pleurer un bon coup et me plonger dans un roman à l'eau de rose.

– Ça marche, ma belle. Lis ta lettre, et si t'en as besoin, appelle-moi. Je ne me couche pas tout de suite. Je ne veux pas que tu sois triste en étant seule.

– N'oublie pas ce que j'ai dit à propos d'être un mec trop bien...

Il éclate de rire avant de bâiller.

– Couche-toi, Kyson. On parlera demain. Et merci encore pour ce soir.

– C'est quand tu veux, Isa. Je le pense. Tu es la seule personne, en dehors de mes frères et de mes parents, à qui j'en ai parlé. N'hésite pas à te confier à moi, ok ?

– Oui, merci Ky.

– Y a pas de quoi. À demain. Fais de beaux rêves.

– Toi aussi. *Bye*.

Il raccroche et je me redresse contre la tête de lit en fermant les yeux pour réfléchir à notre conversation, puis je me lance et prends la lettre suivante.

– Voyons quels conseils tu as voulu me donner pour mes vingt ans, maman, je dis à voix haute en ouvrant la lettre.

Ma très chère Kasaraibo,

Aujourd'hui, tu as vingt ans. À ton âge, je donnais naissance à Evie. J'avais traversé les États-Unis avec une troupe de danseuses du ventre, et j'avais fini sur la côte Est. À dix-neuf ans, je rencontrais Adam Ross. Il était en permission de l'armée pour trois mois. Il avait huit ans de plus que moi, et j'ai lâché ma troupe pour passer avec lui trois des plus beaux mois de ma vie.

J'étais folle de lui. Il était tout ce que je n'étais pas. Comme Evie, il était la lumière où j'étais l'ombre. Tout chez lui était doré, de la couleur de ses cheveux à la lumière de son cœur.

Nous avons passé le premier mois à voyager sur la côte Est, à profiter du peu de temps que nous avions ensemble. Un jour, à Atlantic City, nous nous sommes jetés à l'eau et nous nous sommes mariés dans une petite chapelle qui surplombait l'océan. C'était spontané, et ça ne ressemblait en rien au soldat fort, respectueux et stable qu'il est devenu plus tard.

Pendant deux mois, nous avons vécu une sublime lune de miel. C'est à ce moment-là que je suis tombée enceinte. Adam est retourné sur sa base militaire en étant marié, et moi je suis retournée auprès de ma tribu, sur ma réserve, mariée et enceinte de deux mois. Lorsqu'Evie est née, Adam a pu venir et nous nous sommes émerveillés devant notre précieux cadeau. Lorsque nous étions ensemble, nous vivions et nous nous aimions aussi fort que possible. Nous profitions de notre temps ensemble et de notre fille. Nous n'avons jamais pris pour acquis les moments passés côte à côte. Tout ça était si précieux. Toujours.

Voilà ce que je veux que tu saches, mon Isabeau. Que durant le temps que j'ai passé avec toi, j'ai profité de chaque minute. Ces trois mois à tes côtés sont gravés dans ma mémoire et dans mon cœur. Et il ne s'est pas passé un jour, depuis, sans que je pense à l'ange que j'ai laissé derrière moi.

Je souhaite plus que tout au monde que tu trouves un partenaire qui comprenne si bien ton cœur et ton âme que le temps que vous passerez ensemble n'aura pas d'importance. Que ce soit intermittent, comme pour Adam et moi, ou seulement peu de temps, comme avec Ian. Ou encore, pour un an comme le temps que tu as passé avec moi, d'abord dans mon ventre puis dans mes bras. Ce fut une des plus belles années de ma vie, et j'en serai éternellement reconnaissante à Dieu, à tes pères et à toi.

Puisses-tu trouver un amour qui transgressera le temps…

Je sais que c'est possible, car c'est ainsi que je t'ai toujours aimée.

Catori

Je vide tout l'air de mes poumons et les larmes coulent à nouveau sur mes joues. Tout mon corps se met à trembler. Chaque lettre m'en apprend un peu plus sur la femme qui m'a donné la vie, plus que je ne l'espérais, même. Chaque feuille rose est un mélange de beauté et de souffrance au moment où une femme mourante couche sur le papier son amour pour la fille qu'elle a abandonnée.

Je saisis mon téléphone et hésite une fraction de seconde avant d'afficher mes derniers appels.

J'ignore le numéro de Jasper et clique sur le contact de Kyson, qui répond à la première sonnerie.

– Ça va, ma chérie ? dit-il d'un ton inquiet.

– Non, je chuchote en pleurant de plus belle.

– Parle-moi.

Nous passons alors les deux heures suivantes à nous raconter nos vies, allongés dans nos lits respectifs. Je lui parle de ma mère, et lui des rêves brisés qu'il avait pour son mariage et sa fille. Nous sommes tous les deux épuisés émotionnellement, mais aucun de nous ne veut raccrocher. Je ferme les yeux et finis par m'endormir au son de sa respiration lente et régulière, mon téléphone collé à l'oreille.

CHAPITRE 16

Je frotte mes yeux irrités par la fatigue en regardant mon café couler. J'ai dormi comme un loir après ma longue conversation avec Kyson et, si je suis fatiguée de m'être couchée si tard, je me sens quand même en forme. Prête à affronter toutes les possibilités qu'offre le futur.

Je suis en train de bâiller lorsqu'on frappe à ma porte.

Jasper. Il s'est sans doute levé en retard et a eu la flemme de faire du café parce qu'il sait que je ne sors jamais de chez moi sans ma dose quotidienne de caféine.

Je me couvre la bouche et bâille de plus belle en me traînant jusqu'à la porte, au moment où l'on frappe à nouveau.

– Oui, c'est bon, j'arrive Jas, calme-toi, je grommelle en déverrouillant la porte.

Ce n'est pas Jasper, mais Kyson. Et il est canon dans son jean usé aux meilleurs endroits, comme sur ses cuisses que je ne peux plus quitter des yeux. Ce dont je ne me rends pas compte, c'est que Kyson est occupé à m'inspecter, lui aussi. Je suis vêtue d'un shorty et d'un caraco qui cache à peine mes tétons soudain dressés, et mes cheveux sont lâches et emmêlés après un lourd et profond sommeil.

– Bon sang, tu ouvres la porte comme ça ? Chérie, il va falloir qu'on en parle. Mais d'abord... grogne-t-il en me saisissant par le poignet.

Je suis encore hypnotisée par ses cuisses musclées lorsqu'il me pousse en arrière et referme la porte d'un coup de pied. Il empoigne ma nuque et s'empare aussitôt de ma bouche. Il ne perd pas de temps pour caresser mes lèvres avec sa langue, et je les ouvre aussitôt pour l'inviter à entrer. Son baiser est profond et langoureux, j'entoure son cou avec mes bras pour plonger mes mains dans ses cheveux soyeux.

Il gémit contre ma bouche et suce ma langue, puis il recule un peu la tête pour mordiller ma lèvre. Je pousse un grognement excité et me venge en mordant la sienne. Bientôt, il me pousse jusqu'à ce que mes genoux rencontrent mon matelas.

Je ne suis pas loin de tomber, mais Kyson me retient et m'allonge délicatement sur le lit, s'étendant aussitôt sur moi sans cesser de m'embrasser. Ses mains descendent sur ma taille et mes hanches, puis elles remontent pour palper mes seins, et je me cambre pour lui offrir ma poitrine.

Il rompt enfin le baiser et appuie son front contre le mien, tout pantelant.

– Dis-moi d'arrêter, dit-il.

– Pourquoi je ferais ça ? je réponds en soulevant mon bassin pour frotter mon sexe à son érection.

– Isa, si tu ne me dis pas d'arrêter, je n'y arriverai pas, prévient-il.

Je plaque ma poitrine contre son torse et le caresse des épaules jusqu'au bas de son dos, où j'empoigne son tee-shirt pour le soulever jusqu'à sa nuque.

– Chérie, je tiens à faire ce que tu demandes... insiste-t-il en caressant mon nez avec le sien avant de mordre ma lèvre.

– Moi aussi, je réponds.

– Ça ne fait pas six rencards, dit-il alors que sa main remonte sur ma taille pour soupeser mon sein, caressant mon téton avec son pouce avant de le pincer. Putain ! grogne-t-il en continuant de titiller ma pointe dure jusqu'à me faire crier, alors que des frissons de plaisir se précipitent entre mes jambes, préparant mon sexe à l'arrivée du sien.

– S'il te plaît, Kyson, j'en peux plus.

Je passe ma jambe sur sa cuisse et m'en sers pour frotter mon sexe désespéré.

– Je n'ai pas beaucoup de temps à t'offrir, surtout avec ce qui s'est passé hier, dit-il d'une voix rauque.

Il plaque sa bouche au lobe de mon oreille, puis il dépose une série de baisers sur mon cou, jusqu'au décolleté de mon caraco. Il baisse le débardeur avec ses dents et empoigne mon sein pour le libérer. C'est désespéré, brusque, et j'adore.

Sa bouche brûlante s'empare de ma pointe sensible et il la lape avec sa langue avant de la sucer jusqu'à m'en couper le souffle.

– C'est bien, que ce soit rapide. Faisons ça vite, je chuchote.

Il lâche mon sein et se redresse, à cheval sur moi.

– Enlève-moi ça, Isa. Maintenant, ordonne-t-il en tirant sur mon débardeur, comme la première fois qu'il l'a fait lorsque nous étions dans la même position.

Je souris jusqu'aux oreilles et saisis mon caraco pour l'enlever et le jeter par terre.

– À ton tour, maintenant.

Il descend du lit et j'ai une impression de déjà-vu. Mais cette fois, rien ne peut nous arrêter. Sa fille est à l'école et son frère est sans doute déjà au boulot, en bas.

Kyson enlève son tee-shirt, puis il se penche pour défaire ses lacets et enlever ses bottes ainsi que ses chaussettes.

Pendant ce temps, je baisse mon shorty et me rallonge, complètement nue, profitant de la vue de son torse massif, de ses abdos carrés et de sa taille fine. Le corps de ce mec est dingue. Il est ridiculement canon. En fait, ce devrait être interdit ; les nanas les plus brillantes de la terre perdraient la tête face à autant de beauté.

Son regard s'illumine en me voyant nue devant lui, et je me mords la lèvre, frémissant d'excitation, m'obligeant à serrer les poings pour ne pas tendre les mains vers lui.

– J'en étais sûr. Ton corps est parfait... partout.

Encouragée par ses mots, toute ma pudeur disparaît et j'écarte les cuisses pour lui montrer tout ce que je suis.

Je l'observe tandis que ses yeux se rivent sur mon sexe, puis sur mes mains qui ne tiennent plus en place. Je les promène sur mes seins, pinçant mes tétons en soupirant avant de les descendre sur mon ventre et sur mes cuisses.

– Chéri, dépêche-toi, je gémis d'un ton désespéré alors que mes mains descendent plus bas encore.

Kyson ne bouge pas, mais ses narines et ses pupilles se dilatent. Il ouvre et referme les poings et se lèche les lèvres, comme s'il imaginait qu'il me touche partout, comme je suis en train de le faire.

Jamais je n'ai fait ou vu quelque chose d'aussi sexy, de toute ma vie.

Tandis que je me caresse, Kyson défait son jean et s'en débarrasse en même temps que de son boxer.

Son érection est fière et épaisse, et j'en ai l'eau à la bouche lorsqu'il l'empoigne à la base pour la branler lentement.

Je déglutis, ma gorge est soudain trop sèche. Je tends les bras vers lui.

– Viens, s'il te plaît.

Il répond par un sourire machiavélique, et il secoue la tête.

– Pas avant de t'avoir goûtée. Ça fait un moment que j'attends de te sentir sur ma langue, et je veux avoir ma dose, dit-il avant de saisir mes chevilles pour ramener mes fesses au bord du lit.

Il écarte mes cuisses, s'accroupit entre mes jambes et plaque aussitôt sa bouche sur ma fente. J'empoigne ses cheveux en poussant un cri tout en soulevant le bassin. Kyson pousse un long grognement guttural en me léchant de bas en haut et en lapant mon clitoris en cercle, le faisant pulser au rythme de mon cœur.

Comme tout ce que fait Kyson, je découvre qu'il est également expert en matière de cunnis. Lorsque je me sens sur le point de jouir, il ralentit et me lèche doucement avant de m'embrasser partout sur les cuisses et le sexe, me faisant remonter peu à peu vers le septième ciel. Ensuite, il sort la grosse artillerie et aplatit sa langue sur ma fente, la léchant tout en titillant et en mordillant mon clitoris, maintenant mes cuisses grandes ouvertes, m'obligeant à encaisser tout le plaisir qu'il m'offre jusqu'à ce que je décolle enfin et explose contre sa bouche.

Il continue ses caresses pendant que je reviens lentement sur terre, puis il reprend avec un rythme effréné. Je lui tire les cheveux pour soulever sa tête vers moi, et il m'offre ce sourire narquois que j'adore. J'ai sans doute l'air d'être passée à l'essoreuse, mais je m'en fiche.

– Viens par ici, j'ordonne, surprise qu'il obéisse cette fois.

J'empoigne sa verge dès que je le peux, et il grogne alors que je la branle lentement tout en léchant sa gorge.

– Isa, je n'ai pas de préservatif...

Je souris contre sa peau avant de mordre son cou, obnubilée par mon besoin de laisser une marque sur lui, de le prendre en moi et de le faire mien.

– J'ai un stérilet, chéri. Ça fait longtemps, et je me suis fait dépister depuis la dernière fois. Je suis clean. Et toi ?

Il s'installe entre mes cuisses et libère ma bouche pour me regarder dans les yeux.

– Je suis clean. Tu peux me faire confiance, chérie.

– Je te fais confiance. Et tu peux me faire confiance aussi. Je ne te mentirai jamais.

Et ce n'est pas seulement une promesse : c'est un engagement.

Il ferme les yeux et hoche la tête. Lorsqu'il les rouvre, son regard est si plein d'espoir que j'en ai le souffle coupé.

Il place sa verge à l'entrée de mon sexe et s'enfouit lentement en moi en m'embrassant tendrement.

– Je te crois, chuchote-t-il avant de plonger sa langue dans ma bouche.

Il continue de m'embrasser en entamant ses va-et-vient, dont chacun est encore meilleur que le précédent. Chacun de ses baisers est plus beau que le précédent. C'est magnifique, comme une danse que nous sommes seuls à connaître.

Lorsque je n'en peux plus de sentir sa verge en moi et sa langue dans ma bouche, je me cambre et m'envole, laissant Kyson faire ce qu'il veut de mon corps pour trouver son propre plaisir alors que chacune de mes terminaisons nerveuses crépite et que mon sexe se contracte sur le sien.

– Putain, chérie, c'est tellement bon. Ça n'a jamais été aussi bon, grogne-t-il dans mon oreille.

Ses cheveux chatouillent mon nez et ma bouche, il accélère ses coups de bassin jusqu'à ce que son orgasme prenne le dessus et qu'il se déverse en moi en frémissant.

Pendant plusieurs minutes, il continue ses va-et-vient, lentement, comme pour redescendre du nirvana en douceur.

Les mouvements de son bassin finissent par s'arrêter, et il s'allonge sur moi plutôt que de rester relevé sur les coudes. Je l'entoure avec mes bras et mes jambes, savourant de sentir son poids sur moi et son souffle profond et régulier contre ma peau brûlante.

Je le tiens jusqu'à ce qu'il roule sur le côté, se retirant sans me lâcher, car je me blottis aussitôt contre lui, l'embrassant sur le cœur.

Il empoigne ma fesse tandis que son autre main saisit la mienne, sur son torse.

– Isa, c'était... Je ne sais même pas comment le décrire. Phénoménal ne suffit pas, mais ça s'en approche.

Je pose ma joue sur son torse en riant, puis je mordille son téton.

– Ceci étant dit, je tiens à dire que j'ai remporté le pari, déclare-t-il d'un ton triomphal.

– Le pari ?

Il baisse les yeux vers moi et empoigne ma nuque pour ramener ma bouche contre la sienne et m'embrasser passionnément.

– Je t'ai fait enfreindre ta règle des six rencards avant le sexe. Et je n'en suis absolument pas désolé. Pas même un peu, ajoute-t-il en souriant fièrement.

– Ben, c'était pratiquement six rencards, je mens, mais j'ai l'impression qu'on est ensemble depuis toujours.

– Ah tu crois ? D'après mes comptes, on n'est sortis ensemble que quatre fois. Tu as craqué, admets-le. Je suis charmant et tu me trouves suffisamment génial pour tomber amoureuse de moi, dit-il en palpant ma fesse, m'obligeant à ignorer la vague d'excitation qui parcourt aussitôt mes veines.

– Ben, quatre rencards officiels, mais plein de coups de fil, de messages et des journées entières au travail, je précise en boudant.

– Admets-le, bébé. J'ai gagné, insiste Kyson en secouant la tête.

– Ben non, parce que ce n'est pas le cas ! Y a eu le jour où on s'est rencontrés, ça fait un, le jour où tu es venu voir la pâtisserie pour nous faire un devis, ça fait deux, le premier rencard qui compte pour deux parce que tu es venu chez moi après... Le brunch, ensuite y a eu le bar de bikers, le restau thaï où on s'est allumés dans la boutique avant que tu files libérer ta baby-sitter, et bien sûr, ce matin.

– Ce matin n'était pas un rencard, chérie. Je suis venu t'embrasser et j'ai perdu la tête parce que tu m'as ouvert en sous-vêtements, l'air tout endormie et mignonne, et méga-baisable. Aucun homme ne peut résister à une telle pression.

Oh, j'aime savoir qu'il me trouve mignonne et baisable au réveil.

– Ok, tu as gagné, je soupire, forcée d'admettre qu'il a raison.

Il me fait rouler sur le dos et m'embrasse de nouveau, longuement, avant de reculer.

– Linc va m'en vouloir.

– Je m'en fiche. La journée d'hier a été rude et on s'est soutenus. Ce matin est la progression naturelle de notre relation. Je suis contente qu'on l'ait fait ; je crois qu'on avait tous les deux besoin de ce lien, et il était temps.

Du bout du doigt, Kyson caresse mes pommettes, mes sourcils, puis ma lèvre avant de sourire et de me faire un bisou rapide.

– Il était temps, je suis d'accord. Et j'ai hâte de recommencer. Ce soir même, si tu peux rester silencieuse. Tu crois que je peux te piquer une tasse de café avant de descendre pour poursuivre la rénovation de ta pâtisserie ?

Je passe mes bras dans son cou et mordille sa mâchoire avant de l'embrasser tendrement. Kyson est délicieux.

Meilleur encore que tous mes desserts. Peut-être vais-je réussir à perdre les six kilos dont j'ai toujours voulu me débarrasser sans avoir à faire d'efforts. Il me suffirait de grignoter Kyson plutôt que mes desserts, ça vaut la peine d'essayer, c'est clair.

– Tu peux prendre tout ce que tu veux, je déclare en toute sincérité.

Car, en peu de temps, Kyson s'est forgé une place dans ma vie et il n'y a rien que je ne ferais pour le rendre heureux.

– J'aime que ma femme soit heureuse et généreuse après deux orgasmes. Ça augure de belles choses pour le futur. Je suis sûr que Hope et moi aurons droit à de superbes petit déj quand je te réveillerai avec ma bouche, mes doigts ou ma queue.

J'écarquille les yeux, et mon clitoris se met aussitôt à pulser en imaginant des parties de jambes en l'air tout endormie, suivies par d'énormes petits déjeuners en famille.

Je soupire joyeusement en souriant.

– J'aime encore plus que l'idée d'un petit déj en famille te fasse sourire comme ça et illumine tes yeux, dit Kyson en m'embrassant tendrement. Je ferai tout pour avoir ça dans ma vie, Isa. Je te le promets. Ce n'est que le début.

♦

La secrétaire de l'école de Hope est très gentille et compréhensive. Lorsque je lui dis mon nom et lui indique qui je viens chercher, elle me demande ma pièce d'identité. Elle en fait une copie et m'informe que Kyson est passé la voir ce matin pour lui dire que c'est moi qui viendrais. Je suis fascinée par le processus car, quand j'avais l'âge de Hope, tout le monde se fichait de savoir qui venait chercher les enfants.

C'était toujours le bazar à la sortie de classe, et tout le monde s'enfuyait en courant dès que la sonnerie avait retenti.

La secrétaire m'indique où se trouve la salle de classe de Hope, et j'attends près de la porte. J'ai quelques minutes d'avance, et je regarde Hope lever les bras, suivant les étirements de l'institutrice. Chaque fois qu'ils changent de position, l'instit demande à un autre enfant d'épeler un mot. Hope doit épeler le mot « cloche », et lorsqu'elle y parvient du premier coup sans se tromper, je dois me retenir de l'applaudir. Au lieu de ça, je la prends en photo alors qu'elle sourit, et je l'envoie à Kyson.

Lorsque la sonnerie retentit, les enfants se précipitent vers leurs casiers pour récupérer leurs affaires, puis ils se mettent en rang près de la porte. Hope me voit l'attendre, et elle agite la main comme une folle. Je lui souris et la salue à mon tour, puis l'instit libère les enfants un par un, prenant soin de croiser le regard de chaque adulte qui récupère un enfant.

Lorsque c'est au tour de Hope, elle se précipite dans mes bras et saisit ma main pour me tirer vers la sortie.

– J'ai hâte de faire des gâteaux avec toi, Izzy. Ça va être trop top. J'ai dit à la maîtresse que la nouvelle copine de mon papa est super-jolie et qu'elle fait les meilleurs biscuits au monde.

Je souris et la regarde parler à toute vitesse.

– Tu crois qu'on pourrait en faire pour ma classe ? poursuit-elle avant de reprendre son souffle.

Je glousse alors que nous passons la porte de l'école et que je l'emmène à ma voiture.

– On verra ce qu'en dit ton papa.

– Il sera d'accord, j'en suis sûre. Il pense que tes biscuits sont les meilleurs, lui aussi. Il m'a laissé en manger deux, hier soir, mais lui, il en a mangé quatre ! Tu le crois, toi ? Quatre !

J'aime entendre que cette fillette est heureuse et qu'elle a aimé les biscuits que je leur ai offerts. Après les gâteries que Kyson m'a faites ce matin, au lit, je suis prête à cuisiner tout ce qu'il voudra.

Je suis perdue dans mes pensées gourmandes et ne remarque pas la femme brune et maigrichonne adossée contre l'arbre, près de ma voiture.

J'appuie sur le bouton de mes clés pour déverrouiller les portières, et je me baisse pour indiquer à Hope quelle est ma voiture.

– Hope ? dit la femme lorsque nous sommes à quelques mètres de Serenity.

On se tourne toutes les deux vers la femme au visage émacié. Elle est belle, avec de beaux yeux marron, mais elle a méchamment besoin de manger un bon burger. Ou cinquante. Avec double ration de fromage.

– Tu connais cette dame, ma puce ? je demande à Hope.

Hope penche la tête sur le côté avant de la secouer.

– Non ! répond-elle avant de s'éloigner en faisant des pas chassés. Allez, viens Izzy, je veux aller au magasin pour acheter le glaçage !

– Eh, Mademoiselle, on va faire le glaçage nous-mêmes, pas l'acheter tout prêt, tu te souviens ? Mais on va aller acheter les ingrédients.

Je me tourne vers l'inconnue, qui regarde Hope d'une façon étrange qui ne me plaît pas.

– Pardon, mais on se connaît ? je demande, sachant parfaitement que je n'ai jamais vu cette femme de ma vie.

– Non, euh, non. Je connais Kyson et... euh... Hope. Elle a dû m'oublier.

– Désolée, je réponds en haussant les épaules. Kyson est au travail. Vous voulez que je lui passe un message ?

J'essaie d'être polie, mais je trouve très étrange que cette femme vienne à l'école de Hope plutôt que de contacter Kyson par téléphone ou au travail.

Elle fronce les sourcils et lèche ses lèvres gercées.

– Vous êtes qui ? demande-t-elle.

– Je suis Isabeau. La copine de Kyson.

– Ah, bien sûr, s'offusque la femme. Sa copine. Ben voyons. Il s'est trouvé une autre petite femme pour prendre soin de son trésor.

Je fais un pas en arrière.

– Je ne sais pas qui vous êtes ni ce que vous voulez, mais je préférerais que vous ne m'approchiez plus. Si vous voulez parler à Kyson, son numéro est dans l'annuaire. Vous le trouverez sous...

– Turner Brother Construction, je sais. Je sais tout de Kyson Turner. Bien plus que vous. Dites-lui que je lui passe le bonjour et qu'on se verra bientôt, ricane-t-elle méchamment, et son joli visage devient quasi effrayant.

Elle regarde alors en direction de ma voiture, où Hope attend dans son siège, à l'arrière, en sautillant sur place. Elle lui fait un signe de la main et, gentiment, Hope le lui retourne.

Je grince des dents, mon instinct protecteur surgit, et je la regarde tourner les talons.

– Je peux savoir qui passe le bonjour à Kyson, exactement ? je demande.

Elle tourne la tête vers moi et ricane.

– Sa femme.

Mon estomac fait un saut périlleux. Le pire cauchemar de Kyson est de retour en ville. Je respire plusieurs fois, jusqu'à me sentir assez calme pour conduire. Après m'être assuré que Hope est attachée, je pars en direction du supermarché.

Lorsque je me gare dans la cour derrière la pâtisserie, Jasper ouvre l'issue de secours et vient jusqu'à ma voiture.

– Dis-moi tout ! s'exclame-t-il lorsque j'ouvre la portière.

Je pense aussitôt à ma conversation bizarre avec Veronica sans comprendre que Jasper ne peut pas être au courant.

– Ben, y a pas grand-chose à dire. Après tout, elle n'a rien dit de spécial. Elle m'a juste fait flipper en se pointant sans prévenir, je réponds alors que Jasper fronce les sourcils.

– Hein ? dit-il en prenant mon visage dans ses mains pour me regarder dans les yeux. Tu es malade ? Je veux savoir ce qui s'est passé avec Kyson, ce matin. De quoi tu parles, toi ?

Je secoue la tête et Hope descend de la voiture.

– Coucou, Mademoiselle, dit-il en étudiant sa tenue. Tu es hyper-branchée avec ta robe violette et tes Converse jaunes. Et j'adore le nœud jaune dans tes cheveux. J'approuve.

Elle sourit jusqu'aux oreilles et mon cœur fond doucement. Elle pose alors une main sur sa hanche et l'autre sous son menton tout en étudiant la tenue de Jasper d'un air très sérieux.

Jasper prend la pose et attend son verdict.

– J'aime ton pantalon rouge, mais tes chaussures sont argentées et ta chemise est noire. Ce n'est pas assorti.

Jasper désigne alors sa ceinture argentée, puis il regarde Hope en hochant la tête.

– Ok, j'approuve, déclare-t-elle, répétant les paroles de Jasper.

– Excellent, dit mon ami en esquissant une petite révérence qu'elle imite également.

Bon sang, comment Jasper fait-il pour savoir parler aux enfants alors qu'il n'a vu Hope qu'une seule fois, et très brièvement ? Peu importe, c'est Jasper. Il a un lien magique avec tous les êtres qu'il rencontre, quel que soit leur âge. C'est son super-pouvoir.

– J'ai cru comprendre que tu vas faire des desserts avec ma petite Izzy, aujourd'hui ? demande-t-il.

– Mon papa dit que c'est sa Izzy, répond-elle. Et mamie dit qu'on ne peut avoir qu'un seul petit copain. Je suis désolée que tu ne l'aies pas gagnée, dit-elle en haussant les épaules avant de lui prendre la main. Mais tu as toujours Tonton Linc, non ?

– Alors, tu es à Kyson, maintenant ? me demande Jasper en feignant un air sérieux.

– Apparemment, je réponds en lui faisant un clin d'œil.

– Je n'aime pas avoir les informations aussi tardivement. Si ça continue, on va devoir recommencer à vivre ensemble, prévient-il.

– Mais comment ferais-tu pour voir Linc ? je demande d'un ton moqueur.

– Hmmm, tu marques un point. Peu importe. Bientôt, on se verra toute la journée et j'aurai des infos fraîches tous les matins et pas avec un jour de retard. À ce propos, j'ai trouvé un foyer pour SDF, pas loin d'ici. On aura une déduction fiscale pour l'aide qu'on leur fournira. Evie était ravie.

– C'est génial, Jas. Vraiment, je dis en lui prenant le bras pour entrer.

Lorsque Kyson croise mon regard de l'autre côté de la salle, il dit quelque chose à Lincoln et vient tout de suite vers moi.

– Papa, Papa, on a acheté tout ce qu'il faut pour faire les cookies au glaçage et la tarte au citron ! s'exclame Hope.

Il la prend dans ses bras et l'embrasse sur la joue.

– C'est super, ma luciole. Va dire bonjour à Tonton Linc pendant que je parle avec Isabeau, d'accord ? dit-il en la reposant.

– D'accord, papa, répond-elle en courant vers son oncle.

– Tu as l'air soucieuse. Pourquoi ? demande-t-il en posant sa main sur ma joue.

– Il faut qu'on parle en privé.

– C'est à propos de ce matin... ? demande-t-il d'un ton inquiet.

– Non, chéri, c'était parfait. Mieux que ça, même. Il faut que je te parle de ce qui s'est passé à l'école de Hope.

Il fronce les sourcils et m'emmène dans un coin de la cuisine, à l'écart des autres.

– Dis-moi...

– Veronica est de retour.

Je me mords la lèvre et j'attends que Kyson dise quelque chose, n'importe quoi. Qu'il explose, qu'il pleure, qu'il crie... Mais il ne fait rien de tout ça. Il fronce les sourcils, pose ses mains sur ses hanches et me regarde dans les yeux.

– Pardon ? demande-t-il enfin, d'une voix si basse que je dois me concentrer pour l'entendre.

– Ta femme s'est pointée à l'école de Hope. Je ne sais ni comment ni pourquoi. Elle attendait sous un arbre, près de ma voiture. Elle a dit qu'elle vous connaissait, Hope et toi, et elle a fait un méchant commentaire sur le fait que c'était moi qui m'occupais de ton trésor ; ce qui ne me pose aucun problème, au passage. Tu le sais bien, c'est juste que sa façon de le dire était horrible. Ensuite, elle m'a dit de te passer le bonjour et de te dire qu'elle était de retour. Non, elle a dit que *ta femme* était de retour. Tu es encore marié ? je demande d'une voix rauque.

– Bien sûr que non ! Quand je lui ai demandé le divorce, elle a disparu. J'ai dû attendre deux ans pour que le juge m'accorde le divorce pour abandon. Ça fait un an que je suis vraiment libre. Mais j'imagine qu'elle ne le sait pas, en fait.

– Ah, tant mieux.

Il me prend dans ses bras et me serre fort contre lui.

– Je suis désolé qu'elle t'ait fait peur, ma belle.

– Moi aussi. Mais elle n'a pas essayé d'approcher Hope. C'est tout ce qui m'inquiétait.

– Merci d'avoir protégé ma fille, Isa.

– Je ne laisserais rien lui arriver, Ky, je dis en tremblant dans ses bras. Jamais.

Il coiffe une mèche derrière mon oreille et caresse mon visage depuis ma tempe jusqu'à mon menton.

– Je sais. Tu es une belle personne avec un cœur pur. Ne t'inquiète pas. Je vais en parler à mes frères et à mon père. Il dira aux gars de son club de la trouver. Comme ça, je pourrai lui demander ce qu'elle veut.

Je déglutis et hoche la tête.

– Et si ce qu'elle veut, c'est toi et Hope ? je demande d'une voix tremblante.

– Ça n'arrivera pas, répond-il en me serrant contre lui. Ne t'inquiète pas. On ne sait pas ce qu'elle veut, mais on va le découvrir et on gérera tout ça ensemble, ok ?

Je recule pour regarder ses beaux yeux bleus. Après notre intimité nouvelle au téléphone, hier soir, et au lit ce matin, Kyson et moi sommes vraiment connectés à présent, et il ne sera pas facile de briser ce lien. Je ferme les yeux et hoche la tête, confiante que ce que l'on construit est assez fort pour affronter tous les obstacles qui peuvent se présenter à nous.

Il m'embrasse tendrement avant de reculer, mais je suis sa bouche pour lui offrir un autre petit baiser. Il sourit et cela suffit à me convaincre que tout ira bien. Parce que Kyson va s'en assurer.

– Allez, va faire des cookies avec ma fille.

– Ça marche, chéri. On sera prêtes quand tu auras fini.

– J'ai hâte de cuisiner pour ma femme et ma fille, ce soir. Je ne laisserai rien gâcher ce moment de bonheur, d'accord ?

Je pose ma main sur sa joue et l'embrasse une dernière fois.

– Je te fais confiance.

Il me prend par l'épaule. Lorsque nous passons la porte de la cuisine, Hope lève la tête vers nous et tend brusquement les mains en l'air.

– Les cookies ! s'écrie-t-elle en souriant.

CHAPITRE 17

– Dis-nous tout, jusqu'aux détails les plus croustillants, exige Suda Kaye en tenant son verre de vin comme si c'était un bol de soupe.

Ses yeux ambrés pétillent, ils me rappellent ceux de mon père. Elle a exactement le même regard, et elle a même son sourire en coin. Ma poitrine se resserre en y pensant. Il faut que je rappelle mes parents, ça fait bien une semaine que je ne leur ai pas parlé.

Après le sexe d'hier matin, ma rencontre avec Veronica, les cookies avec Hope et le dîner chez Kyson, on a traîné devant un film jusqu'à ce que Hope soit endormie. Ensuite, il m'a tendrement fait l'amour en prenant son temps. C'était merveilleux et je crains d'être carrément tombée amoureuse de lui alors que, la veille, je pensais encore que ce n'était qu'une possibilité.

Il m'a traitée comme une reine. Il m'a vénérée tant de fois que j'ai à peine été capable de sortir de son lit pour rentrer chez moi. D'ailleurs, il a insisté pour que je reste, mais j'ai refusé. Je lui ai expliqué que je ne voulais pas perturber Hope en étant là au réveil parce qu'on n'est pas en couple depuis longtemps, et il a fini par accepter. Toutefois, il m'a fait promettre qu'on passerait plus de temps ensemble, tous les trois, pour que Hope s'habitue à ma présence. Et qu'on puisse donc passer nos nuits ensemble.

Aujourd'hui, Hope est avec le père de Kyson au club de moto, chouchoutée par toutes les adorables mamies. D'après ce que j'ai compris de *Sons of Anarchy*, les vieilles dames sont à la tête de la hiérarchie féminine du club. Cela implique qu'aucune des filles qui traînent au bras des mecs n'est autorisée à entrer. Le fait que le père de Kyson s'occupe de Hope me permet d'avoir le temps de traîner avec mes sœurs et Jasper.

Mes trois compères m'ont réveillée à midi, je n'ai pas beaucoup dormi cette nuit, ils m'ont sortie du lit pour que je me douche, puis ils m'ont forcée à enfiler une jolie petite tenue choisie par Jasper.

Nous sommes désormais chez Suda Kaye et Camden, installés sur leur canapé moelleux, et nous buvons du vin. Nous avons tous posé notre journée car Suda Kaye a décrété que nous avions besoin d'une journée entre filles, qui inclut bien sûr Jasper.

– Kaye, elle n'est pas obligée de nous raconter les parties trop intimes, gronde Evie.

– Parle pour toi, râle Jasper. Izzy ne lésine jamais sur les détails. Du moins, pas jusqu'à maintenant. Et pas avec moi. Mais maintenant qu'elle est folle de son Maçon-Délice, elle semble avoir rangé sa langue dans sa poche.

– Ok, très bien. Je dirai seulement que Kyson est spectaculaire au pieu. Avec sa bouche, ses doigts et sa grosse queue. C'est bon, tu es content ?

– Je veux plus de détails, répond-il en haussant les épaules.

– Quoi, tu veux connaître la taille de son sexe, son épaisseur, et que je te raconte qu'il me rend folle quand il dessine des cercles avec la pointe de sa langue pile là où...

Je m'interromps lorsqu'Evie se lève et tend les mains vers moi pour me dire d'arrêter. Elle secoue la tête, agitant ses longs cheveux blonds.

– Non ! Je t'arrête tout de suite.

Suda Kaye lui jette un coussin dessus.

– Mais non ! Ne t'arrête pas là ! Je commençais tout juste à imaginer la scène !

– Eh ben, soupire Jasper en s'éventant avec sa main. Apparemment, Kyson sait ce qu'il fait au pieu. D'ailleurs son frère est doué, aussi. Ça doit être dans les gènes. Il était grand temps qu'un mec chamboule la vie d'Izzy.

Je souris jusqu'aux oreilles et bois une gorgée de vin.

– Je suis d'accord. Je suis aux anges. Il est génial, les gars. Il est attentionné, doux, tendre quand j'en ai besoin, mais il sait aussi quand être possessif et quand me prendre comme si c'était la dernière fois... je réponds en appuyant ma tête contre le canapé tandis que le vin me réchauffe agréablement. Il est vraiment génial, je répète en repensant à tout ce qu'il m'a fait hier soir et hier matin.

– Trop bien ! dit Suda Kaye.

– C'est super, Izzy. Je suis contente que ça se passe bien avec Kyson. Ça a l'air d'être un mec bien. Mais pourquoi il n'a parlé à personne de sa fille ? demande-t-elle en se rasseyant et en reprenant son verre alors que Camden entre dans le salon, une bouteille de vin dans chaque main.

– Camden, tu es le meilleur mari au monde ! s'exclame Jasper.

Camden sourit et remplit le verre de sa femme avant de se baisser pour l'embrasser plutôt tendrement, même si j'aperçois leurs langues avant de détourner mon regard.

– Merci, beau gosse, dit-elle en souriant.

Cam remplit ensuite les verres de chacun d'entre nous avant de poser la bouteille sur la table basse.

– Vous êtes sur une sacrée lancée, dit-il. Je vais commander des pizzas, histoire que vos mecs ne me cassent pas la figure quand ils viendront vous chercher.

– Kyson ne peut pas venir me chercher, il doit récupérer Hope, je réponds en fronçant les sourcils.

Camden sourit et Jasper me met un petit coup de coude avant de soupirer en appuyant sa joue sur mon épaule.

– Il est tellement joli, chuchote-t-il, assez fort pour que tout le monde entende.

– Et tu n'as rien vu, répond Suda Kaye en riant et en écartant les paumes de ses mains pour nous faire comprendre que Camden est bien doté.

– Wouah ! Tant mieux pour toi, frangine ! s'exclame Jasper.

– Carrément. Mon mec sait s'occuper de moi, acquiesce-t-elle.

Camden regarde tendrement sa femme, n'ayant pas vu qu'elle révélait les détails de son intimité dans son dos. Cela dit, je pense qu'il s'en fiche, du moment que sa femme est heureuse.

– Apparemment, c'est Lincoln qui passe vous prendre, tous les deux.

Jasper hausse les sourcils.

– Ah bon ? Il marque des points ! déclare Jasper. Et je compte le récompenser avec ma bouche quand on sera rentrés.

Cette fois, Evie jette son coussin en direction de Jasper. Heureusement, son verre est encore sur la table.

– C'est trop d'infos, dit Camden en souriant.

– On peut revenir au fait que personne ne savait que Kyson avait une fille ? demande Evie.

Camden s'assoit sur le canapé, derrière Suda Kaye.

– Je le savais, moi. Je suis surpris que vous ne l'ayez pas su, les filles. Ma biche, tu te souviens quand on a bu un verre au pub, avec Peyton et la nana avec qui il est sorti pendant un moment ? Sheila, ou quelque chose comme ça. Kyson dînait près de nous avec ses parents et sa fille.

Suda Kaye tapote sa lèvre avant d'écarquiller les yeux.

– Mouais, mais c'était il y a super-longtemps, la petite était assise à côté de son père, et Kyson à côté de sa mère. Je n'ai pas pensé que c'était sa fille. Et quand il est venu nous saluer, plus tard, il était seul.

– Hope est son portrait craché, répond-il en haussant les épaules. Et puis, Porter nous avait dit, une fois, qu'il avait vu Kyson et Hope.

– Oui, mais il n'avait pas dit que c'était sa fille. Il avait juste dit « Hope ». J'ai pensé que c'était une nana avec qui il sortait, à l'époque, ou même juste un plan cul, puisqu'a priori il n'avait pas de copine, répond Suda Kaye.

– Ça n'a pas d'importance. Kyson a une fille. Elle est super et j'adore passer du temps avec elle. Ça ne me fait pas peur d'être avec un mec qui a un enfant, je dis, prenant la défense de mon mec même si ce n'est pas nécessaire.

Kyson avait ses raisons, et il cherchait juste à protéger sa fille.

Evie ramène ses genoux sous son menton et se tourne vers moi.

– Est-ce que tu es inquiète que son ex soit venue à l'école hier ? Qu'est-ce qu'elle veut ?

– Je ne sais pas. Elle a dit qu'elle était de retour en ville. Je suppose qu'elle contactera Kyson quand elle sera prête à lui parler.

– Il dit quoi, Kyson ? demande Jasper en prenant ma main.

– On n'en a pas vraiment parlé. Il a juste dit qu'il enverrait les gars du club de son père à sa recherche. Quand ils l'auront trouvée, je suppose qu'il ira la voir.

– Est-ce que tu as peur qu'elle veuille récupérer Kyson et Hope ? demande Suda Kaye.

– Bien sûr, oui. Non pas que je craigne qu'il retourne avec elle. Elle lui a fait beaucoup de mal, elle a renié sa fille et elle les a tous les deux abandonnés... Elle ne pourra jamais récupérer Kyson. Mais je sais qu'il aimerait qu'elle soit dans la vie de Hope, si elle est clean et en bonne santé. Cela dit, je ne sais pas trop ce que ça donnerait, concrètement. Je compte juste être là pour lui et Hope.

– Tu as raison, acquiesce Evie. Est-ce qu'il va passer tout le week-end du mariage avec nous, quand tu rencontreras Toko pour la première fois ?

Je soupire longuement et Jasper me serre la main. Le simple fait de mentionner mon grand-père m'angoisse et j'ai soudain les mains moites. Je n'ai jamais eu de grands-parents. Je ne sais pas quoi dire, comment me comporter, et en plus de tout ça, il fait partie des anciens d'une tribu. Je ne sais rien de mes origines amérindiennes.

– Honnêtement, je ne sais pas. Il a dit que sa mère se remettait de la grippe et qu'elle pourrait garder Hope, mais que quatre jours, c'est un peu long loin de sa fille et du travail. Ton mariage est le samedi. J'ai pensé qu'il pourrait arriver la veille, comme ça, il ne s'absentera que deux jours.

– Faites comme ça vous arrange. Et... Jasper, Lincoln est le bienvenu, aussi. On fait ça en petit comité. La cérémonie se déroulera sur les falaises, menée par un des anciens, puis on fera une petite réception devant chez Toko. C'est la famille de Milo qui s'occupe du repas. A priori, en comptant Kyson et Lincoln, on sera quinze, maximum. On va se marier au coucher du soleil, boire de l'excellent vin et manger de la cuisine traditionnelle amérindienne.

Je me lèche les lèvres et fronce les sourcils.

Jasper se redresse et serre ma main dans la sienne.

– Dis-leur, insiste-t-il.

– Je crois que je vais vous laisser parler entre vous, dit Camden en se levant. Je vais commander les pizzas.

– Merci, chéri, répond Suda Kaye en embrassant son mari, dont nous admirons tous les fesses lorsqu'il part dans la cuisine.

– Il est tellement beau… je dis, essayant de changer de sujet.

Evie et Suda Kaye secouent la tête, et Jasper parle le premier.

– Tu ne peux pas garder tes peurs pour toi, Izzy. C'est mauvais pour ta santé. Pense à toutes les toxines qui vont se libérer d'une façon ou d'une autre, tu pourrais te retrouver le visage plein de boutons et de points noirs ! Tu ne peux pas risquer ça.

Je souris timidement, me redresse et bois plusieurs gorgées de vin pour m'encourager.

– Izzy, on forme une famille. Tu peux tout nous dire… dit Evie en se penchant pour poser sa main sur mon genou.

Je gonfle mes poumons et déglutis avant de me lancer.

– J'ai peur de rencontrer Tahsuda, je déclare brusquement avant de me dégonfler.

– Pourquoi ? demande Suda Kaye.

– Je n'ai jamais eu de grands-parents. Je n'ai jamais eu de famille en dehors de mes pères et des mères de Jasper.

Ce sont elles qui jouaient le rôle de mère, quand j'étais petite. Elles m'ont parlé de mon corps, de mon cycle, de mes hormones... de tout. Nos deux petites familles passaient Noël et toutes les fêtes ensemble. Ce n'était pas conforme, mais c'était plein d'amour, et je ne me plains absolument pas.

– Ok, mais qu'est-ce qui te fait peur à l'idée de rencontrer Toko ? demande Evie d'une voix douce.

Soudain, j'ai l'impression que quelqu'un a allumé un feu dans la cheminée, et je saisis mon chemisier pour m'éventer et mieux respirer.

– Waouh, ça t'angoisse à ce point ? s'inquiète Suda Kaye.

Elle se lève, contourne la table basse et s'assoit à mes pieds avant de poser sa main sur ma cuisse.

– Izzy, parle-nous, dit-elle d'un ton encourageant.

Evie se rapproche de moi sur le canapé, et elle pose à son tour une main sur mon genou.

– Je... Et s'il ne m'aime pas ? Et s'il ne voit rien de Catori en moi ? je demande, les larmes aux yeux.

– Non, mon Dieu, c'est impossible ! Toko va t'adorer. Mieux encore, il va t'aimer dès qu'il va te voir, promet Suda Kaye en serrant ma cuisse.

– Comment tu sais ? Il ne m'a jamais rencontrée. Est-ce qu'il sait même que j'existe ?

Evie affiche un sourire resplendissant.

– Izzy, Toko est au courant pour toi. Il l'a toujours su. J'en ai parlé avec lui. Il serait venu dès le lendemain de ton arrivée si je ne l'en avais pas empêché.

J'écarquille les yeux et me recroqueville sur moi-même.

– C'est pour ça que je lui ai dit d'attendre, poursuit Evie en souriant. Par peur de ta réaction, comme maintenant. Tu prenais tes marques et tu apprenais tout juste à nous connaître. Tu trouvais ta voie, tu montais ton affaire avec Jasper. J'ai pensé que ce n'était pas une bonne idée d'ajouter un nouveau membre de la famille à tout le reste.

– Tu as eu raison, j'acquiesce en hochant la tête. J'aurais paniqué. J'aurais remis Jasper dans la voiture et on aurait foncé direction le Mexique.

– Attends, le Mexique était une option ? Quand ? J'ai raté ça ? plaisante Jasper en passant son bras dans mon dos. Izzy, tu es la femme la plus gentille, la plus attentionnée et la plus relax que je connaisse. Tu incarnes à la perfection tout le bien que tes parents t'ont transmis. Et quand je te regarde avec tes sœurs, je me rends compte que ne t'ai jamais vue aussi sereine. C'est comme si une partie de toi s'était ouverte, et tu brilles si fort que ta lumière est aveuglante.

– Jas... je dis d'une voix rauque.

– Tout le monde le voit, ma belle. Tu es resplendissante, ici. Je crois que c'est ça que va voir ton grand-père. C'est ce qu'on voit tous chez toi. Et c'est sans parler de tes cheveux flamboyants, ajoute-t-il en désignant Suda Kaye et Evie. Ils ne sont peut-être pas dorés ou noirs comme ceux de tes sœurs mais, chérie, ils sont rouge feu et c'est tout toi.

Evie tend la main et caresse ma tête.

– Ils sont doux et soyeux, comme ceux de maman.

– Et tu as son sourire. Exactement le même. Et tes pommettes, meuf, on les a toutes héritées de maman et deToko, ajoute Suda Kaye. Tahsuda est un ancien et il est très spirituel. Il reconnaîtra tout de suite sa petite-fille de sang. Je te le promets. Tu vas être la plus belle chose qui lui soit arrivée cette année. Peut-être même cette décennie.

– Tu crois ? je demande en reniflant.

Suda Kaye prend ma main et la serre fort dans la sienne.

– Je ne le crois pas, j'en suis sûre. Toko va t'adorer, comme nous tous.

Je souris et Evie resserre sa main sur ma cuisse.

– Dis-lui juste que tu as hâte d'apprendre le comanche, et il sera fou de joie, dit-elle en souriant.

– Ce n'est pas une mauvaise idée, acquiesce Suda Kaye en riant. Il est super-fier de son héritage.

– Ben, justement, je ne sais rien des Indiens d'Amérique. Je ne savais même pas que j'avais ça dans les gènes jusqu'à ce que vous débarquiez dans ma vie. Mes parents n'en ont jamais parlé.

– Eh bien, on t'apprendra les bases. Et tu découvriras le reste en temps réel, dit Evie. Personne ne s'attend à ce que tu sois une encyclopédie vivante. Pour tout te dire, il y a d'autres tribus sur la réserve de Toko. Et, techniquement, notre grand-mère était à la fois navajo et comanche, mais Toko aime faire semblant qu'on est cent pour cent comanche, ajoute-t-elle en secouant la tête. C'est assez drôle, en fait.

– Et je serai là, promet Jasper en levant le petit doigt. Tu te souviens de notre pacte ?

J'entrelace mon petit doigt au sien.

– On n'est jamais seuls du moment qu'on est ensemble, dit-on en même temps.

Il m'attire dans ses bras et je m'agrippe à mon meilleur ami, consciente que quoi qu'il arrive, il sera toujours à mes côtés. Il ne me laissera pas tomber, car il ne l'a jamais fait et il ne le fera jamais.

– Oh, zut, maintenant moi aussi je veux un pacte comme ça ! râle Suda Kaye en faisant la moue.

Evie glousse et tend son petit doigt à sa sœur, qui lui offre le sien.

– C'est quoi notre pacte ? demande Suda Kaye d'un ton tout excité.

– Euh, frangines pour la vie ? propose Evie.

– Nul, on est déjà sœurs de naissance, rouspète Suda Kaye.

Jasper se penche et joint son auriculaire aux leurs.

– Izzy ? dit-il, m'incitant à l'imiter.

Jasper nous regarde alors tour à tour.

– Amis pour la vie... dit-il.

– Génial ! Amis pour la vie ! s'exclame Suda Kaye en souriant.

Evie et moi répétons notre promesse, puis nous levons tous les bras en l'air avant de nous laisser tomber en arrière en riant.

– Je crois que ça mérite de trinquer, propose Jasper.

– Bonne idée, mon ami, je dis en prenant mon verre, imitée par mes trois compères.

– À la famille qu'on choisit. Et au mariage d'Evie et Milo ! je m'exclame tandis qu'Evie, Suda Kaye et Jas trinquent avec moi, puis avec chaque membre du quatuor.

Nous parlons ensuite de Kyson, de Hope, de Toko et des détails du mariage intime qui approche à grands pas.

La soirée est parfaite. Les pizzas arrivent et on les dévore en s'attaquant méchamment à la cave de Camden et de Suda Kaye.

CHAPITRE 18

Hope est adorable, elle se concentre pour verser le basilic haché dans la casserole, en poussant sa langue dans sa joue.

Je désigne un petit bol, près de la cuisinière.

– Beau boulot, Mademoiselle. Maintenant, tu peux y mettre l'origan.

– Peut-être que notre petite Hope va devenir cuistot comme Tonton Jasper et Izzy ? dit Jasper en posant le persil haché devant elle avant de l'embrasser sur la tête.

– Est-ce que tu me laisseras travailler dans ta pâtisserie quand elle sera prête, Tonton Jasper ? demande la fillette en lui offrant son plus beau sourire.

– Absolument. J'ai justement demandé à Tonton Linc de te fabriquer un petit marchepied. Je t'apprendrai à décorer les cupcakes avec le glaçage, répond-il en lui faisant un clin d'œil.

– Super ! Est-ce que je mets ça, maintenant, Izzy ? demande Hope en prenant le persil, tout excitée.

Je l'ai installée au plus près de la gazinière pour que je puisse m'occuper de la cuisson tout en la surveillant. Jasper s'affaire ici et là dans la pièce de vie, remplissant les verres vides, ajoutant des apéritifs au plan de travail déjà rempli de nourriture, incarnant l'hôte parfait alors que c'est Kyson et moi qui avons invité la bande chez lui. Toutefois, Jasper est comme ça ; il tient toujours à aider et à rendre les gens qui l'entourent heureux.

En face de nous, Evie, Milo, Suda Kaye, Camden, Lincoln et Kyson font une partie de *Left, Center, Right*[9] à la table de la cuisine. Suda Kaye nous a expliqué le jeu et, comme les règles sont faciles à comprendre même en étant alcoolisé, toute la bande s'éclate.

Les derniers jours ont été géniaux. J'ai gardé Hope toute la semaine pour que la mère de Kyson puisse se reposer, et lui et Lincoln ont poursuivi leur travail à la pâtisserie. Hope et moi avons passé une journée avec Evie et Suda Kaye, à faire des trucs de filles. Je lui ai offert sa première manucure, et c'est elle qui a choisi la couleur de nos vernis. J'ai donc les orteils jaunes et les ongles des mains rose bonbon. Le lendemain, Jasper et moi l'avons emmenée faire du shopping, Kyson avait en effet remarqué que beaucoup de ses vêtements étaient trop petits.

J'ai rarement vu un homme aussi reconnaissant que l'a été Kyson quand nous sommes rentrées avec une toute nouvelle garde-robe. Jasper a ainsi mérité son nouveau titre de « tonton », et il en a été fou de joie au point de dévaliser la moitié de *Justice,* une boutique qui est apparemment le paradis des petites filles. Lorsqu'il s'agit de mode, les deux acolytes sont sans limites ; j'ai été ravie de les voir aussi complices.

Je fredonne un air, ravie d'entendre ma nouvelle famille s'amuser alors que je m'occupe de faire frire des oignons,

9. Jeu de dés et de jetons dans lequel, selon le résultat du lancer de dés, le joueur passe ses jetons à son voisin de droite, de gauche ou à la cagnotte placée au centre.

des poivrons verts et de l'ail avant d'y ajouter la sauce tomate que j'ai déjà préparée. Kyson entoure ma taille de ses bras, par-derrière, plaquant son torse contre mon dos avant de m'embrasser dans le cou.

– Ça sent super-bon, ma chérie.

– C'est ma recette de sauce tomate secrète, je marmonne.

– Je parlais pas de la sauce, Isa, répond-il avant de mordiller mon cou.

Je frissonne et il éclate de rire.

– Oh, mince, on a oublié le pain, dit Jasper en fouillant dans les sacs de course. On ne peut pas manger des spaghettis à la sauce tomate sans pain à l'ail !

Kyson rit et me met une petite fessée.

– J'y vais, il y a une supérette à cinq minutes d'ici.

– Je viens avec toi, il nous faut des bières supplémentaires, dit Lincoln en se levant après avoir été évincé du jeu par Evie, qui pousse un cri de joie chaque fois qu'elle gagne un jeton.

– Et du vin ! Il nous faut plus de vin, s'il te plaît ! dit Suda Kaye avant de jeter les dés. Haha, prends ça, bébé ! s'écrie-t-elle en éjectant Camden du jeu.

Camden rit, pose une main sur la nuque de sa femme et l'embrasse langoureusement, la laissant l'air émerveillée.

Kyson plonge alors ses mains dans mes cheveux et me tourne vers lui pour m'embrasser longuement, reculant ensuite la tête en mordillant ma lèvre.

– Tu n'as pas idée de tout ce que je vais te faire ce soir... chuchote-t-il, me faisant soupirer de joie. Tu peux surveiller Hope ?

– Bien sûr.

– Tu es vraiment parfaite, déclare-t-il en souriant.

– Je trouve aussi !

Il saisit ses clés dans le vide-poche du plan de travail.

– Allez viens, frérot, dit-il à Lincoln, qui embrasse brièvement Jasper avant de lui dire d'être sage.

– Je le suis toujours ! répond mon meilleur ami. Tu le sais mieux que personne !

Les deux hommes sortent de la maison en riant et je continue de donner ses instructions à Hope. Pour une fillette de son âge, elle écoute bien et elle est très concentrée. Peut-être qu'une carrière de chef l'intéressera un jour. Quoi qu'il en soit, je lui apprendrai tout ce qu'elle voudra.

– Ok, mistinguette. Maintenant, il faut touiller tous les ingrédients.

Elle descend de son tabouret que je rapproche de la gazinière. Elle remonte dessus, et je passe mon bras sur son ventre pour qu'elle ne s'approche pas trop des brûleurs.

– Alors, quand tu es devant les feux, il faut faire très attention à ne pas te brûler. Tu dois toujours avoir conscience d'où sont tes bras et tes mains. Tu ne peux pas essayer d'attraper quelque chose et toucher une des casseroles avec ton bras. Ça fait très très mal.

Elle hoche la tête et recule contre moi pour garder ses distances.

Je tiens la cuillère en bois avec elle, et nous mélangeons ensemble la sauce que nous avons faite. Nous en avons préparé une énorme quantité, car je tiens à ce qu'il en reste pour Kyson au cas où je ne serais pas là demain pour préparer à dîner. Cela dit, j'ai mangé avec lui et Hope tous les soirs de la semaine, car Kyson pense que plus je serai là, mieux ce sera pour Hope.

Je me suis inquiétée que l'on se voie trop et que Hope n'ait pas le temps de s'habituer à la situation ni d'être seule avec son père, mais Kyson n'est pas du même avis. Il dit qu'ils ont vécu suffisamment longtemps sans femme dans leur vie et qu'il n'y a pas de raison d'aller doucement.

– Tu t'en sors très bien, Hope, je dis, la laissant remuer la sauce toute seule sans pour autant m'éloigner.

– J'aime cuisiner avec toi, dit-elle.

Je souris et l'embrasse sur la joue.

– Moi aussi, Mademoiselle, je réponds, et elle rougit.

– Ma meilleure amie, Selena, cuisine tout le temps avec sa maman. Elle dit qu'elles font des tamales maison. Ça veut dire quoi « faire quelque chose maison » ?

– C'est quand on cuisine quelque chose du début jusqu'à la fin, comme on le fait là, avec la sauce.

– Alors, je peux dire que j'ai fait la sauce des spaghettis maison avec ma nouvelle maman, moi aussi ! s'exclame-t-elle tout excitée, et mon cœur cesse de battre un instant.

Jasper éclate de rire et s'immisce dans notre conversation.

– Attends un peu que ta nouvelle maman t'apprenne à faire des bonbons maison ! Toute l'école parlera de toi !

Je lui mets un énorme coup de coude qui l'oblige à se retenir au plan de travail pour ne pas tomber. Je le fusille du regard en même temps que je suis prise d'une bouffée de chaleur et il rougit en fronçant les sourcils, comprenant l'erreur qu'il vient de commettre.

– Oh, tu pourras, Izzy, s'il te plaît ? Tu me montreras comment faire des bonbons ?

Je ferme les yeux et respire pour me calmer après avoir découvert que je suis la « nouvelle maman » de Hope. Les enfants disent n'importe quoi, non ? Elle ne comprend pas vraiment ce qu'elle a dit. Quoi qu'il en soit, il faudra que j'en discute avec Kyson pour qu'il aborde le sujet avec sa fille.

– Bien sûr que je t'apprendrai, je réponds, ajoutant cela à l'immense liste de tout ce que Hope veut que je lui apprenne.

– Il faut que je fasse pipi, déclare soudain la fillette, descendant de son tabouret avant de partir dans le couloir en courant.

Je me tourne vers Jasper qui lève les mains en l'air.

– Je suis désolé. Je me suis laissé emporter. Ça n'arrivera plus, promis, déclare-t-il pour se faire pardonner en prenant un air faussement coupable.

– On doit faire attention. On ne sait pas ce que l'avenir nous réserve et je ne veux pas qu'elle souffre si ça ne se passe pas bien avec Kyson.

Jasper passe son bras sur mes épaules et me ramène contre lui.

– Izzy, ça ne va pas mal se passer. Kyson et toi êtes faits pour être ensemble. Je ne t'ai jamais vue aussi heureuse et il est l'homme le plus fier de la terre lorsqu'il est avec toi. Sa fille t'adore, et tu l'adores en retour. Pourquoi ça se passerait mal ?

Soudain, j'entends Hope parler à quelqu'un alors que nous sommes tous dans la pièce de vie.

– Tu peux t'occuper de la sauce ? Je vais voir Hope.

– Bien sûr, répond Jasper.

J'arrive dans le couloir et suis sur le point de partir dans sa chambre lorsque j'entends un rire de femme du côté de la porte d'entrée. Lorsque j'y arrive, je remarque qu'elle est ouverte. Mon cœur se met à battre la chamade lorsque je vois une femme brune assise à côté de Hope. Je me précipite dehors, faisant claquer la moustiquaire derrière moi.

– Izzy ! Regarde ce que j'ai eu ! s'exclame Hope en se levant d'un bond pour me montrer sa nouvelle Barbie.

La femme se lève à son tour du banc et se tourne vers moi.

Veronica.

– Hope, viens ici, je dis en lui saisissant la main pour la ramener contre moi.

– Regarde ! La gentille dame dit que la poupée me ressemble, et c'est vrai ! s'écrie-t-elle, toute contente.

Je fusille Veronica du regard en serrant les dents.

– Miss, Tonton Jasper a besoin de ton aide pour la sauce. Il doit avoir une crampe au bras, il faut que tu prennes la relève.

Hope écarquille les yeux et serre la Barbie contre elle avant de se tourner vers Veronica.

– Merci, Roni ! Mais je dois partir, Tonton Jasper a besoin de moi !

– Au revoir, ma chérie. À bientôt ! répond-elle d'une voix mielleuse.

Je me retiens de lui sauter à la gorge. Une fois que Hope est entrée dans la maison, je referme la porte pour qu'elle ne nous entende pas.

– Qu'est-ce que tu fais ici ? je gronde sans chercher à masquer ma colère.

– Ben, techniquement, c'est ma maison, ricane-t-elle. Et c'est mon mari. Ma fille. En fait, c'est moi qui devrais te demander ce que tu fais chez un homme marié, à jouer à la maman avec ma fille ! siffle-t-elle d'un ton venimeux.

– Comment oses-tu débarquer ici comme ça ? Tu as attendu que Kyson parte ?

Elle sourit et hausse une épaule.

– Je voulais voir ma fille. Il n'y a pas de mal à ce qu'une mère veuille voir son enfant.

– Ça fait des années, Veronica. Tu ne peux pas te pointer comme ça avec un jouet en t'attendant à ce que tout se passe bien. Ça ne marche pas comme ça quand on a abandonné son enfant ! je crache en essayant de ne pas parler trop fort.

Je sens soudain une présence derrière moi et Veronica lève la tête. Je me tourne et découvre Milo devant la porte, les bras croisés, ses cheveux noirs tombant sur ses épaules. On dirait un guerrier amérindien.

– Va-t'en, gronde-t-il.

Veronica fait deux pas en arrière.

– Tu ne peux pas me dire de partir de ma propre maison, rétorque-t-elle en croisant les bras.

– Si, je le peux. Je viens de le faire. Va-t'en avant que je me charge de te faire partir, prévient-il en descendant une des quatre marches de la maison.

Elle fait à nouveau deux pas en arrière, mais elle esquisse un sourire diabolique.

– Tu es qui, toi ?

– Tonton Milo, répond-il.

– Hope n'a pas de Tonton Milo, ricane Veronica.

Milo ne dit pas grand-chose, mais lorsqu'il parle, il pense ce qu'il dit.

– Maintenant, si. Alors dégage, dit-il en descendant une autre marche.

Je reste où je suis, espérant que Kyson et Lincoln vont arriver.

– Tu ne me fais pas peur. Je ne quitterai ni ma maison ni ma fille ! crie-t-elle.

– Dégage ! gronde-t-il en descendant les deux dernières marches.

Veronica sursaute et déguerpit en direction de sa vieille Hyundai cabossée, dont une portière est d'une autre couleur que les autres.

Je rejoins Milo et pose ma main sur son épaule au moment où Evie sort de la maison et passe sa main sur ma taille.

– Sœurette, tu trembles, dit-elle. Milo, qu'est-ce qui se passe ? On t'a entendu depuis le salon.

Milo ne répond pas et se contente de hausser le menton en direction de Veronica qui est en train d'ouvrir sa portière.

– Dis à Kyson qu'il ne se débarrassera pas de moi comme ça ! siffle-t-elle.

– C'est qui ? demande Evie alors que Veronica démarre en trombe, laissant des traces de pneus dans l'allée de Kyson.

– C'est Veronica.

– Elle a encore débarqué sans prévenir ? s'étonne Evie. Mon Dieu, mais qu'est-ce qui lui a pris de faire ça ?

– Je ne sais pas.

– Je n'aime pas cette femme. Je vois à son regard que son esprit est noir, déclare Milo en regardant dans la direction où Veronica est partie.

– Rentre, dit Evie en prenant mon bras. Hope a besoin de toi.

Ses paroles me tirent de ma stupeur.

– Allons-y. Je veux nourrir ma famille.

♦

Plus tard dans la soirée, une fois que tout le monde est parti, Kyson enlève son tee-shirt en le saisissant entre les omoplates pour le passer par-dessus sa tête, un geste viril qui me fait saliver. Je me lèche les lèvres et le regarde faire les cent pas dans la chambre alors que je suis assise en tailleur sur son lit.

– Tu passes la nuit ici, déclare-t-il.

– Chéri, je ne sais pas si c'est une bonne idée. Hope a fait ce commentaire tout à l'heure, et...

J'essaie de lui rappeler la discussion que nous avons eue il y a quelques heures.

Il s'arrête brusquement et pose ses mains sur ses hanches pour me dévisager, me faisant perdre le fil de ma pensée. Je ne peux pas m'empêcher de mater ses pecs carrés et ses abdos sublimes. Je rêve de parcourir chaque relief avec la pointe de ma langue.

– Isa, le sujet est clos. Tu es dans la vie de Hope, et si j'ai mon mot à dire, tu seras dans son avenir aussi. Pour toujours, ma belle.

Je ferme les poings, frustrée.

– Ça m'inquiète qu'elle m'ait décrite comme sa nouvelle mère. Juste avant que Veronica ne débarque. Peut-être que c'était un signe ! je m'exclame.

Je lui ai raconté tout ce qui s'est passé avec Veronica, mais on s'est mis d'accord pour profiter de la soirée et de n'en parler qu'une fois que Hope serait couchée. C'est le cas désormais, et je laisse libre cours à mon angoisse.

– C'est un signe que tu es faite pour être sa belle-mère. Veronica est encore plus instable que je ne le pensais si elle croit pouvoir se pointer à l'école et ici, chez nous, et attendre que je parte pour sauter sur ma fille ! C'est hors de question. Je n'ai pas changé de numéro. Si elle veut me parler pour que je l'introduise de nouveau dans la vie de Hope, elle doit le faire comme il faut.

– Chéri, je ne suis pas sa mère. J'ai beau l'aimer, et tu sais que c'est le cas, je veux ce qu'il y a de mieux pour elle, moi aussi. Je n'ai pas eu de mère. Je sais l'impact que ça peut avoir, et si Hope a ne serait-ce qu'une chance infime d'avoir une vraie relation avec sa mère biologique... je ne veux pas l'en empêcher.

Kyson soupire longuement, puis il vient s'asseoir à côté de moi sur le lit. Il prend ma main dans les siennes et la pose sur sa cuisse.

– Je te comprends. Je serais ravie que Hope connaisse la Veronica que j'ai épousée et que j'aimais, il y a longtemps. Hélas, elle m'a prouvé plus d'une fois qu'elle n'est pas stable. J'ai besoin de savoir qu'elle a arrêté de se droguer et de boire. Elle n'est pas digne de confiance. Tant que je ne l'aurai pas vue et que je n'aurai pas une idée de ce qui se passe dans sa tête, je ne veux pas qu'elle approche ma fille. Tu as fait ce qu'il fallait en faisant rentrer Hope pour la protéger.

– Et tu fais quoi de ce qu'elle a dit ? Du fait qu'elle m'a appelée sa nouvelle maman ? je demande d'une voix tremblante.

Je rêve d'avoir ce rôle dans la vie de Hope, mais je ne sais pas si je le devrais. Kyson et moi ne sommes pas ensemble depuis longtemps. Qui sait ce qui peut se passer ?

– Isa, je crois que Hope comprend que tu es la copine de son père. Tu l'as incluse dans ta famille, tu l'as emmenée passer du temps avec Jas et les filles. Elle n'a jamais connu ça. Aucun de mes frères n'a jamais amené une femme à la maison, et moi non plus, comme tu le sais. Donc, Hope se base sur ce que tu lui offres. Tu t'occupes d'elle, tu lui apprends des choses, tu l'emmènes faire sa première manucure, du shopping et s'amuser avec tes sœurs. Sa vie n'en est que plus belle depuis que tu en fais partie. Et, ma chérie, ce que tu fais avec elle est ce que ses amies font avec leur mère. C'est normal qu'elle ait dit ça aujourd'hui, et je ne compte pas m'y opposer.

– Mais c'est trop tôt.

– Mais non, Isabeau, répond-il en secouant la tête. Tu ne le sens pas ? demande-t-il d'une voix grave et sérieuse qui me fait frissonner.

– Est-ce que je sens quoi ?

Il me sourit tendrement et serre ma main dans la sienne.

– Tu ne sens pas ce qu'on est en train de construire ?

– J'ai peur d'espérer. C'est tellement tôt...

– Non, c'est juste logique. On construit une vie ensemble, ma belle, et elle est sublime. Spectaculaire. C'est tout ce dont j'ai toujours rêvé : une femme faite pour moi, une famille, mon entreprise. Ma fille qui est ravie d'avoir des tantes et des oncles qui lui montrent combien ils l'aiment. Du temps avec mes frères et mes parents. Avec toi, j'ai tout ça, Isa.

Je déglutis pour essayer de ravaler mon angoisse et mes émotions.

– Comment tu peux en être sûr ?

Kyson lâche ma main et saisit ma nuque, puis il se rapproche jusqu'à ce qu'on soit nez à nez.

– Parce que je n'ai jamais aimé une femme comme je t'aime, toi. C'est comme si tu avais pris racine dans ma vie. Et je ne veux jamais te perdre. Je t'aime, Isabeau, et je sais que tu m'aimes aussi. Je le vois dans tes yeux chaque fois que tu me regardes. Chaque fois que tu souris à ma fille. Ton amour est rayonnant, resplendissant, et tout le monde le voit.

Mes yeux se remplissent de larmes, j'en sens une couler sur ma joue.

– Je t'aime, Kyson. Tellement. Et j'aime Hope de tout mon cœur. Je rêve qu'on forme une famille heureuse. Et je veux construire mon avenir avec toi, à tel point que c'en est douloureux. Mais j'ai peur.

– De quoi tu as peur ? chuchote-t-il en appuyant son front contre le mien. Confie-moi tes peurs, ma belle, et je les combattrai une par une jusqu'à ce que tu croies en notre amour.

Kyson attend patiemment et je rassemble mon courage.

– J'ai peur que toi et Hope ne soyez pas censés être à moi.

Il pose ses mains sur mon cou et me regarde droit dans les yeux.

– Dans ce cas, je vais devoir te convaincre que si, déclare-t-il avant de s'emparer de ma bouche pour m'offrir un baiser brûlant.

Kyson prend alors son temps pour me persuader que je suis à lui. À la fin de la nuit, lorsque je suis blottie contre lui, ma joue sur son torse, ses doigts dans mes cheveux, je m'endors, convaincue d'être à ma place dans ce monde.

CHAPITRE 19

Des mains chaudes caressent mon ventre et mes côtes, remontant mon débardeur par-dessus ma poitrine. Kyson empoigne ensuite mes seins et titille mes tétons avec ses pouces.

Je me réveille lentement, clignant des yeux au moment où il prend mon sein dans sa bouche pour en sucer la pointe. Je plie les jambes et pousse sur mes pieds pour soulever mon bassin et me redresser.

– Bonjour, chérie, fredonne-t-il contre ma peau avant de laper et sucer mon téton, m'arrachant un gémissement. Je t'aime, Isabeau. Je t'aime tellement que je souffre de ne pas être avec toi tous les jours, ici dans ce lit.

– Je t'aime aussi, je chuchote en couvrant ses bras avec les miens.

Il plaque ses lèvres contre les miennes et m'embrasse tendrement.

– Est-ce que tu le sens, maintenant ? Ce qu'on construit ? demande-t-il.

– Oui, j'admets sans hésiter.

– Tu as toujours peur ?

– Non. Pas si j'ai ton amour.

Kyson soupire longuement.

– Putain, tu es vraiment parfaite. Il m'a fallu attendre trente ans pour te rencontrer. J'ai dû vivre un enfer pour atteindre ce moment, ici, avec toi.

Je souris et le regarde dans les yeux, ravie qu'il me perçoive comme une femme à chouchouter et à adorer.

Il m'embrasse tendrement, lentement, avant de démêler nos deux corps.

– On se douche ensemble ? demande-t-il.

Je frissonne et il éclate de rire avant de me soulever dans ses bras comme une princesse.

– Viens, laisse-moi te laver.

– Mmmm, je fredonne en appuyant ma joue contre son torse.

Il me pose devant la douche, puis il s'occupe de l'allumer et de laisser l'eau chauffer.

– À quoi tu penses ? demande-t-il d'un ton lourd de sous-entendus.

– Aux pancakes que je vais vous préparer ce matin. Je crois que je vais les faire aux myrtilles et à l'avoine, avec un coulis de caramel à la cannelle.

Kyson éclate soudain de rire.

– Non mais, tu penses à nous nourrir, ma gamine et moi, dit-il en secouant la tête, alors que je viens de te déclarer ma flamme. Chérie, faut revoir tes priorités, déclare-t-il d'un ton amusé.

Je rouspète et croise les bras tandis qu'il entre dans la cabine de douche, assez grande pour deux sans être immense. Je le suis et me mets vers le fond.

– Mais pas du tout ! Faut juste que je nourrisse mon homme et sa fille. C'est ce que j'aime faire, je te rappelle !

Il sourit jusqu'aux oreilles en se couvrant de savon.

Je me lèche les lèvres en suivant ses gestes des yeux.

– Si tu continues à me regarder comme ça, je vais t'obliger à te mettre à genoux pour te nourrir de tout autre chose.

Je plonge mon regard dans le sien et me mets aussitôt à genoux.

– Faut dire que j'ai faim, chéri, je susurre avant de me lécher les lèvres.

– Tu aimes ? demande-t-il en haussant les sourcils, attendant la réponse fatidique que tous les hommes veulent entendre.

– Viens par ici et tu le sauras vite !

Il fait un pas vers moi et sa verge déjà dure s'arrête à quelques centimètres de mon visage. Kyson a un très beau sexe.

– Mais quand j'aurai fini, je veux apprendre à Hope à faire des pancakes.

Je ne lui laisse pas le temps de répondre, le prenant immédiatement dans ma bouche. Puis c'est lui qui me fait jouir avant que je puisse m'occuper des pancakes de ma nouvelle petite famille.

♦

Hope lèche le contour de sa bouche, essayant de récupérer tout le sirop et le beurre qui couvrent son visage.

Elle finit sa dernière bouchée, puis elle porte son assiette dans l'évier.

– C'était trop bon, Izzy.

Je souris et pique un bout de pancake avec ma fourchette.

– C'est parce que tu m'as aidée à les préparer.

Elle sourit jusqu'aux oreilles et sa poitrine se gonfle fièrement.

– Eh, luciole, viens t'asseoir sur les genoux de papa pour qu'on discute un peu, tu veux ?

Hope fronce les sourcils et obéit, s'asseyant de côté sur les cuisses de Kyson, qui passe son bras dans son dos pour la tenir contre lui.

– Tu te souviens de la dame qui est venue à la maison, hier, et qui t'a offert un cadeau ?

Son regard s'illumine et elle hoche vivement la tête.

– Oui ! Elle m'a apporté une Barbie sirène qui me ressemble ! Je n'en avais pas comme ça, elle est trop belle. Comme un arc-en-ciel, et sa queue s'allume ! Je peux prendre un bain avec elle aujourd'hui ? S'il te plaît, papa ? Dis oui !

– Bien sûr, ma luciole. Mais ce que je veux savoir, c'est ce que t'a dit la dame ? Est-ce qu'elle t'a dit comment elle s'appelle ?

– Oui, elle s'appelle Roni. J'ai trouvé ça bizarre parce qu'on dirait un nom de garçon. Mais je lui ai pas dit, je te jure ! s'exclame-t-elle en faisant les gros yeux, comme si elle s'attendait à être réprimandée.

– Qu'est-ce qu'elle t'a dit d'autre, ma puce ? demande Kyson en posant sa main sur sa joue.

Hope lève les yeux vers le plafond et se mord la lèvre, comme si elle réfléchissait fort pour se rappeler sa conversation avec Veronica.

– Ah ! Elle a dit qu'elle était un membre perdu de la famille. Et qu'elle venait de rentrer et qu'elle était excitée de me voir. Et... euh... qu'elle était ta meilleure amie, et la mienne aussi. Je lui ai dit qu'elle se trompait, parce que ma meilleure amie à moi, c'est Selena.

J'observe la réaction de Kyson, qui grince des dents.

– Ok. Autre chose ?

Hope fronce les sourcils et enroule une mèche de cheveux sur son doigt en secouant la tête.

– Non, juste... euh... que j'allais la revoir bientôt et qu'elle m'apporterait une autre Barbie sirène. Comme ça, elles pourront nager ensemble dans le bain. Ce serait cool, hein, papa ?

Son innocence est vraiment touchante.

– Bien sûr, ma chérie. Ce serait chouette d'avoir deux Barbie. Mais revenons-en à ce qui est important, ma puce.

Hope hoche la tête et se concentre sur son père.

– Je veux te rappeler qu'il ne faut jamais parler aux étrangers, ma chérie.

– Mais elle a dit qu'elle faisait partie de la famille, répond Hope en fronçant les sourcils.

– Est-ce que tu l'avais déjà vue ? demande-t-il d'un ton inquiet, attendant de savoir si Hope se souvient de sa mère.

Hope secoue la tête avant d'acquiescer.

– Oui, une fois à l'école, avec Izzy, tu te souviens ? me demande-t-elle.

– Oui, ma puce, c'est vrai. On l'avait vue à l'école.

Hope sourit.

– Ok, ma luciole. Je comprends que tu aies ouvert la porte pour quelqu'un que tu penses avoir déjà vu, mais tu ne devrais jamais ouvrir la porte, ok ? Laisse Izzy ou moi, ou un autre adulte, s'en occuper. Même si c'est Mamie, tu demandes à quelqu'un, d'abord. J'ai besoin de savoir que tu es en sécurité, ok ?

Sa petite lèvre se met à trembler.

– Tu vas me gronder, papa ?

– Non, je ne vais pas te gronder. Je te rappelle simplement les règles à respecter. Si quelqu'un frappe à la porte, la prochaine fois, qu'est-ce que tu vas faire ?

Elle tire sur la mèche de cheveux qu'elle avait enroulée sur son doigt.

– J'appelle Izzy ou toi.

Kyson hoche la tête en souriant et je devine qu'il est soulagé.

– Exactement. On veut juste s'assurer que tu es en sécurité, d'accord, ma chérie ?

– D'accord, papa. Je peux aller jouer maintenant ?

– Va te laver d'abord, dit-il en reniflant les doigts de sa fille. Tu sens le sirop d'érable ! s'exclame-t-il en faisant mine de les mordiller. Je n'ai pas assez mangé, il me faut du sirop !

Il fait semblant de dévorer ses doigts, la faisant hurler de rire, puis elle descend d'un bond et court vers la salle de bains en riant aux éclats.

Je marche vers Kyson et il m'attire sur ses cuisses avant de nicher son nez dans le creux de mon cou.

– Je n'aime pas qu'elle ait débarqué comme ça. Je déteste ne pas savoir où elle est et ne pas pouvoir lui parler d'abord. Je n'aime pas qu'elle soit de retour, même si j'espère qu'elle va bien et qu'elle est enfin stable.

Je coiffe les cheveux de Kyson en arrière et lui masse le crâne pour essayer de le détendre. Je suis inquiète, moi aussi, que Veronica déboule à nouveau dans la vie de Kyson et Hope. Elle semble avoir un sacré caractère, mais peut-être que ce n'est qu'une façade et qu'elle a juste besoin de soutien ?

– Dis-moi ce que je peux faire pour t'aider et je le ferai, chéri.

Il blottit son visage entre mes seins et je continue de lui masser la tête.

– Tu le fais déjà, en étant là. En étant à nos côtés, répond-il en me serrant contre lui. Ta présence suffit à m'aider dans cette nouvelle épreuve.

Je me baisse pour l'embrasser sur la tête.

– Je ne vais nulle part.

Il soupire et je le tiens contre moi jusqu'à ce que Hope déboule dans le salon en criant.

– Qui veut aller au parc ?

Kyson éclate de rire et lève la tête vers moi.

– Moi ! J'ai hâte d'aller au parc ! je m'exclame.

Et c'est vrai, car je n'ai jamais eu l'occasion d'emmener un enfant au parc pour le regarder s'amuser.

– Allez viens, chéri. On va prendre un plaid et on va pique-niquer avec notre princesse.

Je ne me rends compte de ce que j'ai dit que lorsque Kyson me regarde en souriant jusqu'aux oreilles.

– *Notre* princesse ? répète-t-il.

Je retiens mon souffle, puis je hoche la tête.

Son sourire est si étincelant que je me penche pour l'embrasser, scellant ma déclaration par un baiser plein d'amour.

♦

Nous arrivons au parc préféré de Hope vers midi. J'avais méchamment sous-estimé le temps qu'il faut à une fillette de six ans pour se préparer à sortir. Sans parler des sandwichs à préparer, des fruits à couper, des boissons à choisir et de tout l'équipement nécessaire comme le frisbee, la corde à sauter, le pain pour les canards, la crème solaire, les chapeaux, et tout le reste.

Kyson finit par choisir un endroit à l'ombre d'un grand chêne, près de l'aire de jeux, où nous pouvons nous prélasser tout en gardant un œil sur Hope.

Je suis allongée sur le ventre et je regarde Hope monter et descendre du château en bois avec une fillette de son âge.

Elle est heureuse et libre comme l'air. Je regarde ses longs cheveux bruns voler dans le vent et je me surprends à imaginer une autre petite fille aux cheveux rouges courant après sa grande sœur.

Je sens un bras sur mon dos et Kyson caresse mon épaule avec son nez.

– Tu penses à quoi ?

– Tu ne veux pas le savoir, crois-moi, je réponds.

– Si, dis-moi.

– Hmmm...

– Sans rire, dis-moi à quoi tu penses ; pas de secrets, chérie, insiste-t-il, me rappelant notre promesse.

– Je me disais que Hope a l'air heureuse.

– Et ?

– Et qu'un jour, ce serait chouette de voir une petite fille aux cheveux rouges lui courir après, j'admets.

Kyson fredonne et me mordille l'épaule jusqu'à ce que j'éclate de rire.

– Ce n'est pas une mauvaise idée. J'adorerais que Hope ait des frères et sœurs. J'ai toujours voulu une grande famille. Mais les choses ont... déraillé quand Veronica a craqué.

– Je n'avais pas de grande famille jusqu'à maintenant, donc j'en ai toujours rêvé aussi.

– Tu veux combien d'enfants ? demande Kyson en frottant sa joue à mon épaule.

Je regarde Hope courir partout en faisant l'avion, les bras tendus.

– S'ils sont comme Hope, autant que tu veux.

– C'est vrai qu'elle est assez spéciale ; mais je me disais deux de plus, répond-il en gloussant.

– Deux de plus, ça me va. Une fille et un garçon ?

– Peu importe, du moment qu'ils sont en bonne santé.

Je suis sur le point de répondre lorsque son téléphone sonne. Il pousse un grognement et je le vois froncer les sourcils en regardant l'écran.

– Turner, dit-il en décrochant.

Il écoute un moment, puis il se lève d'un bond. Je roule sur le dos et m'assois sur le plaid, notant qu'il se crispe au point que ses veines se gonflent sur ses bras.

– Comment oses-tu venir chez moi et à l'école sans m'appeler d'abord ? Tu as perdu la tête ? Ah non, tu l'as perdue il y a trois ans quand tu nous as abandonnés ! crie-t-il.

Oh non, il parle à Veronica.

Kyson se crispe encore plus et il hausse les épaules en contractant la mâchoire.

– On n'est plus mariés. Le juge m'a accordé le divorce il y a un an. Non, j'ai les documents pour le prouver. Tu as aussi perdu tes droits parentaux. Vois-tu, tu ne peux pas tourner le dos à ta fille et t'attendre à pouvoir revenir comme si de rien n'était.

Il l'écoute un moment avant de rugir dans le téléphone.

– Tu l'as abandonnée !

Je me lève et regarde en direction de Hope, qui est sur la balançoire. Elle me fait un signe de la main et je lui réponds, puis je rejoins Kyson pour passer mon bras dans son dos. Je le sens immédiatement se détendre, il soupire longuement.

– Si tu veux voir Hope, il faudra passer par moi. Tu ne peux pas te pointer comme ça sans prévenir.

J'entends la voix de Veronica, mais je ne comprends pas ce qu'elle dit.

– Je veux la preuve que tu es clean avant que tu revoies ma fille, grince-t-il. Non, c'est *ma* fille. Pas la nôtre. C'est moi qui m'occupe d'elle depuis trois ans. D'ailleurs, je le faisais déjà avant que tu disparaisses pour de bon. Donc maintenant, si tu veux entretenir une relation avec elle, tu dois d'abord me prouver que tu lui veux du bien et que tu comptes faire partie de sa vie. Je ne vais pas l'obliger à revoir sa mère biologique et lui faire espérer que tu vas être là pour elle si tu comptes disparaître encore une fois.

Je lui caresse le dos pour qu'il sache que je suis là pour lui.

– D'abord, on va se voir, toi et moi. On va parler. Tu pourras m'expliquer pourquoi tu es revenue et me dire ce que tu as fait depuis trois ans. Et je veux la vérité, Roni, pas des mensonges. Je me fiche que la vérité soit moche ou de savoir tout ce que tu as enduré pour arriver au stade où tu veux refaire partie de la vie de ta fille.

Il secoue la tête et rit sèchement.

– Non. Toi et moi, c'est fini. C'est mort. Mon amour pour toi s'est évanoui le jour où tu as abandonné notre fille. Il n'y aura pas de retour en arrière, grogne-t-il en se passant la main dans les cheveux, clairement frustré. Non. Je suis avec quelqu'un, une femme que j'aime. Une femme que je compte garder dans ma vie et dans celle de Hope pour toujours, donc laisse tomber. Je ne t'aime plus. Tu es peut-être la mère biologique de Hope, mais Isabeau a été une meilleure mère pour elle que tu ne l'as jamais été. Donc, penses-y. Je te rappelle la semaine prochaine quand j'aurai eu le temps de réfléchir.

Je pose mes deux mains sur ses épaules. Il est fou de rage.

– Putain, c'est hors de question ! Tu attends que je t'appelle. J'ai besoin de temps pour digérer ton retour et décider comment l'aborder avec Hope. D'ici là, tu peux attendre.

Il raccroche et lève la tête vers les branches de l'arbre avant de pousser un hurlement, crachant toutes ces années de frustration et de colère.

Hope arrête de se balancer et traverse la pelouse en courant.

– Papa, ça va ?

Sa mâchoire se contracte et il s'accroupit, ouvrant les bras vers Hope, qui se jette contre lui en passant ses mains dans son dos. Kyson se relève, la serrant fort contre lui, baissant la tête en se forçant à respirer calmement. Je l'observe, voyant toute sa souffrance disparaître quand il tient sa fille dans ses bras. De son côté, elle se contente de lui retourner son étreinte, sans un mot.

Il soupire et recule la tête pour regarder sa fille dans les yeux.

– Tu es la meilleure petite fille au monde. Tu le sais, n'est-ce pas ? Tu sais combien papa t'aime ?

Elle sourit et hoche vivement la tête en prenant le visage de son père dans ses mains.

– Qu'est-ce qui se passe, papa ? Quelqu'un t'a rendu triste ?

Il fronce les sourcils et secoue la tête.

– Tout va bien, ma luciole. Tu as faim ? Isa nous a préparé de superbes sandwichs au beurre de cacahuète et à la confiture.

Hope sourit et me regarde.

– Tu as enlevé la croûte ?

– Bien sûr ! je réponds en caressant son dos.

La fillette agite les jambes et son père la repose.

– Alors on mange ! s'exclame-t-elle en se précipitant vers le panier. Je m'en occupe !

Je me rapproche de Kyson, qui me prend dans ses bras, je le sens trembler contre moi tandis qu'il libère toutes les émotions générées par l'appel de Veronica.

– C'est grâce à toi que je ne deviens pas fou, Isa, chuchote-t-il contre ma peau.

– Dans ce cas, je remplis ma mission. Tu vas t'en sortir. Et il n'arrivera rien à Hope. Je ferai tout ce que je peux pour vous aider.

Je le sens déglutir contre mon épaule.

– Ne pars pas, s'il te plaît. Promets-moi que, quoi qu'il arrive, même si la situation devient horrible, tu resteras jusqu'à ce qu'on sache ce que va faire Veronica. Ne pars pas. Je ne le supporterais pas, chérie, admet-il d'une voix rauque.

Je ferme les yeux et le serre aussi fort que possible contre moi.

– Je ne partirai pas, je te le promets. Je t'aime. Et j'aime Hope. Je ne vous abandonnerai pas. Jamais.

CHAPITRE 20

Jasper conduit pendant que je trifouille la radio pour la centième fois et regarde mon téléphone pour la millième fois avant de tourner la tête pour admirer le paysage, perdue dans mes pensées. Les trois heures de route pour aller jusqu'à la réserve de mon grand-père sont une véritable torture. J'ai bien trop de temps pour penser à toutes les raisons pour lesquelles j'ai la trouille de rencontrer l'homme qu'Evie et Suda Kaye vénèrent. La première étant que sa fille a choisi de m'abandonner et de cacher mon existence à mes sœurs.

Et voilà que je suis de nouveau en colère contre Catori.

Si elle n'avait pas agi ainsi, quelle vie aurais-je eue ?

Si elle n'avait pas fait promettre à mes pères de ne pas me parler d'elle, j'aurais eu une mère.

Si elle avait parlé à mes sœurs de moi, je n'aurais pas grandi fille unique.

Si elle m'avait permis de connaître mon seul grand-parent, j'aurais eu moins de doutes quant à ma place dans la famille.

Si elle ne m'avait pas abandonnée, tout aurait été différent.

Et tout cela me ramène à mon inquiétude pour Kyson et Hope, car les peurs de Kyson sont désormais les miennes.

Jasper suit le Cayenne d'Evie, lui-même derrière la voiture de Camden et de Suda Kaye, tandis qu'il passe le portail de la réserve.

Kyson et Lincoln vont arriver samedi matin, car le mariage aura lieu en fin de journée. Mon homme n'a pas voulu laisser Hope pendant quatre jours, ce qui a agacé sa mère. Elle s'est enfin remise de la grippe et elle est on ne peut plus prête à chouchouter sa petite-fille. Néanmoins, Kyson a décidé que deux jours suffisaient, et je suis d'accord avec lui. Ne sachant pas ce que manigance Veronica et étant donné sa tendance à débarquer à l'improviste, il vaut mieux que Hope soit surveillée de près. En plus, en arrivant après moi, cela lui laisse du temps pour être seul avec sa fille. Bien sûr, Kyson ne cesse de répéter que ce n'est pas nécessaire, mais je ne suis pas du même avis. Elle a eu son père pour elle toute sa vie. Je suis sûre qu'elle veut du temps en tête à tête avec lui, et je ne veux pas m'interposer. Surtout parce que je n'ai aucune intention de me mettre en retrait, bien au contraire.

Kyson a donc accepté que je parte avant lui, même s'il était inquiet que je rencontre Tahsuda sans lui. Toutefois, Lincoln et lui seront là pour la cérémonie samedi et ils passeront toute la journée de dimanche avec la famille avant de rentrer lundi. Et puis, j'ai Jasper. Par ailleurs, je suis une grande fille, une adulte. Je n'ai pas besoin d'un homme pour affronter tous les obstacles. Parfois, il faut savoir prendre des risques et faire confiance à la vie.

Il va falloir que j'affronte cette peur toute seule.

Jasper suit les voitures de mes sœurs jusqu'à une petite maison située à l'écart des autres, tout près des sentiers qui mènent dans la montagne. Les voitures quittent alors la file indienne pour se garer côte à côte devant le porche de la maison, comme si nous l'avions répété et prévu à l'avance.

Debout sur le porche se tient un homme aux larges épaules et au torse imposant. Sa peau a la couleur de la terre et ses cheveux noirs sont lâchés. Son visage ridé révèle son âge, mais son regard prouve que la vieillesse n'a rien retiré de sa sagesse. Il porte un poncho noir et rouge, et ses mains sont jointes devant lui. Plusieurs colliers en cuir avec des perles tombent sur sa poitrine et une pierre turquoise repose sur son cou. Je suis sur le point d'ouvrir la portière lorsque je vois Suda Kaye sortir de sa voiture pour courir vers lui. Il ouvre les bras et elle se jette brusquement contre lui. Il passe ses bras dans son dos et la tient serrée, pressant son menton sur sa tête. Il ferme les yeux et dit quelque chose, sans doute un secret qu'eux seuls connaissent après tant d'années d'amour familial et de complicité.

– Viens, Izzy, allons rencontrer Papi Tahsuda, dit Jasper en serrant ma main dans la sienne.

Je ne bouge pas d'un iota. J'ai trop peur de bouger. Je regarde Evie marcher vers son grand-père et s'arrêter devant lui avant de sautiller sur place. Ça ne lui ressemble pas du tout, elle qui est d'habitude si calme et sereine.

Jasper se penche sur moi pour ouvrir ma portière au moment où j'entends ma sœur crier : « Je vais me marier, Toko ! ». Elle se jette alors dans ses bras et je retiens mon souffle en le voyant tenir la joue de sa petite fille contre son cœur en fermant les yeux.

Je me mets alors à trembler, mais Jasper a fait le tour de la voiture pour m'escorter vers mon aïeul. Celui-ci lâche Evie et il lève son regard noir vers moi. Pendant trente secondes, je l'observe sans bouger. Soudain, une puissante vague d'amour s'écrase sur moi pour m'envelopper, faisant battre mon cœur plus vite.

Mon grand-père.

Mon sang.

Ma famille.

Il ouvre les bras vers moi et ne dit qu'un seul mot. « Kasaraibo ».

Je fonds aussitôt en larmes et Jasper m'accompagne vers mon seul et unique grand-parent.

– Tu es enfin rentrée à la maison, dit-il d'une voix grave et émerveillée. La pièce manquante de mon cœur.

Mes lèvres se mettent à trembler tandis qu'il tient mon visage dans ses mains et essuie mes larmes. Ses yeux étudient chacun de mes traits, comme s'il cherchait à les mémoriser. Sa bouche tressaute, et il pose sa main sur ma tête, sur mes cheveux, avec une délicatesse qui me surprend chez un homme aussi intimidant.

– Le feu, chuchote-t-il en désignant mes cheveux. La glace, ajoute-t-il en caressant la peau pâle de ma joue. Isabeau, le cadeau de Dieu.

Mon grand-père pense que je suis un don de Dieu. Je réprime un sanglot pour ne pas interrompre la magie du moment.

– Je prierai de nombreuses fois le ciel pour le remercier de t'avoir ramenée à moi. Ma petite-fille est rentrée à la maison. Je suis enfin comblé. Nous allons fêter ça.

Il m'attire alors dans ses bras et je le serre contre moi. Incapable de retenir mes émotions plus longtemps, je sanglote contre lui pour les libérer, les confier à mon grand-père : ma peur, ma souffrance, ma peine de ne pas avoir connu ça toute ma vie, mais aussi la joie de cette rencontre. Peu importe la façon dont tout s'est déroulé, Toko,

Evie, Suda Kaye, Camden et Milo sont une bénédiction. Un cadeau offert par Catori.

– Qu'est-ce que ça veut dire, Kasaraibo ? je demande entre deux sanglots.

Il m'embrasse sur la tête avant de répondre.

– Kasaraibo veut dire « ange » en comanche. Catori était persuadée que tu étais un don du ciel et que tu allais apporter joie, amour et compréhension au monde.

Ma mère et mon grand-père ne pensent pas seulement que je suis un cadeau, ils pensent que je suis un ange. Je pleure de plus belle alors que je sens Tahsuda ouvrir de nouveau les bras. Soudain, deux autres corps m'écrasent contre mon grand-père.

– Mes Huutsuu, Taabe et Kasaraibo dans mes bras. Je suis heureux. C'est une belle journée.

Je souris jusqu'aux oreilles et tourne la tête vers mes sœurs qui sourient aussi mais dont les yeux sont fermés tandis qu'elles étreignent notre petite famille.

– Nous avons beaucoup à fêter, chuchote-t-il. Mes filles sont à la maison.

Jamais je ne me suis sentie aussi en paix qu'en cet instant, dans les bras de l'homme qui a donné naissance à celle qui nous a donné la vie à son tour. Alors, dans les bras de Toko, le soleil réchauffant nos dos, une brise se lève et nous enveloppe, portant avec elle un parfum de bergamote, de patchouli et de terre.

♦

Jasper sort de la maison en remuant les fesses en rythme avec la musique qui joue à l'intérieur, armé d'une autre bouteille de ce vin délicieux. Apparemment, c'est le préféré de Toko et il est fait par des Amérindiens. J'ai appris en cuisinant à ses côtés que mon grand-père est l'incarnation même d'un Indien d'Amérique et que tout ce qu'il fait est en soutien à son peuple. Jusqu'au vin qu'il aime boire.

– Tiens, Papi, dit Jasper en tendant un verre rempli à Tahsuda.

Il a décidé d'appeler Toko « Papi ». Je lui ai demandé pourquoi il ne l'appelait pas Toko aussi, étant donné que ça ne semble pas déranger mon grand-père lorsque Camden l'appelle ainsi. Cela dit, Milo l'appelle Tahsuda le Sage. Mais Jasper a répondu qu'il lui semblait que c'était un surnom pour mes sœurs et moi.

Les lèvres de Toko se pincent, mais je vois le coin de sa bouche se soulever un peu, ce qui me laisse penser que Jasper l'amuse.

– *Ura*, dit-il en comanche. Merci, répète-t-il en anglais.

Jasper me tend ensuite mon verre.

– *Ura*, je réponds en regardant mon grand-père du coin de l'œil pour m'assurer que je l'ai bien prononcé, et il hoche la tête en bombant le torse.

– Apprends-moi quelque chose en comanche, je dis en sirotant mon vin.

Toko pose son verre et prend un morceau de bois dans le panier qui contient une dizaine de petits outils métalliques. Sa sculpture ressemble à une chouette dont les ailes sont repliées, mais elle n'a pas encore de visage.

Jasper frappe dans ses mains et s'adosse à la rambarde qui borde le porche.

– *E-haitsma*, dit Toko en désignant Jasper.

– *E-haitsma*, je répète.

– Très bien, Kasaraibo. Tu parles très bien le comanche.

Je souris jusqu'aux oreilles et me redresse.

– Qu'est-ce que ça veut dire ? je demande.

Jasper pose alors sa main sur sa hanche et prend une pose de star sur un tapis rouge.

– Ça veut dire que ton meilleur ami est fabuleux, c'est évident, non ? Tu as très bon goût, Papi, ajoute-t-il avant de lever son verre. C'est vrai que je suis canon.

Toko me surprend en penchant la tête en arrière, éclatant d'un rire tonitruant qui résonne sur le porche et vibre dans mes pieds.

– Mon nouveau petit-fils de cœur est drôle, murmure-t-il, alors que Jasper et moi sourions jusqu'aux oreilles. Ça veut dire « bon ami ».

– Eh bien, ça me va parfaitement ! acquiesce Jasper. Bref, je vais vous laisser discuter. Je vais voir si je peux convaincre Milo et Camden de faire un bras de fer torse nu.

– Tu auras plus de chance si c'est Suda Kaye qui le demande, je réponds au moment où il ouvre la porte.

Je sais que Suda Kaye serait partante, elle qui cherche toujours de nouvelles expériences.

– Oh, bonne idée ! Amusez-vous bien ! lance-t-il avant de laisser la moustiquaire claquer derrière lui.

Toko et moi sursautons tous les deux en grimaçant.

– Désolée, il a plus d'énergie que de bon sens, je marmonne.

Toko fredonne en se baissant pour sortir un morceau de bois de son panier, qu'il me tend. Ensuite, il choisit un petit outil et me le donne aussi. Je les prends tous les deux et l'étudie tandis qu'il sculpte sa chouette, essayant d'imiter ses mouvements.

– Parle-moi de la tristesse dans tes yeux ? demande-t-il sans quitter sa chouette du regard.

– Ce n'est pas de la tristesse, pas tout à fait, je réponds en soupirant.

– De la souffrance ?

– C'est que j'aurais aimé te rencontrer plus tôt, je chuchote.

– Ah, donc tu parles des choix de Catori, dit-il d'un ton neutre, dénué de jugement.

Entendre le nom de ma mère me remplit de culpabilité et ma poitrine se serre.

– Tu as ses lettres ? demande-t-il.

– Ouais, mais ce n'est pas la même chose que de la connaître en chair et en os.

Toko fredonne en gravant les yeux de la chouette dans le bois. Je plante mon outil sur le côté du morceau qu'il m'a donné, et je remarque qu'il a déjà plus ou moins la forme d'un petit ours. Je m'occupe donc de sculpter la forme d'une oreille, sur le côté, et je me dis que c'est un peu comme lorsqu'on pèle une pomme au couteau. Or, je suis la pro pour peler les fruits tout entiers, d'un seul geste. D'ailleurs, il faudra que je montre ça à Hope, elle va adorer. Et j'aime la faire sourire.

– Tu fais le deuil de Catori. Elle n'aimerait pas ça, déclare Toko.

Je réfléchis à ce qu'il vient de dire. En fait, pour être honnête, je me fiche un peu que cela plaise à Catori. Elle a fait ses choix et nous devons tous en subir les conséquences.

– J'aurais aimé la connaître. Et te connaître, toi. Et mes sœurs.

– Tu ne serais pas la personne que tu es aujourd'hui si ça avait été le cas. Penses-y, dit-il sans cesser de sculpter sa chouette.

Je forme une autre oreille en réfléchissant, comme il le dit. Si j'avais connu Catori, Evie, Suda Kaye et Toko, est-ce que j'aurais été plus heureuse ? Non, pas vraiment. J'ai eu des parents géniaux, un super meilleur ami qui m'aime comme une sœur et que j'aime comme un frère. J'ai fini le lycée en sachant ce que je voulais faire de ma vie. Rien de tout ça n'a été impacté par les choix de Catori.

Waouh.

– Elle m'a donné cette vie et a fait ce choix parce qu'elle savait que je serais heureuse sans elle. Evie et Suda Kaye avaient besoin d'elle et elle n'était pas là. Alors que mes pères n'ont jamais cessé d'être à mes côtés. J'ai eu une enfance parfaite.

Tahsuda hoche la tête, mais ne dit rien.

– Si Catori avait été dans ma vie, j'aurais été tiraillée entre deux endroits. Ici et là-bas. J'aurais constamment dû laisser une partie de ma famille derrière moi. Mes pères à la maison, et toi, elle et mes sœurs ici. Mon Dieu...

Ma prise de conscience est si puissante que je plie les jambes pour poser mes pieds sur le banc, cachant mon visage dans mes genoux.

Catori n'était pas plus heureuse sans moi.

C'est moi qui ai été plus heureuse sans elle. Sans souffrir de devoir mener une moitié de vie avec elle et une autre avec mes pères. Ce qu'elle m'a offert, c'est la chance d'être sincèrement et profondément heureuse.

C'est divin.

Altruiste.

Je déglutis, le regard perdu dans la nuit du désert, ne sachant quoi faire de cette prise de conscience.

– Catori est morte alors qu'il lui manquait un morceau de son cœur, dit Toko lentement, en levant les yeux vers moi. Elle préférait avoir le cœur brisé de perdre un enfant plutôt que le tien le soit en perdant ta mère. C'est le cadeau ultime qu'elle t'a fait.

Je ferme les yeux et laisse les larmes couler sur mes joues.

Toko range ses outils et tend sa main ridée vers moi. Je la prends et il m'attire contre lui jusqu'à ce que je me penche pour poser ma joue sur ses cuisses, le regard rivé sur le désert noir, aussi sombre que le sont mes pensées tandis que je fais le deuil de la femme qui a fait une croix sur son bonheur pour préserver le mien.

Mon grand-père caresse mes cheveux et je pleure. Au bout d'un moment, il se met à chanter doucement en comanche. Je ne comprends pas les mots ni leur signification, mais je la ressens. Au fond de mon âme, je sens tout son amour ainsi que la force apaisante de ses paroles. Je grave chaque va-et-vient de son souffle pour qu'un jour, je puisse en parler à mes enfants. Pour que je puisse dire à Hope que mon merveilleux grand-père m'a bercée quand je souffrais.

Ainsi, longtemps, je laisse ma tristesse m'ensevelir.

Je laisse la beauté du chant de Toko me guérir.

Et, au lieu d'en vouloir à la femme qui m'a donné la vie, je lui suis reconnaissante. Je la remercie d'avoir choisi mon bonheur plutôt que le sien.

♦

Je passe la journée de vendredi à cheval, à me promener sur la réserve et à cuisiner avec Toko. J'ai envie de m'imprégner autant que possible de cette vie et de tout apprendre de mes origines amérindiennes. Jasper est terrifié à l'idée de monter à cheval, expliquant que s'il a deux pieds, c'est pour les garder sur terre. C'est sans doute pour le mieux, car l'exubérance naturelle de Jasper rend les animaux nerveux et, chaque fois qu'il essaie de les approcher, ils frappent leurs sabots sur le sol en reculant. On a enfin trouvé des êtres vivants insensibles au charme de

Jasper : les chevaux. Pas un seul de toute l'écurie n'a apprécié mon meilleur ami. Ainsi, pendant que nous chevauchions dans le désert, il a appris à faire des bijoux avec Lina, la mère de Milo. Bien évidemment, il s'est découvert un talent caché pour ça.

Ce soir, les mecs sont partis au bar de l'hôtel où ils passent la nuit. Le mariage n'étant que demain en fin d'après-midi, ils pourront se coucher à l'aube et boire autant qu'ils le voudront. Jasper est ravi de pouvoir profiter de la soirée, étant donné que Lincoln et Kyson ne vont arriver que vers midi, demain.

Les filles et moi sommes vêtues de pyjamas assortis, offerts par Evie, et nous sommes étalées sur des plaids, dans le salon de Toko, blotties contre des piles de coussins. Il n'y a qu'une chambre d'amis dans la maison, donc nous avons traîné le matelas queen-size dans le salon, devant le canapé, pour que nous puissions dormir ensemble. Suda Kaye et Evie sont sur le matelas, et je suis sur le canapé. Je trouve ça génial. Je n'ai jamais fait de soirée pyjama avec des filles, les miennes se passaient toujours avec Jasper.

Toko est assis dans le fauteuil, en robe de chambre, des pantoufles aux pieds, et ses cheveux tombant en cascade sur ses épaules.

– Raconte-nous une histoire de maman, demande Suda Kaye.

Evie entre dans le salon, portant quatre verres de vin, amérindien bien évidemment. De toute façon, je suis accro. Ce vin est délicieux et il paraît même qu'on ne se sent pas malade le lendemain, même quand on en boit trop.

Toko prend un des verres et attend qu'Evie ait donné le sien à chacune de nous. La table basse déborde des gourmandises que Toko et moi avons préparées après manger.

J'adore cuisiner avec lui, et il semble vraiment heureux que je cuisine si bien. Je lui ai expliqué que c'était parce que j'avais étudié ça à l'école, mais il a secoué la tête et répondu que c'est mon sang comanche qui me donne un talent inné pour la nourriture. Apparemment, je suis génétiquement prédisposée pour ça, car lui et ma grand-mère Topsannah étaient tous les deux d'excellents cuistots. J'ai choisi de ne rien répondre, acceptant son compliment, ravie de penser qu'un peu de lui et de ma grand-mère m'a été transmis par ma mère.

– Hmmm, eh bien, quand Catori était petite, elle a décidé qu'elle serait danseuse, commence mon grand-père.

Suda Kaye se tient plus droite et je m'allonge sur le canapé, de côté, la tête dans ma main. Evie se rapproche de la table basse et prend une tranche du *fry bread* à la citrouille qu'on a préparé.

– À l'école, elle avait entendu parler de danse classique, poursuit Toko d'un air pensif.

– Maman a fait de la danse classique ? Mais non ! s'exclame Suda Kaye.

– Pas vraiment, non, répond Toko en secouant la tête. Elle a passé des semaines à faire semblant d'être une ballerine. Elle sautait partout et faisait des pirouettes à longueur de journée. Jusqu'à ce que ma Topsannah décide qu'elle devait suivre un cours. Moi, je n'étais pas ravi.

– Tu l'as laissée y aller ? demande Evie en tenant le morceau de pain en l'air.

– Oui, mais c'était horrible. Et ça lui a brisé le cœur.

– Oh, pauvre *pia*, dit Suda Kaye, employant le mot comanche pour « mère ».

– Elle était très triste, confirme Toko. Ce qui a rendu triste Topsannah. Et je n'aime pas que les yeux et le cœur de mes filles soient tristes.

– Alors, qu'est-ce qui s'est passé ? Est-ce qu'elle a persévéré jusqu'à devenir danseuse étoile ? je demande.

– Non, répond Toko. La danse classique n'était pas pour elle. Mais Topsannah a rencontré une femme à l'un de ses groupes de tricot, qui enseignait la danse orientale.

– Youpi ! La danse du ventre ! s'exclame Suda Kaye.

Elle se lève d'un bond pour se déhancher en plaquant ses paumes l'une contre l'autre au-dessus de sa tête.

– Oui, Catori est devenue une reine de cette danse, dit Toko en souriant. C'est ce talent qui lui a permis de financer toutes ses aventures.

– Vous pouvez m'apprendre ? je demande à mes sœurs.

Suda Kaye me tend les mains et me fait signe de la rejoindre.

– Lève-toi, Evie. On va montrer à notre sœur la danse de maman !

Nous passons l'heure qui suit à danser, et je découvre que je n'ai pas de mal à effectuer les gestes qu'elles m'apprennent. Après nous avoir regardées un long moment, Toko nous laisse glousser et nous amuser entre filles et il part se coucher.

Puis, lorsque nous en sommes à la quatrième bouteille de vin, Evie saisit la couverture sur le lit et la donne à Suda Kaye. Elle se dirige ensuite vers un panier dans le coin de la pièce et en tire deux autres, pour m'en donner une dans des motifs rouges, noirs et blancs. Elles s'enveloppent dedans et je les imite.

– Viens et prends ton vin, chuchote-t-elle en enfilant sa paire de pantoufles assorties aux nôtres. Chut, il ne faut pas réveiller Toko. Il est rarement en colère, mais il est ronchon quand son sommeil est interrompu.

Je ricane car, à moitié pompette, je trouve très drôle d'imaginer Toko ronchon.

Suda Kaye et Evie me poussent vers la porte et referment la moustiquaire aussi silencieusement qu'il est possible dans notre état, c'est-à-dire pas du tout. Evie ne cesse de gronder « Chut ! », ce que Suda Kaye et moi trouvons particulièrement hilarant.

Nous descendons du porche et marchons jusqu'à une petite table installée face aux montagnes. Evie grimpe dessus et s'assoit au milieu, puis elle nous fait signe de la rejoindre. Je m'installe d'un côté, Suda Kaye se met de l'autre.

Evie lève alors les yeux vers le ciel.

– Est-ce que tu as déjà confié un souhait aux étoiles, Izzy ?

Je secoue la tête, n'ayant pas la moindre idée de ce dont elle parle.

– Quand on était petites, maman nous emmenait voir les étoiles, la nuit, et elle nous a appris à confier nos vœux aux étoiles. C'est un des plus beaux souvenirs que j'ai d'elle. On l'a fait avant le mariage de Suda Kaye, et je voulais t'en faire part pour qu'un jour, tu puisses le faire avec tes enfants.

J'essaie de repousser mes larmes tandis qu'Evie passe son bras dans mon dos.

– Lève la tête. Et trouve l'étoile qui t'appelle.

Le ciel est véritablement magique à cette heure-ci, d'un bleu presque noir, avec des millions d'étoiles scintillantes.

– Waouh, je m'exclame.

– Tu en as choisi une ?

– Une seule ? Elles sont toutes superbes.

– Oui, tu dois choisir une étoile qui t'appelle. Ferme les yeux, lève la tête, puis ouvre-les. La première étoile qui retient ton attention est la bonne, chuchote Evie comme si elle me révélait un secret.

Je fais ce qu'elle dit, ouvre les yeux et me concentre sur un astre brillant situé à côté d'une étoile plus grosse.

– C’est bon, tu as ton étoile ? demande Suda Kaye.

Je hoche la tête.

– Ok, alors répète après nous, dit Evie. Je souhaiterais beaucoup...

– Je souhaiterais beaucoup... je répète.

– Je désire vraiment... dit Suda Kaye, et je l’imite.

– Avoir ce vœu... poursuit Evie.

– Avoir ce vœu... je chuchote.

– Rêvé cette nuit, concluent-elles en même temps.

– Rêvé cette nuit, je répète d’un ton émerveillé.

– Maintenant, confie ton vœu à l’étoile. Mais tu ne peux le faire qu’une seule fois. Et tu ne peux le dire à personne, sinon ton souhait ne sera jamais exaucé. Et tu ne peux pas faire de nouveau vœu tant que celui-ci ne sera pas réalisé, d’accord ? dit Evie.

– D’accord, j’acquiesce.

– Ok, alors ferme les yeux et formule ton souhait le plus cher. Confie-le à ton étoile, à l’univers, et un jour, il se réalisera.

Je souris, ferme les yeux et pense fort à ce que je veux. Si je pouvais avoir n’importe quoi, qu’est-ce que ce serait ?

La brise agite mes cheveux et un parfum de patchouli nous enveloppe. Soudain, ma réponse me vient comme une comète traversant le ciel.

J’ouvre les yeux, regarde mon étoile et je fais le vœu que Hope ait une mère qui ne veuille rien de plus que son bonheur plutôt que le sien.

CHAPITRE 21

Evie traverse le salon en tournant sur elle-même.

– Je me marie aujourd'hui ! Ça va être le plus beau jour de ma vie ! s'écrie-t-elle, si joyeuse que c'en est contagieux.

Je glousse en regardant Suda Kaye saisir la main d'Evie pour la faire tourner encore et encore, et je me lève du canapé quand Toko arrive, tout habillé.

– Je m'occupe du petit déjeuner ! Ooooh, vous diriez quoi d'un coffee cake ?

– Je vais t'aider, acquiesce Toko. Tu m'apprendras.

Mon cœur bat la chamade. Apprendre quelque chose à mon grand-père en cuisine ? Je n'oublierai jamais ça.

– Ça me plairait beaucoup, Toko, je murmure.

Il marche jusqu'à Suda Kaye, qu'il embrasse sur le front.

– Bonjour, Huutsuu, dit-il.

J'ai appris que ça signifie « oiseau » en comanche.

Toko va ensuite vers Evie et en fait de même, mais il prend ensuite son visage dans ses mains et la regarde dans les yeux.

– Milo est ton âme sœur. Tu seras heureuse et tu auras beaucoup d'enfants. Il est l'ombre à ta lumière, Taabe.

N'aie pas peur de l'ombre, car elle fait partie de nous tous. La beauté est dans l'équilibre. Souviens-t'en.

Elle hoche la tête. Pour ma part, je suis émue par les mots de Toko. Et j'aime qu'il l'appelle « Taabe », ce qui veut dire « soleil » en comanche et qui lui va parfaitement. Milo est sombre, les cheveux et les yeux noirs, et la peau brune, alors qu'Evie est dorée, avec ses cheveux blonds, sa peau lumineuse, son sourire et ses yeux bleu clair. Milo a traversé de difficiles épreuves par le passé, lorsqu'il a épousé très jeune une femme qui était enceinte de lui. Elle a perdu le bébé, puis Milo a perdu sa femme lorsqu'elle a choisi sa carrière et l'a trompé de nombreux fois. Evie est pour lui une deuxième chance d'obtenir l'amour et la vie qu'il veut, et je sais qu'il ne laissera rien entraver son bonheur avec elle.

– Il aura besoin de ta lumière pour trouver la paix. C'est ta mission en tant que femme et partenaire, ajoute Toko.

– Je n'y manquerai pas, Toko. Je serai sa lumière, répond Evie d'une voix tremblante.

Il hoche légèrement la tête et lui tapote tendrement la joue avant de venir vers moi. Il pose sa main sur ma nuque et appuie son front contre le mien.

– Allons cuisiner, ma Kasaraibo.

Nous passons donc le reste de la matinée à cuisiner, à rire et à manger. Notre coffee cake est délicieux, au point que Toko se ressert deux fois.

Plus tard, je sors de la chambre, vêtue de ma robe jaune pâle à manches courtes, Suda Kaye a mis une robe orange sanguine qui lui va merveilleusement bien au teint. Les couleurs seront parfaites au coucher du soleil, avec les montagnes en toile de fond. Evie tient à ce que l'on se fonde dans le paysage, mais elle a prévu plein de photos, aussi ;

un des membres de la tribu sera présent pour immortaliser la soirée afin que tout le monde puisse en profiter.

J'entends une voiture approcher et mon cœur bat aussitôt la chamade.

– Kyson est là ! je m'exclame en courant dehors sous les éclats de rire de Suda Kaye.

Lincoln gare son pick-up rouge à côté de chez Toko et je sautille sur place depuis le porche de la maison. Kyson sort de la voiture, vêtu d'un jean bleu foncé et d'une chemise jaune à manches courtes, parfaitement assortie à ma robe. Il tient un blouson en cuir marron sur son épaule, qui est assorti à ses santiags, et ses lunettes de soleil aviateur lui donnent un air si sexy que j'en ai l'eau à la bouche. Il a coiffé ses cheveux en arrière, mais quelques mèches rebelles retombent sur son front. Mon mec est tout simplement délicieux.

Je crie comme une ado et cours vers lui pour me jeter dans ses bras, plaquant fort ma bouche à la sienne. Mon mec passe son bras autour de ma taille et plonge une main dans mes cheveux en penchant ma tête sur le côté pour m'embrasser langoureusement. Il a un goût de chewing-gum à la cannelle et de Kyson, le meilleur parfum au monde.

Derrière moi, j'entends un cri presque aussi aigu que le mien. Je recule et me tourne pour voir Jasper faire exactement la même chose que moi. Toutefois, il ne se contente pas de courir vers son chéri, il saute dans ses bras et entoure la taille de Lincoln avec ses jambes avant de l'embrasser fougueusement.

Kyson et moi éclatons de rire. J'observe son visage sublime.

– Tu m'as manqué.

Il sourit et une nuée de papillons s'envole dans mon ventre.

– Je vois ça. Tu m'as manqué, toi aussi, mais pas autant qu'à Hope, je crois. J'ai cru que j'allais devoir l'emmener, quand elle a su qu'on était ici pour le mariage de Tatie Evie.

– Peut-être que tu aurais dû, je réponds en fronçant les sourcils. On se serait débrouillés.

Zut, maintenant je regrette que Hope ne soit pas là, pour le coup.

Kyson m'embrasse rapidement avant d'effleurer mon nez avec la pointe du sien.

– C'est un grand moment pour toi. Je veux que tu puisses en profiter sans qu'aucun de nous n'ait à s'occuper d'une fillette pleine d'énergie. Et puis, j'aime faire la reconnaissance d'un lieu avant d'y emmener ma fille.

– Je comprends. Allez viens, je dis en le tirant par la main. Je veux que tu rencontres Toko !

Kyson me prend par la taille et nous marchons jusqu'à la maison. Les voitures ont été déplacées du côté de la maison afin que les parents et la sœur de Milo puissent commencer la décoration des lieux. Au milieu, en face de la porte, se trouve une longue rangée de tables recouvertes d'énormes bouquets de fleurs et de plumes, et d'un long chemin de table qui semble fait à la main. Des torches sont éparpillées un peu partout, et des chaises sont regroupées par deux ou trois, ici et là, pour que les invités puissent discuter tranquillement en dehors du repas. Des plaids amérindiens recouvrent des bottes de foin carrées qui ont été disposées en cercle autour d'un feu de camp qui n'était pas là hier.

– Waouh, c'est beau, dit Kyson.

Debout au milieu de tout ça, en tenue de cérémonie, se tient mon grand-père. Son regard est rivé au loin, au-delà du désert, sur les montagnes. Il lèche son pouce, le tend en l'air et regarde autour de lui, comme s'il étudiait la direction du vent.

Nous nous approchons de lui. Ses cheveux sont coiffés en deux tresses parfaites, décorées de plumes et de perles qui tombent sur son torse. Il porte une sorte de grand médaillon ovale, en ivoire, qui repose sur sa robe de cérémonie rouge bordeaux. Il est magnifique, tout droit sorti d'un conte de fées amérindien. Pourtant, c'est la vraie vie de tous ceux qui habitent sur la réserve. Bien sûr, les tribus se sont mélangées et se sont intégrées à la vie en dehors de la réserve. Les amis des membres d'une tribu peuvent également venir ici, avec leur permission, mais ils protègent leurs traditions. Ils ont leur propre bétail, leurs cheveux, leurs potagers, ils chassent encore beaucoup et ils construisent leurs propres maisons. La plupart des femmes font un métier artisanal ou artistique pour apporter un revenu supplémentaire à leur foyer. Les anciens des tribus dirigent leurs communautés et sont immensément respectés. Et mon grand-père Tahsuda Tahsuda en est un ; ça se voit aux lignes de son visage, aux mèches blanches dans ses cheveux noirs et à la sagesse de son regard.

– Toko, je voudrais te présenter mon petit ami, Kyson Turner. Kyson, voici mon grand-père, Tahsuda.

Kyson tend sa main et s'incline légèrement, me prenant par surprise.

– Monsieur Tahsuda le sage, c'est un honneur de vous rencontrer.

Tahsuda prend la main de Kyson et la lui serre en hochant la tête.

– Merci de nous accueillir chez vous, ajoute Kyson.

Kyson ne bouge pas d'un iota tandis que Toko garde sa main dans la sienne et l'étudie longuement. Il finit par esquisser un petit sourire avant de me regarder.

– Je vois de belles choses dans ton avenir, Kasaraibo. De très belles choses. Mais n'oublie pas que la beauté n'est jamais sans épreuves. Tu devras être forte, dit-il en tapotant la main de Kyson avant de la libérer.

Kyson tourne la tête vers moi et je hausse les épaules. Tahsuda regarde alors derrière nous, où Lincoln et Kyson se bécotent contre le pick-up rouge, comme s'ils ne s'étaient pas vus depuis des lustres.

– Bon sang, Jas, je grommelle en levant les yeux au ciel. Vous ne tenez même pas deux jours sans vous voir.

Toko sourit discrètement en étudiant le couple.

– Il est ce qu'il est. Or, il est sincère. Il ne se cache pas. C'est honorable, quelque part, déclare-t-il d'un ton qui me laisse penser qu'il veut m'enseigner quelque chose.

Je réfléchis à ce que mon grand-père a voulu dire.

Une leçon que je ne dois pas oublier. Les gens sont tels qu'ils sont. On les accepte tels quels ou on ne les accepte pas. On ne peut choisir certains traits d'une personnalité et en rejeter d'autres. Ceux qui sont libres d'être eux-mêmes sont ceux qui vivent librement.

– Je vais voir Milo. Toi, va voir Evie. Elle se prépare dans ma chambre. Le soleil sera au-dessus des falaises dans moins de deux heures, dit Toko.

– Je suis ravi de vous avoir rencontré, dit Kyson.

– Moi aussi. Prenez soin de ma Kasaraibo, répond Toko d'un ton ferme.

– Absolument. Il ne lui arrivera aucun mal tant que je serai avec elle, promet Kyson.

Cela fait sourire Toko.

– Bien, acquiesce-t-il avant de partir en direction de Sani, le père de Milo.

– Ça veut dire quoi, Kasaraibo ? me demande Kyson en prenant mon bras sous le sien.

– Ange.

– Ange, répète-t-il d'un ton émerveillé. Ça ne m'étonne pas, ça te va parfaitement bien.

– Tu trouves ? je demande d'un ton moqueur.

Kyson s'arrête alors que nous nous apprêtons à gravir les marches du porche.

– Tu es mon ange, Isabeau. Chaque soir, je remercie Dieu que tu sois entrée dans ma vie et celle de Hope. Avec toi, j'ai l'impression de revivre après plusieurs années de tourmente. C'est ton don. Lorsque tu es là, les gens respirent plus facilement. Parce que tu les aides, tu les soutiens, tu les aimes. Tu enveloppes tout le monde de ta bienveillance. Tu es vraiment un ange, ma chérie. Le mien, celui de Hope, celui de tout le monde, déclare Kyson en posant sa main sur ma joue.

Il baisse la tête pour m'embrasser, déversant tout son amour dans chaque soupir, chaque caresse de sa langue, chaque inspiration, et je ressens toute la sincérité de ses paroles.

– Je t'aime, Kyson Turner, je déclare précipitamment.

Car je ne peux pas ne pas lui dire. Chaque fois que je sens son amour, je veux qu'il sache qu'il a le mien en retour.

– Je sais, chérie. Tu me le montres à chaque regard, dit-il en embrassant ma main. Je t'aime aussi. Maintenant, allons retrouver tes sœurs pour marier l'une des deux !

– Oui, J'adore les mariages ! je m'exclame en souriant jusqu'aux oreilles.

– Ça ne m'étonne pas !

Je fais mine de le fusiller du regard et nous entrons dans la maison de Toko. Lorsque nous arrivons devant la porte de sa chambre, je frappe délicatement.

– C'est Izzy et Kyson !

Suda Kaye ouvre la porte et m'attire à l'intérieur avant de s'adresser à Kyson.

– Eh, frangin, est-ce que je peux te demander d'aller voir ailleurs sans passer pour une garce ? demande-t-elle avec un sourire de peste.

Kyson éclate de rire, m'embrasse sur l'épaule et me serre la main.

– Je te retrouve dehors quand vous serez prêtes. Je vais aller m'assurer que Lincoln et Jasper ne poursuivent pas leurs retrouvailles à l'arrière du pick-up.

– Oooh, bonne idée. On ne sait jamais avec ces deux-là ! je ricane.

Il lâche ma main et je le regarde partir en matant son délicieux fessier moulé dans son jean. Suda Kaye est appuyée à l'embrasure de la porte et en fait de même.

– Ce type à un cul parfait, sœurette, siffle-t-elle avant que je ne lui mette un petit coup d'épaule pour la pousser dans la chambre.

Une petite femme d'une cinquantaine d'années est assise dans un fauteuil, une coupe de champagne à la main. Ses cheveux bruns sont parsemés de mèches grises, ses yeux marron sont pleins de sagesse et son sourire ferait fondre n'importe qui.

– Regina, dit-elle en agitant la main. Je suis l'assistante d'Evie et sa mère adoptive, décrète-t-elle fièrement. Tu dois être Isabeau. Tes cheveux flamboyants et tes courbes somptueuses t'ont trahie, ma belle. Mais je vois que les pommettes et le sourire sont de famille.

– Je suis contente de vous rencontrer, Regina. Appelez-moi Izzy.

– Alors, appelle-moi Reggie, comme tout le monde.

Je hoche la tête et me tourne vers le coin de la pièce où se tient Evie dans sa robe de mariée. Elle ressemble à une déesse, avec ses cheveux coiffés en arrière de chaque côté du visage, noués derrière la tête par un petit tournesol. La robe couverte de perles moule parfaitement son buste et sa taille fine, puis tombe en s'évasant légèrement sur ses jambes jusqu'au sol.

– Alors, tu en penses quoi ? demande-t-elle d'un ton nerveux.

Ma peau se couvre de chair de poule.

– Tu es époustouflante, Evie. Une véritable déesse.

– Milo va perdre la tête, s'exclame Suda Kaye.

Evie sourit alors qu'on frappe à la porte. Tahsuda entre, tenant une boîte dans ses mains, qu'il aurait pu sculpter lui-même.

– Un présent de Catori à Evie, pour le jour de son mariage, dit-il en tendant la boîte à ma sœur.

Elle la prend avec des mains tremblantes, il couvre ses mains avec les siennes.

– Tu es plus belle que le lever du soleil. Plus belle encore que son coucher. Catori serait très fière de toi. Je suis très fier de toi, Taabe.

Evie prend Toko dans ses bras et l'étreint longuement. Suda Kaye, Reggie et moi restons silencieuses pour offrir à Evie ce moment d'intimité avec son grand-père et sa mère disparue.

Elle finit par renifler discrètement tandis que Toko chuchote dans son oreille.

– Je t'attends dehors. Lorsque tu seras prête, nous t'accompagnerons vers ta nouvelle vie.

– Alors, il est temps pour moi de déguerpir, dit Regina en se levant, remplissant la pièce de sa personnalité hors normes. Je te retrouve au sommet de la montagne, ma chérie. Et ne t'inquiète pas : je traînerai ton superbe géant par la peau des fesses si j'apprends qu'il a des doutes.

Suda Kaye, Evie et moi éclatons de rire.

– Je n'ai pas peur ; je sais qu'il est déjà impatient de me voir arriver, déclare Evie.

Regina et Toko quittent la pièce ensemble.

– Tu veux que je sorte pour vous laisser tranquilles ? je demande en désignant la porte.

– Non, mon Dieu, non. J'ai besoin de toi, répond Evie en serrant la boîte contre elle.

Suda Kaye pose une main sur l'épaule de sa sœur.

– Ne t'en fais pas. Tu connais maman, elle a toujours voulu faire des surprises au bon moment. Alors vas-y, ouvre la boîte. On est avec toi, sœurette.

Dans la boîte, nous découvrons une lettre rose sur laquelle est écrit « Mariage d'Evie ». Elle la soulève et, dessous, nous trouvons deux alliances accrochées à une fine chaîne en or.

Evie se couvre la bouche et tend la boîte à Suda Kaye.

– Les alliances de papa et maman, susurre-t-elle alors que ses yeux se remplissent de larmes.

– Viens, laisse-moi faire, je dis d'une voix chargée d'émotion.

Je prends la petite chaîne et Evie me tourne le dos pour que je la lui passe au cou. Les alliances reposent alors sur sa poitrine, tout près de son cœur.

– Elles sont parfaites, je déclare.

Evie hoche la tête et je la prends dans mes bras.

– Elle serait vraiment fière de la femme que tu es devenue, dit-elle. Je ne te connais que depuis trois mois et je sais déjà que tu es une belle personne, une sœur géniale, et qu'un jour tu feras une mère incroyable.

Suda Kaye fond en larmes avant d'attirer Evie dans ses bras.

– Maman savait que tu trouverais le seul homme qui adule ta lumière. Tu es si lumineuse, sœurette, il te fallait un homme fort et bon qui aime être baigné dans ta lumière plutôt que d'essayer de l'éteindre. Maintenant, tu vas pouvoir fonder la famille que tu as toujours voulue. La famille que maman aurait voulu que tu aies.

Evie sanglote de plus belle, sa lettre dans sa main. Je saisis une poignée de mouchoirs et j'en distribue à chacune d'entre nous.

– Mince, maintenant mon maquillage est foutu, dit Evie en essuyant les larmes sous ses yeux.

– Milo ne le verra même pas, dit Suda Kaye, mais assieds-toi, on va réparer ça.

Elle mène Evie vers le lit et elle attrape sa poudre, son correcteur, son mascara et son gloss. Evie ne met pas beaucoup de maquillage, mais toutes les mariées veulent être au top pour leur grand jour.

– Tu veux du champagne ? je demande.

Elle secoue la tête et me tend l'enveloppe rose.

– J'aimerais que tu me lises sa lettre.

– Euh, tu es sûre que tu ne veux pas la lire quand tu seras seule ? Après tout, Suda Kaye te refait une beauté et il faut qu'on y aille.

Elle déglutit, se tient plus droite et me regarde dans les yeux.

– Lis-la-moi, s'il te plaît. Je vais bien.

Je respire lentement. Evie m'imite, je recommence. Ok, on se calme doucement. Je sens déjà que la tension qui pesait sur nous est en train de disparaître.

Délicatement, j'ouvre l'enveloppe et en sors une unique feuille rose.

Je me racle la gorge et lis la première ligne.

Evie, ma Taabe dorée,

Aujourd'hui, le jour de ton mariage, je te souhaite d'épouser un homme qui nourrisse ton âme et t'aide à réaliser tous tes rêves. Tu as les pieds sur terre, tu es loyale, responsable, tout ce qu'un homme cherche chez son épouse, son amie, sa partenaire. Je ne doute pas que tu seras une épouse parfaite et qu'un jour, tu seras une meilleure mère que je ne pouvais espérer l'être.

Le jour où tu es née, le soleil a brillé sur toi et il n'a jamais cessé d'illuminer ma fille dorée. Partage ta lumière avec ton mari et ne la laisse jamais diminuer.

Lorsque j'ai épousé Adam, j'ai pensé que je ne pourrais jamais être plus heureuse que ce jour-là.

Jusqu'à ce que tu arrives.

Chaque fois que je te regardais dans les yeux, j'y voyais de la joie et de l'amour. De l'espoir et de la sérénité. Tu rends les gens heureux en étant simplement toi-même, en étant simplement dans la pièce. Je ne peux pas imaginer que l'homme que tu vas épouser ne souhaite pas se noyer dans ta bienveillance, comme moi, chaque fois que je te regardais. Chaque fois que je te tenais dans mes bras. Chaque fois que je rentrais auprès de ta lumière dorée.

Mais en ce jour, je souhaite te confier un de mes secrets.

Sais-tu pourquoi je n'ai jamais eu peur de partir à l'aventure ? C'est parce que je savais que quoi qu'il arrive, tu irais bien. Et que tu t'assurerais que ta sœur allait bien aussi. Je n'ai jamais connu de femme aussi forte que toi. Aussi loyale. Aussi indulgente.

Quand je rentrais d'un voyage, je savais que tu étais blessée, mais tu me pardonnais à chaque retour. Tu m'aimais. Tu étais fidèle. L'homme qui te choisira aura ce cadeau pour l'éternité. Assure-toi qu'il sache à quel point il est chanceux. Et si ce n'est pas le cas, je suis sûre que Suda Kaye s'en chargera.

Et n'oublie pas que je ne suis jamais vraiment partie. Je suis avec toi, je te regarde lire cette lettre et je regrette de ne pas être là en personne.

Je t'aime, mon Evie, et je suis fière de la femme que tu es devenue.

Sois heureuse dans ta nouvelle vie, avec ton partenaire.

Depuis les étoiles et au-delà,

Maman

J'essuie mes larmes et replie la lettre pour la remettre dans son enveloppe. Evie ferme les yeux et des larmes identiques aux miennes lui échappent mais, comme pour prouver à quel point elle est forte, elle prend une profonde inspiration, se lève et expire.

– Dépêche-toi de me maquiller, sœurette. J'ai un homme à épouser.

♦

Le soleil survole les falaises tandis qu'Evie et Milo prononcent leurs vœux. Le vent agite ses cheveux et sa robe, on se croirait dans un conte de fées. Milo se tient bien droit, fier, plus sérieux que jamais. Ses cheveux sont tressés de chaque côté de sa tête et des plumes jaunes et brunes y sont mêlées. Il porte un ras-de-cou avec une pierre turquoise au milieu, qui est joliment éclairée par la lumière du soleil. Le couple se tient la main pendant toute la cérémonie et Milo ne cesse de caresser la main d'Evie avec son pouce, la portant parfois à sa bouche pour l'embrasser.

Evie est resplendissante, le soleil illumine sa peau comme si c'était elle qui brillait de l'intérieur.

Je suis assise au premier rang, avec Kyson d'un côté et Suda Kaye et Camden de l'autre, Jasper et Lincoln sont derrière nous. J'ai été surprise que des chaises aient été apportées jusqu'ici, mais la mère de Milo y tenait. Apparemment, il n'y a pas grand-chose que Lina ne ferait pas pour le mariage de son fils.

Tahsuda se tient aux côtés d'Evie, et Milo est accompagné de son père, Sani. Ils sont tous deux vêtus de tenues traditionnelles, et Tahsuda semble tout droit sorti d'un livre d'histoire avec sa coiffe de plumes noires et blanches. Il porte un bandeau sur le front et des médaillons étoilés tombent sur ses tempes. Des plumes et des perles sont entrelacées dans ses tresses, et sa tunique rouge bordeaux est superbe contre les falaises rougeoyantes. Il se tient droit comme une statue, son regard ne quitte pas le couple heureux tandis qu'ils prononcent leurs vœux et s'embrassent.

L'environnement est spectaculaire, et le soleil disparaît derrière les montagnes pile au moment où ils se disent oui.

Alors, tous les invités se lèvent d'un bond et applaudissent le couple en sifflant et en criant de joie.

Milo soulève Evie et la serre contre lui en rugissant :

– Ma femme ! Evie Chavis !

Evie penche la tête en arrière et éclate de rire.

– À présent, mangeons ! s'écrie Tahsuda de ce ton autoritaire qui semble faire vibrer le sol sous nos pieds.

Je me tourne vers Kyson qui me prend par la taille.

– Je suis content d'avoir été là pour voir ça, dit-il en souriant.

– Moi aussi.

Il m'embrasse au moment où le photographe prend quelques clichés avant de se précipiter vers les jeunes mariés. J'éclate de rire, parfaitement heureuse. Kyson me mène alors vers le reste des invités, qui entament la petite marche de dix minutes pour rentrer chez Toko.

– Tu voudrais quel style de mariage, toi ? me demande Kyson en balançant nos mains d'avant en arrière.

– Le style avec un énorme gâteau, je réponds en toute sincérité.

– Bien sûr, pourquoi ne suis-je pas étonné que tu penses au gâteau avant toute chose ?

– Je veux de la bonne nourriture, aussi. Tout le monde parle toujours du repas d'après mariage. Et je suis cheffe !

– Ok, donc un bon repas et un gros gâteau.

– J'ai dit « énorme », il me semble.

– Un *énorme* gâteau, précise-t-il.

– Ne t'en fais pas, Jasper s'en chargera. C'est le maître des pièces montées.

– Je n'en doute pas... Ça te fait peur, que je te parle de mariage ? En général, tu commences à paniquer dès que je parle de l'avenir.

Je secoue la tête.

– Non. Tu sais quoi ? On ne peut pas prévoir chaque instant de sa vie. Ma mère a épousé un homme qu'elle ne connaissait que depuis quelques semaines. Evie et Milo sont ensemble depuis moins de six mois. L'amour n'a pas de calendrier.

Kyson passe son bras dans mon dos et m'attire contre lui pour m'embrasser dans le cou.

– Tant mieux, parce que je comptais te demander d'emménager avec moi sur le trajet du retour, lundi.

Je m'arrête si brutalement que Kyson ne s'en rend pas compte et me fait trébucher en continuant de marcher. Je plaque mes mains sur son torse et plonge mon regard dans le sien.

– Tu es sérieux ?

– Isa, je te veux dans mon lit, répond-il en souriant. Je veux que tu apprennes à Hope à faire le petit déj, tous les jours. Je veux que tu rapportes plein de gâteaux de ta pâtisserie et que je sois obligé de faire deux fois plus de sport pour garder les abdos que tu aimes tant.

– C'est vrai qu'ils sont plutôt beaux, chéri, je réponds en caressant son ventre.

Il plonge alors sa main dans mes cheveux.

– Je veux voir tes boucles rouges sur mon oreiller tous les soirs. Je veux entendre mes filles parler, rire et s'amuser après une dure journée de travail.

– Ky...

– Je te veux dans ma vie tous les jours, Isabeau. Tous les jours. Pas seulement quand on a le temps. Je ne veux plus attendre d'être heureux.

– Ok, je réponds d'une petite voix, mais Kyson continue.

– Je veux te faire l'amour tous les... attends. Tu as dit ok ?

Je souris jusqu'aux oreilles et pose mes mains sur ses épaules.

– Je veux bien emménager avec toi.

– C'est vrai ? Quand on rentre lundi ? Pas dans trois mois, quand tu jugeras qu'on aura attendu suffisamment longtemps ? précise-t-il d'un ton dubitatif.

– J'emménagerai avec toi dès qu'on rentre, après que tu en auras parlé à Hope. Je veux être sûre que ça ne la dérange pas. Deal ?

– Deal, répond-il en souriant. Tu es la femme parfaite, chuchote-t-il contre ma bouche avant de m'offrir un baiser sulfureux.

Il s'emballe et sa main descend dans mon dos jusqu'à ma fesse qu'il empoigne, m'arrachant un gémissement.

– Euh, excusez-moi les enfants, mais c'est un peu déplacé, il me semble, se moque Jasper.

– Ouais, trouvez-vous une chambre ! ajoute Lincoln en passant devant nous.

Kyson m'embrasse brièvement en souriant.

– Tu me rends très heureux, ma chérie.

Je souris et il me prend par la main pour suivre le reste des invités.

– Euh, Ky, on peut revenir au fait que tu veux me faire l'amour tous les soirs ? je demande.

– Je t'en parlerai quand on sera seuls dans notre chambre d'hôtel ce soir.

– Mais je suis censée dormir chez Toko et...

Je ne termine pas ma phrase, car Kyson me lance un regard brûlant qui me fait aussitôt mouiller.

– D'accord, je déclare.

– La femme parfaite ! ricane-t-il.

CHAPITRE 22

La réception qui suivait le mariage a été géniale. Les parents de Milo ont tellement bu qu'ils se sont mis à chanter et à danser autour du feu. Ça n'a pas dérangé Evie, qui s'est levée à son tour et a forcé son mari à danser avec elle aux côtés de ses nouveaux beaux-parents.

On a bu, on a dansé, on s'est régalés. On a fêté l'union d'Evie et Milo. On a fêté notre famille. Ça a été un des plus beaux jours de ma vie. Le seul point négatif, c'est que ni Hope ni mes parents n'étaient là. Si ça avait été le cas, ça aurait vraiment été parfait.

Nous avons passé la journée du dimanche sur la réserve, nous sommes montés à cheval et nous avons dîné tous ensemble, dehors. Cette fois, c'est Jasper, Toko et moi qui avons fait à manger, Jasper et moi avons sorti le grand jeu, avec un filet mignon au bleu et au bacon, un risotto et une poêlée de chou kale, de roquette et d'épinards parsemés de miettes de prosciutto croustillant. Toko a préparé son célèbre *fry bread* et un apéritif de viandes séchées, de fruits et de fromages.

Sani et Lina avaient une méchante gueule de bois et ont préféré laisser les jeunes et Toko profiter de la soirée.

Nous avons dîné sous le ciel étoilé et avons grillé des chamallows autour du feu, puis Toko nous a raconté de nouvelles histoires à propos de notre peuple et de son enfance, y compris l'histoire de sa rencontre avec Topsannah.

Le mariage et ce week-end passé avec ma famille ont été tout simplement magiques. Je m'en souviendrai toute ma vie et j'ai hâte d'appeler mes pères sur le trajet du retour pour tout leur raconter. Ils savaient que j'étais inquiète de rencontrer Toko et de participer à une fête de famille sur la réserve, mais ils m'avaient dit que j'étais une « Collins », ce qui était censé me rappeler que prendre des risques fait partie de l'apprentissage de la vie. Ils m'ont enseigné qu'il n'y a pas de plus belle récompense que celle obtenue après avoir affronté sa peur pour s'en débarrasser.

Ils avaient raison.

Nous sommes désormais lundi et nous avons chargé nos valises dans ma voiture, prêts à récupérer Hope chez les parents de Kyson. Sa mère va la chercher à l'école à midi, puisque les enfants de son âge n'ont que des demi-journées d'enseignement. Je vais par la même occasion rencontrer la mère de Kyson pour la première fois. Apparemment, elle a préparé tout un repas, et ces trois fils seront présents. Jasper et Lincoln sont donc également en train de dire au revoir à tout le monde.

Je donne mes clés de voiture à Kyson quand son téléphone sonne.

– Salut, maman, on...

Je n'écoute pas la suite et me tourne vers Evie pour la prendre dans mes bras.

– Le mariage était merveilleux. Je suis ravie d'avoir été là, je dis en reculant. Vous restez encore un jour avant d'aller à Denver ?

– En fait, Milo a une réunion super-importante jeudi, qu'il n'a pas pu décaler, donc on a modifié nos plans. On va rentrer quelques jours, puis on file aux îles Turques-et-Caïques pour nous dorer la pilule ! Milo nous a déniché un cabanon sur un ponton privé. Il y a même un sol en verre pour regarder les poissons nager dans l'eau turquoise. Tu peux sauter directement dans l'océan depuis le...

– Comment ça, sa mère est allée la chercher ? rugit Kyson derrière moi.

Tout le monde s'arrête et tourne la tête vers lui qui fait les cent pas. Je marche vers lui et suis encore à plusieurs mètres lorsque je sens la colère irradier de lui.

– Ils l'ont laissée prendre ma fille ? Mais elle n'a aucun droit parental !

Oh non, mon Dieu, non...

Je pose ma main sur son épaule et découvre qu'elle est si chaude que ma paume en presque brûlante.

– Tu es allée chez moi ? siffle-t-il. Putain ! Appelle la police ! Elle a kidnappé ma fille. Je suis en route. Dis à papa de sortir avec ses gars, tout de suite !

Il raccroche et me tourne brusquement le dos, levant la tête vers le ciel pour pousser un rugissement torturé, si tendu que je vois les veines pulser sur sa gorge. Je grimace et tends la main vers lui, mais il joint les siennes derrière sa nuque avant de se pencher en avant en pantelant. Je n'ai jamais vu quelqu'un aussi fou de rage.

Lincoln court aussitôt à ses côtés.

– Parle-moi, dit-il. Ressaisis-toi, frangin et parle-moi, insiste-t-il en posant sa main dans le dos de Kyson.

Kyson se relève et je découvre son regard ravagé.

– Calme-toi et dis-nous ce qui se passe, gronde Lincoln en posant ses mains de chaque côté du cou de Kyson.

Kyson me regarde et mon cœur se brise en mille morceaux tandis que mes yeux se remplissent de larmes. Il suffit d'un regard pour que je comprenne toute la gravité de la situation.

Toko arrive à mes côtés et passe son bras dans mon dos pour me soutenir.

– Veronica a fouillé ma maison. Elle a trouvé le certificat de naissance de Hope, et elle allée à l'école. Elle a montré sa pièce d'identité et le certificat pour prouver qu'elle est sa mère, et elle est tombée sur une nouvelle secrétaire qui a commencé la semaine dernière. Elle leur a dit qu'elle venait la chercher pour l'emmener chez le dentiste. La secrétaire l'a laissée embarquer Hope avant que ma mère n'arrive, alors qu'elle n'était même pas sur la liste des personnes autorisées à la prendre ! Elle est partie, Linc. Elle n'est pas chez moi ni à l'école. Elle a pris mon bébé, dit-il d'une voix rauque, rongée par la peur.

– On fonce, gronde Lincoln en désignant son pick-up.

– Il faut que je l'appelle. Que j'essaie de lui faire entendre raison, marmonne-t-il.

Je me mets devant lui et pose mes mains sur son torse.

– On va la récupérer, chéri.

Il me regarde longuement dans les yeux, et je lui donne toute ma force, tout mon amour et ma conviction pour qu'il puisse se ressaisir et soit certain qu'on va retrouver sa fille.

Kyson contracte sa mâchoire et hoche fermement la tête.

– Tu es en état de conduire ? Je peux prendre le volant, tu sais, je propose.

Il secoue la tête, puis il se force à inspirer et expirer trois fois d'affilée, je vois la tension disparaître de son visage et de ses épaules.

– Non, ça va. On file.

– Appelle-nous pour nous tenir au courant, demande Suda Kaye, blottie dans les bras de Camden.

Toko nous regarde tous les quatre monter en voiture et je le vois fermer les yeux, joindre les mains devant sa poitrine et baisser la tête pour prier.

Je ferme les yeux à mon tour et je me joins à sa prière.

♦

– Essaie encore, aboie Kyson, les yeux rivés sur la route, le pied enfoncé sur l'accélérateur.

La dernière chose dont on a besoin, c'est d'être arrêtés pour excès de vitesse, mais je ne vais pas m'amuser à dire à Kyson de ralentir. D'ailleurs, ça ne me pose aucun problème d'aller aussi vite si ça nous permet de retrouver Hope plus vite.

Je reprends son téléphone et rappelle le numéro duquel Veronica l'a appelé, laissant le haut-parleur allumé, mais je tombe à nouveau sur le répondeur, qu'il a déjà rempli de messages plus enragés les uns que les autres. Pourtant, toutes les trois ou quatre minutes, il me demande de rappeler, encore une fois.

C'est comme si nous étions coincés dans un cercle vicieux et infernal. Il conduit, j'appelle, on écoute la voix robotique nous dire que la messagerie est pleine, et on recommence.

Nous sommes à une heure et demie de Pueblo lorsqu'un numéro inconnu l'appelle.

– Réponds, gronde-t-il, et j'appuie aussitôt sur le bouton vert. Turner, aboie-t-il.

– C'est bien Kyson Turner ? Le contact d'urgence pour Veronica et Hope Tuner ?

Mon sang se glace et je frissonne sur mon siège, une peur noire me saisit.

– Oui, siffle Kyson.

– Je suis infirmière à l'hôpital de Denver. Je suis navrée de vous informer que votre fille Hope et votre femme Veronica ont eu un grave accident.

Les narines de Kyson se dilatent et il répond d'une voix rauque et tendue.

– Est-ce qu'elles vont bien ?

– Je crois qu'il serait mieux qu'on discute de vive voix, Monsieur Turner.

– Est-ce que ma fille va bien ? insiste-t-il d'une voix calme et claire, mais néanmoins désespérée.

L'infirmière adopte alors un ton des plus professionnels.

– Elle est au bloc opératoire. Elle devrait être sortie dans une heure et on en saura davantage sur son pronostic. Elle a subi plusieurs blessures dans l'accident de voiture, et je dois vous dire que nous ne sommes pas sereins. Elle a une fracture ouverte du bras. La bonne nouvelle, c'est qu'elle avait sa ceinture... Je suis navrée de vous l'apprendre, Monsieur Turner, mais votre femme...

Il ne la laisse pas continuer :

– Ex-femme, siffle-t-il d'un ton amer. Elle a kidnappé ma fille à l'école, aujourd'hui. Je me contrefiche de son état à moins que vous vous apprêtiez à me dire qu'elle a été arrêtée par la police, crache-t-il en mettant le clignotant pour prendre la sortie pour Denver.

Heureusement, nous sommes plus près de Denver que de Pueblo.

– Je crois qu'il vaut mieux que je vous parle en direct, déclare l'infirmière.

– D'accord. On sera là dans vingt minutes. S'il vous plaît, appelez ce numéro si vous avez des nouvelles de ma fille, dit-il avant de tendre la main pour raccrocher.

Je pose ma main sur la sienne et il la serre si fort que je grimace, mais je ne la lâche pas pour autant.

– Elle va s'en sortir. Elle est en vie, avec un bras cassé, mais ils sont en train de l'opérer. Concentrons-nous sur ça, d'accord ? Maintenant respire avec moi, je dis avant d'inspirer lentement en attendant qu'il m'imite.

Lorsqu'il le fait, j'expire tout aussi doucement et il en fait de même. Nous poursuivons l'exercice durant tout le trajet qui nous mène à l'hôpital, nous tenant la main en priant pour que Hope aille bien.

♦

Nous entrons dans la salle d'attente du service pédiatrique des soins intensifs, où les parents de Kyson nous attendent. Apparemment, Razor et les membres de son club sont tout de suite partis à la recherche de Veronica dès que la mère de Kyson les a appelés. Ils l'ont rattrapée à une heure de Denver, et une course-poursuite a commencé entre quinze motos et la vieille voiture de Veronica.

Au lieu de ralentir, l'ex de Kyson a accéléré. Sa conduite est devenue si dangereuse que les mecs sont restés en retrait et ont laissé les flics prendre le relais. Ils l'ont alors suivie dans les rues de Denver et c'est là que ça a viré au cauchemar. Veronica a grillé un feu rouge et elle a dû virer brusquement pour éviter une voiture, qui a néanmoins percuté la sienne du côté de Hope. Elles ont fait un tonneau avant de finir dans un lampadaire.

Veronica n'avait pas sa ceinture et elle a traversé le pare-brise.

Tout ce que Razor a pu nous dire, c'est que Hope a dû être extraite de la voiture grâce à la scie des pompiers. Elle saignait de la tête et du bras, et elle n'était pas consciente quand les secours sont arrivés.

Une fois que Razor nous a résumé ce qu'il sait, je me présente à Carol, la mère de Kyson. Elle a des cheveux mi-longs et bouclés, et des yeux aussi beaux et bleus que ceux de Kyson ainsi qu'une voix douce et gentille. Elle ne ressemble en rien à la femme d'un motard, avec son jean moulant et son chemisier à fleurs. En fait, elle a tout d'une grand-mère de soixante ans qui est morte de trouille pour sa petite-fille.

Je reste aux côtés de Kyson qui refuse de s'asseoir, préférant faire les cent pas dans le hall des soins intensifs.

– Izzy ! crie une voix derrière nous.

Je me tourne sur Suda Kaye et Evie qui courent vers nous en se tenant la main, suivies de près par leurs maris.

– Qu'est-ce qui se passe ? Est-ce que Hope va bien ? Qu'est-ce qui s'est passé ? demande Suda Kaye.

– Qu'est-ce que vous faites ici ? je demande d'une voix tremblante.

– Ta belle-fille a été kidnappée et a eu un accident, où tu voudrais qu'on soit ? répond Evie, presque vexée.

Mes yeux se remplissent de larmes et je me précipite dans leurs bras, en larmes.

– Merci. Ça nous touche beaucoup que vous soyez venues.

Suda Kaye frotte mon dos.

– Qu'est-ce qu'on peut faire ? Du café, à manger ? Si vous voulez crier sur quelqu'un, on est là pour ça.

Kyson vient à moi et entoure ma taille, appuyant son menton sur mon épaule. J'essuie mes larmes sur la manche de mon tee-shirt et m'efforce de rester forte pour mon homme.

– Merci d'être là, dit-il.

– Qu'est-ce qu'on peut faire ? demande Camden.

– Priez. Priez pour mon bébé, répond-il d'une voix rauque.

Je me retourne et le prends dans mes bras tandis qu'il enfouit son visage dans le creux de mon cou.

Au bout d'un long moment, un homme en tenue chirurgicale passe les portes de l'unité de soins intensifs.

– Turner ? dit-il.

Kyson et moi nous tenons la main et marchons vers lui.

– Oui, je suis le père de Hope.

– Et Veronica Turner ? demande-t-il en étudiant son bloc-notes. Vous êtes le Kyson Turner enregistré comme contact d'urgence ?

Il hoche la tête, mais ne répond rien.

– Je suis désolé de devoir vous l'annoncer, dit le chirurgien avec un regard triste, mais Veronica n'a pas survécu à l'accident. Ses blessures étaient trop graves, elle est en état de mort cérébrale.

Kyson ferme les yeux et sa mère sanglote derrière nous. Je passe mon bras autour de sa taille et appuie mon autre main sur son cœur.

– Ma fille ? chuchote-t-il.

– Elle est en vie, mais...

Toute la salle d'attente émet un soupir de soulagement et son père dit « Dieu soit loué ».

– Monsieur Turner, vous avez des décisions difficiles à prendre, dit le chirurgien. Votre fille a non seulement deux côtes cassées et une fracture ouverte du bras mais sa tête a percuté la vitre de la voiture durant l'accident. On a réparé le bras et recousu sa plaie à la tête, mais son œdème cérébral nous inquiète. Nous souhaiterions la mettre dans un coma artificiel pour permettre à son cerveau de désenfler et minimiser le traumatisme.

– Faites ce qu'il faut pour lui donner les meilleures chances de guérison, répond aussitôt Kyson.

– Il faut que je vous explique les risques, je pense qu'il vaut mieux le faire en privé.

Kyson hoche la tête.

– Et votre femme... commence le chirurgien d'un ton navré.

– Mon ex-femme. Elle n'est plus rien pour moi, déclare Kyson.

– Quoi qu'il en soit, vous êtes mentionné comme son plus proche parent, donc les décisions concernant ses soins sont entre vos mains. Elle n'est pas enregistrée comme donneuse d'organes. Même si elle était alcoolisée et sous l'emprise de plusieurs drogues, elle est jeune. Donc ses organes pourraient sauver de nombreuses vies.

– Faites-le. Je signerai ce que vous voudrez. La Roni que je connaissais et que j'aimais aurait voulu sauver des vies si elle l'avait pu.

Le médecin hoche la tête et nous explique que l'agence en charge du don d'organes viendra lui parler rapidement. Il nous prend alors à part, loin des autres, et nous explique les risques d'un coma artificiel pour un enfant.

Je n'écoute qu'à moitié, me contentant de tenir Kyson contre moi, priant en silence pour que Hope aille bien.

– Quand est-ce que je pourrai voir ma fille ? demande Kyson, me tirant de ma prière.

– Lorsqu'elle sera dans sa chambre, nous viendrons vous chercher deux par deux, répond le chirurgien avant de regarder nos proches. Deux par deux, répète-t-il.

Kyson hoche la tête.

– J'enverrai une infirmière vous chercher lorsqu'elle sera installée.

♦

J'ai l'impression que nous attendons des semaines. Kyson ne cesse pas de faire les cent pas, et je ne l'arrête pas. Je m'assure simplement d'être son champ de vision pour qu'il puisse venir à mes côtés s'il en a besoin.

Razor dit aux motards de rentrer et leur promet de les tenir au courant dès que possible, et Kyson passe le coup de fil qu'aucun parent ne veut recevoir, informant la famille de Veronica de ce qui s'est passé après qu'elle a kidnappé Hope. Ils sont bien évidemment bouleversés et répondent qu'ils seront à l'hôpital demain pour s'occuper de leur fille et pour voir leur petite-fille.

Lorsque l'infirmière sort enfin pour dire à Kyson qu'il peut voir Hope, il tend la main vers moi.

– Chéri, peut-être que ta mère... je dis en regardant Carol, qui pleure dans les bras de Razor.

Kyson secoue la tête et saisit ma main.

Hope semble dormir profondément. Son petit corps est branché à plusieurs machines et elle est intubée, ce qui nous oblige à réaliser qu'elle est dans le coma et pas dans un profond sommeil. Je regarde son joli petit visage et mes yeux se remplissent de larmes. Elle a un épais bandage à droite, au-dessus du front, et son bras est emprisonné dans une attelle étrange. Son visage est parsemé de petites entailles.

Je réprime un sanglot et je dois serrer les poings pour me retenir. Je regarde Kyson, qui se place à la tête de lit de sa fille et pose une main sur sa joue tandis que l'autre saisit sa main libre.

– Coucou, ma luciole, papa est là et tu vas bien. Les médecins prennent soin de toi, ma chérie, et je suis là. Izzy et moi restons avec toi, mon bébé. Occupe-toi de dormir et de guérir, ok? On sera là quand tu te réveilleras. On t'aime, promet-il. Isa? dit-il alors sans la quitter des yeux.

– Coucou, mistinguette. Tu nous as fait très peur, à ton papa et moi, mais tu es en sécurité maintenant et les docteurs s'occupent de toi. Comme ton papa l'a dit, on t'aime et on est là, ma puce. On attend que tu ailles mieux, je chuchote.

Kyson m'attire dans ses bras et nous pleurons ensemble, l'un contre l'autre. On s'agrippe désespérément l'un à l'autre, laissant toute l'angoisse des dernières heures disparaître, nous imprégnant du fait que sa fille est certes blessée, mais en vie. Elle est entre de bonnes mains, et son pronostic est prometteur.

♦

Les quarante-huit heures de coma de Hope sont un cauchemar pour Kyson. Il a désespérément envie, ou besoin, de regarder sa fille dans les yeux. Heureusement, au matin du troisième jour, les médecins annoncent que son état s'est énormément amélioré et qu'ils vont pouvoir enlever le respirateur artificiel et la sortir progressivement du coma.

Les heures passent et Kyson et moi restons à son chevet. Il lui tient la main tandis que le médecin et les infirmières vérifient son état, et je reste dans un coin, essayant d'être invisible pour que personne ne me mette dehors.

Je n'ai jamais rien vu d'aussi beau que lorsque Hope cligne des yeux et montre ses superbes iris bleus. Elle fronce les sourcils, tourne la tête et sourit lorsqu'elle voit son père. Je déglutis, essayant de me débarrasser du nœud qui se loge aussitôt dans ma gorge.

– Papa, tu m'as sauvée de la méchante dame, chuchote-t-elle d'une voix rauque.

Les yeux de Kyson se remplissent de larmes, il prend la main de sa fille pour l'embrasser encore et encore.

– Comment tu te sens, luciole ?

– J'ai mal à la tête, répond-elle en grimaçant. Et je ne sens pas mon bras. Et j'ai du mal à respirer, dit-elle, essayant de lever son bras cassé.

Elle tourne la tête pour comprendre pourquoi il ne bouge pas et le voit dans son attelle.

– Chérie, tu as eu un accident. Les médecins vont t'ausculter pour s'assurer que tout va bien, d'accord ? dit Kyson d'une voix émue.

Hope hoche la tête et le médecin s'avance pour l'ausculter. Il dit ensuite à Kyson que tout semble en bonne voie, mais qu'elle doit rester deux ou trois jours sous surveillance à l'hôpital, c'est à ce moment-là qu'ils feront une nouvelle radio de son bras pour s'assurer que ses os sont en état d'être plâtrés.

Le médecin et l'infirmière s'en vont, et Kyson embrasse sa fille sur la tête.

– Tout ira bien, Hope. Je te le promets, dit-il en prenant la main de Hope pour la poser sur sa joue.

Soudain, les yeux de la fillette se remplissent de larmes, comme si un souvenir lui revenait.

– Papa, la méchante dame, elle a dit qu'elle était ma maman et qu'elle m'emmenait loin de toi et d'Izzy.

– Ça n'arrivera jamais, répond Kyson en secouant la tête. Tu ne la verras plus jamais.

– Elle buvait dans une bouteille et ça puait, ce n'était pas de l'eau. Elle conduisait comme une folle. J'ai eu tellement peur...

– Tout va bien, insiste Kyson. Tu ne la verras plus jamais.

– J'ai pleuré et je lui ai dit que je voulais te voir, et Izzy aussi. Elle a dit que je vous reverrai jamais ! poursuit-elle avant de fondre en larmes.

Je me couvre la bouche et sanglote dans ma main en regardant mon homme consoler sa fille.

– Je veux ma maman ! pleure Hope.

– Bébé, cette femme... commence Kyson, mais elle lui coupe la parole.

– Pas la méchante ! Je veux Izzy ! Ma nouvelle maman !

– Je... je suis là, ma chérie. Je suis ici, je réponds en me précipitant aux côtés de Kyson.

Hope tend la main vers ma joue et commence à respirer lentement, les yeux rivés sur moi. Je prends sa main et la tiens alors contre ma joue, comme l'a fait Kyson.

– Je suis là, ma puce. Je ne vais nulle part.

– Jamais ? chuchote-t-elle en hoquetant.

– Jamais, je confirme en secouant la tête.

– Tu vas être ma nouvelle maman ? demande-t-elle.

– Si tu le veux, oui. Je serais la plus heureuse du monde d'être ta nouvelle maman, Hope.

– Je le veux, oui, déclare-t-elle, remplissant mon cœur de tant d'amour qu'il pourrait exploser.

Les larmes coulent sur nos joues et Kyson plonge sa main dans mes cheveux pour empoigner ma nuque.

– Izzy va emménager avec nous et on va bientôt se marier. Tu pourras être demoiselle d'honneur, et tout. Ça te plairait, ma luciole ?

Hope hoche la tête et sourit jusqu'aux oreilles.

– Je pourrai aider à faire le gâteau ?

Je souris à mon tour et Kyson éclate de rire.

– Absolument, je réponds en hochant la tête.

– Je veux être pâtissière, comme ma nouvelle maman, dit-elle alors que ses paupières se font lourdes.

Elle doit être épuisée. Nous le sommes tous, mais ses paroles, et le fait qu'elle soit réveillée et ne semble avoir aucune séquelle est fabuleux, et je me fiche d'être fatiguée si ça veut dire que Hope est en bonne voie de guérison et qu'elle sera bientôt de retour chez elle.

Je me penche pour l'embrasser délicatement sur le front.

– Dors, mistinguette. On sera là à ton réveil. Et le lendemain, et le surlendemain, et chaque jour qui suivra.

Hope bâille et ferme les yeux en chuchotant :

– Je ferai le glaçage.

Kyson et moi restons longtemps à la regarder, puis il finit par se lever en me prenant la main. Il nous guide jusqu'au petit lit où nous avons dormi tour à tour depuis notre arrivée. Il s'allonge dos contre le mur et tapote le petit espace devant lui.

– Viens près de moi, dit-il.

Je m'allonge contre lui et plie les jambes. Mes genoux dépassent du matelas, mais je m'en fiche. Kyson me prend par la taille et il me serre fort contre lui, comme si j'étais tout pour lui, alors que l'être le plus précieux sur terre dort dans le lit d'hôpital, à quelques pas du nôtre. Je n'ai aucun problème à arriver deuxième.

Kyson bâille et baisse la tête de sorte que son menton se niche dans le creux de mon cou.

– Il semblerait que tu aies acquis un nouveau titre, chuchote-t-il.

– Ouaip, je réponds en souriant.

– Ça fait quoi d'être la nouvelle maman de quelqu'un ?

– C'est merveilleux. Et flippant.

– Accroche-toi à ce sentiment, parce que ça ne change pas avec le temps, répond-il en gloussant.

Nous nous tenons l'un l'autre et la fatigue nous saisit peu à peu. Mes paupières deviennent lourdes, je ferme les yeux alors que Kyson ajoute :

– Tu dirais quoi d'un autre titre ? Celui d'épouse ?

– Kyson...

– Je t'interdis de dire que c'est trop tôt. La seule chose qui compte, c'est ce que je ressens pour toi. Ce que Hope vient de prouver à ton égard. Il est hors de question que tu ne sois pas avec nous, que tu ne fasses pas partie de notre famille. Alors, pourquoi attendre ?

J'inspire longuement et me concentre sur ce que je ressens et ce que je pense après ces trois derniers mois. J'ai appris que j'avais des sœurs. J'ai hérité de l'argent d'un homme que je ne connais pas, mais qui se sentait proche de moi. J'ai appris que ma mère biologique n'était pas une simple donneuse d'ovocytes. J'ai rencontré Kyson et suis tombée amoureuse de lui. Je me prépare à avoir le job de mes rêves avec mon meilleur ami. Ma famille s'est brusquement élargie et j'ai désormais un grand-père, des sœurs, des beaux-frères, et je vais devenir la mère d'une petite fille qui n'en a plus et que j'aime plus que ma propre vie. J'ai vécu l'équivalent de cinq ans en trois mois, et je ne veux pas perdre une seule minute à douter.

Je veux former une famille avec Kyson et Hope. Je veux construire ma vie à Pueblo. Le job de mes rêves est d'avoir ma propre pâtisserie. Je veux être près de mes sœurs et les voir fonder leurs familles aux côtés de la mienne.

– Ok, je réponds enfin. Je veux bien t'épouser.

Kyson frissonne contre moi.

– Que dis-tu d'aller à Vegas, dès qu'on le peut ? Quand Hope n'aura plus de plâtre. Toi, moi, Hope, tes sœurs et leurs hommes, tes parents, les miens, mes frères, Jasper et ses mères. Un voyage de famille à Vegas.

Je souris en imaginant à quel point ce serait amusant de réunir tout le monde à Las Vegas. Gordon Ramsey y a quelques restaurants et j'ai toujours rêvé d'y manger. Ç'aurait pu être génial, mais quelque chose ne colle pas dans cette idée.

Soudain, dans cette chambre sans fenêtre sur l'extérieur et dont la porte est fermée, une brise se lève et agite mes cheveux, nous couvrant d'un parfum de bergamote et de patchouli.

– Tu as senti ? demande Kyson alors que mon cœur bat la chamade.

– Ouais. Et j'ai une meilleure idée pour le mariage.

– Tout ce que tu voudras. Tout ce que je veux, c'est toi, chuchote-t-il contre mes cheveux.

– Au lieu de Vegas, que dirais-tu d'Atlantic City ? Gordon Ramsey a un restau là-bas. Et mieux encore… la pâtisserie du *Cake Boss*[10] est à Hoboken, dans le New Jersey, et j'ai toujours rêvé d'y aller.

Kyson éclate de rire.

– Comme je l'ai dit, tout ce que tu voudras. Où tu voudras. Tout ce qui compte pour moi, c'est que tu sois à moi.

Je ferme les yeux, ma gorge se noue et je pense à ma mère qui a rencontré l'homme de sa vie à Atlantic City. Je pense au fait que son choix de l'épouser a été le début de tout, de mes sœurs et de moi, de ma nouvelle famille. Elle a épousé cet homme en moins d'un mois. Je vais épouser Kyson alors que je le connais depuis guère plus longtemps. C'est drôle, la boucle semble être enfin bouclée.

Je m'endors dans les bras de Kyson alors que notre fille guérit dans son lit, près du nôtre, convaincue que ma mère serait fière de la vie qu'elle m'a offerte.

---

10. Émission de télé-réalité américaine qui se déroule dans la boutique « Carlo's Bakery », la pâtisserie du chef Bartolo Valostro.

ÉPILOGUE

Trois mois plus tard...

Le foulard sur mes yeux décuple mon ouïe. Les mains de Kyson ne quittent pas mes bras tandis qu'il me guide à travers ce qui me semble être une porte, et Hope glousse sans cesse en s'accrochant à ma jupe.

– Ne triche pas, maman ! s'exclame-t-elle en riant.

L'entendre aussi joyeuse m'apaise instantanément. Nous avons traversé trois mois aussi difficiles que merveilleux. Une semaine après l'accident, Hope a officiellement eu le droit de rentrer à la maison. Jasper et moi avons décidé de mettre les travaux de la pâtisserie en suspens, car nous avons tous les deux un héritage sur lequel nous reposer, et on a préféré attendre que tout le monde soit rétabli pour commencer le métier de nos rêves. Kyson et moi avons tenu à être aux côtés de Hope durant sa convalescence, et Lincoln a dû se concentrer sur les autres chantiers pour rattraper le retard pris après l'accident. Jasper a passé ses journées avec nous, il s'est aussi occupé des fournisseurs pour s'assurer que tout serait prêt pour l'ouverture, prévue trois mois plus tard.

Pendant ce temps, Hope a récupéré. C'est fou la vitesse à laquelle les enfants se remettent d'un traumatisme. Cela dit, les premières semaines ont été pleines de cauchemars, de frustration de ne pas pouvoir se servir de son bras, et de maux de tête difficiles à supporter. Mais elle a tenu bon.

On lui a retiré son plâtre la semaine dernière, ses migraines ont disparu, ses côtes sont réparées, et elle est redevenue la petite fille pleine d'énergie qu'elle était avant l'accident. Pour fêter ça, nous avons pris l'avion avec toute notre famille et nous sommes partis à Atlantic City. Kyson et moi nous nous sommes mariés dans la même petite chapelle surplombant l'océan que Catori et Adam.

Toko a mis sa tenue de cérémonie traditionnelle, et j'en ai été émue aux larmes. Lorsque nous nous sommes dit « oui », il nous a remerciés de lui avoir offert cette expérience. Il a apprécié de voir où sa fille avait épousé son mari, et il a dit qu'il se sentait plus proche d'elle grâce à cela. Le jour du mariage, il m'a donné une boîte similaire à celle d'Evie, contenant un peigne à cheveux en turquoise qui appartenait à Topsannah et qu'elle portait le jour où elle l'a épousé, cinquante ans plus tôt. Elle contenait également une lettre de ma mère, dans laquelle elle me disait que son seul souhait avait toujours été que je sois comblée de bonheur, car c'était son seul objectif lorsqu'elle m'a laissée avec mes pères.

Notre réception a consisté en un repas au Steakhouse de Gordon Ramsey, à Atlantic City. Le lendemain, nous sommes allés jusqu'à Hoboken pour découvrir la *Carlo's Bakery*, où nous nous sommes gavés de tant de gâteaux que nous avons tous eu mal au ventre. Mais ça en valait largement la peine.

Une semaine plus tard, j'ai donc les yeux bandés et Hope et Kyson me font une surprise.

– Ok, Isa, tu es prête ? dit-il dans mon oreille.

– Autant que je peux l'être, je réponds en hochant la tête.

Mon éclat de rire se transforme en cri lorsqu'il défait le foulard et que je découvre que je suis dans ma pâtisserie.

Ma pâtisserie entièrement rénovée, sublime et baignée de lumière.

Jasper lève les bras en l'air, derrière le superbe comptoir où il se tient.

– Bienvenue chez *On The Sweet Side* ! s'écrie-t-il.

– Mon Dieu ! je m'exclame en me couvrant la bouche quand je découvre que toute ma famille est présente.

Mon papa Casey, mon papou Ian, Toko, Suda Kaye, Camden, Evie, Milo, Lincoln, Razor, Carol, Vince, et bien sûr Kyson et Hope. Ils se mettent tous à applaudir et à siffler, et je fonds en larmes.

– Mais comment tu as fait ? je demande à Kyson.

– Un de nos chantiers a été décalé, répond-il en me prenant dans ses bras. Donc on a pu mettre les bouchées doubles depuis qu'on est rentrés d'Atlantic City.

– Mais vous n'étiez pas censés reprendre avant la fin de la semaine prochaine… Mon Dieu… C'est fini… ?

Je regarde autour de moi en étudiant chaque détail : les portes de saloon qui donnent sur la cuisine, les tables et chaises en fer forgé, prêtes à accueillir nos clients, le soliflore sur chaque table contenant une marguerite orange, les murs pêche sur lesquels sont inscrits les mots qui nous inspirent dans notre métier… Des boîtes à dessert blanches entourées de ruban pêche et doré sont empilées à côté de la caisse et, sur le mur du fond, un tableau noir dresse la liste des pâtisseries que nous voulons proposer ainsi que leurs prix.

– Et regarde ça ! dit Jasper en tirant sur une corde à droite du mur.

Le tableau noir descend alors lentement au-dessus du plan de travail, de sorte qu'on peut l'effacer et écrire dessus sans avoir à grimper sur un escabeau.

– C'est Kyson qui y a pensé ! dit mon meilleur ami.

– Chéri... C'est toi qui as fait tout ça ?

Il hoche la tête et me prend à nouveau dans ses bras.

– Le rêve de ma femme et de son frère a été mis en suspens. C'était nécessaire, mais je ne voulais pas que tu attendes une minute de plus pour vivre ton rêve. Tu m'as offert le mien en m'épousant et en signant les papiers pour adopter Hope. Je voulais que tu aies le tien.

Je ne sais plus quoi penser, c'est trop.

Trop de joie.

Trop de bonheur.

Trop d'amour.

Je fonds en larmes et cache ma tête contre Kyson, qui me tient en me caressant le dos, jusqu'à ce que je sente quelqu'un tirer sur ma jupe.

– Maman, on a une autre surprise et j'ai aidé à la préparer ! dit Hope, tout excitée.

Je renifle contre mon mari et essuie mes larmes.

– Ok, Miss, montre-moi ta surprise.

Elle me prend par la main et m'emmène de l'autre côté du comptoir en passant par la petite porte de saloon qui sépare le côté employés du côté clients, et je caresse le plan de travail en acajou. Lincoln me regarde, les bras croisés.

– Vous avez fait du super-boulot, Linc. Merci.

– N'importe quoi pour la femme qui m'a offert l'amour de ma vie et qui a fait de mon frère l'homme le plus heureux. Je n'ai pas fini de te remercier, Izzy.

– Oh ! Tu seras récompensé pour ce beau compliment plus tard, dit Jasper en souriant.

– Je suis toujours récompensé, répond Lincoln.

– C'est quoi ta récompense, Tonton Linc ? demande Hope en toute innocence.

Je fusille Lincoln du regard pour lui dire de faire gaffe à ce qu'il va dire à ma fille, mais il n'est pas fou.

– Eh bien, Tonton Jasper me donne toutes ses friandises, bien sûr ! répond-il en souriant.

Un mois après que Hope est sortie de l'hôpital, Lincoln a emménagé avec Jasper au-dessus de la boutique. Mon meilleur ami n'était pas prêt à dire au revoir à son paradis d'antiquaire, et ils se sont mis d'accord pour économiser afin d'acheter une maison ensemble.

– Oh non, moi aussi je veux des friandises, râle Hope en boudant.

– Mais bien sûr, ça va de soi, répond Lincoln. Tu n'avais pas une surprise pour Izzy ?

Elle écarquille les yeux et reprend ma main pour m'emmener dans la cuisine, où tout le monde nous suit.

– Surprise ! s'exclame-t-elle en se précipitant à côté de l'énorme pièce montée qui est posée sur l'îlot central.

Je la regarde, bouche bée. Le gâteau est couvert d'un glaçage blanc et de petites roses couleur pêche bordées de feuilles dorées. Sur le dessus, un homme et une femme en porcelaine sont entrelacés. La pièce montée est élégante et son parfum divin.

– Elle est superbe ! Je n'aurais pas fait mieux, je chuchote en regardant Jasper.

Ses mains sont sur les épaules de Hope, et son sourire est tout simplement resplendissant. Hope court alors vers un marchepied caché sous la table.

– Et regarde, maman ! Mon tabouret à moi ! C'est Tonton Linc qui me l'a fait, s'écrie-t-elle en sautillant sur place dans ses Converse arc-en-ciel, offertes bien sûr par Tonton Jasper.

– C'est génial, ma puce.

Hope vient vers moi en faisant des pas chassés et elle me prend par la taille en appuyant son menton sur mon ventre pour lever la tête vers moi.

– Tu es heureuse, maman ?

Je prends son visage dans mes mains en même temps que je sens Kyson dans mon dos.

– Oui, ma chérie. Je n'ai jamais été aussi heureuse.

– Tant mieux ! On peut manger le gâteau, maintenant, alors ?

– Bien sûr ! Du gâteau pour tout le monde ! je m'exclame en riant alors que Kyson me prend par la taille en regardant notre fille aider son oncle Jasper à couper le gâteau.

– Il va nous en falloir un autre, bientôt, murmure Kyson dans mon oreille.

– Un enfant ?

– Mmm-hmmm. Je veux voir une petite tête rousse courir après sa sœur.

Je m'appuie contre lui et il me serre plus fort.

– Laisse-moi un an pour faire de ma boutique un succès, et on se lance.

– Deal, acquiesce-t-il avant de m'embrasser dans le cou et de me libérer.

Je me tourne vers mon père, qui me prend aussitôt dans ses bras.

– Je suis fier de toi, Izzy. La pâtisserie est géniale et ta famille est parfaite, dit-il d'une voix émue.

– Merci, papa. Je n'aurais jamais pu faire tout ça sans papou et toi, sans votre soutien, votre amour et votre confiance en moi.

Mon papou m'attire à son tour dans ses bras.

– On t'aime, ma chérie. Tout ce qu'on a toujours voulu, c'est que tu sois heureuse.

– Et je le suis. Ma vie est merveilleuse, je confirme.

Mon papou frotte ses bras et semble soudain nerveux.

– Et... euh... on a une nouvelle à t'annoncer, nous aussi.

Je recule, prends sa main, et mon papa prend la mienne. Ian regarde d'abord son mari, puis moi.

– On débarque dans le Colorado !

Je les regarde, à nouveau bouche bée, mais ma surprise ne dure qu'une seconde et je me mets à sauter sur place avant de me jeter dans leurs bras.

– Sans rire ? Ce n'est pas une blague ?

Mon père Casey secoue la tête.

– Quand tu es partie il y a trois mois et que tu nous as dit que tu allais t'installer ici pour de bon, on a eu une discussion sérieuse. On ne voulait pas vivre loin de toi et se contenter de coups de fil rapides, et Ian voulait passer plus de temps avec Suda Kaye. En fin de compte, c'était la décision logique. On va investir l'argent que tu nous as fait économiser sur la maison, et on va ouvrir une succursale de l'entreprise de paysagisme de ton papou ici. J'ai dit à mes associés que j'allais déménager dans le Colorado, et ils ont accepté que je fasse du télétravail.

– Quand ? je m'exclame.

– Ça va prendre un peu de temps, peut-être deux ou trois mois, mais on va faire nos cartons dès qu'on sera rentrés et on va mettre la maison en vente.

– Je... je ne sais pas quoi dire !

– Dis que tu es contente, espèce d'andouille ! dit Suda Kaye en passant son bras dans le dos d'Ian et en appuyant sa joue contre son épaule.

– Je suis plus que contente. C'est un rêve qui devient réalité. Je vais avoir mes parents et mes sœurs dans ma vie tous les jours, j'ouvre ma pâtisserie avec mon meilleur ami et j'ai un mari et une fille que j'aime. Youhou ! je m'exclame en frappant dans mes mains.

Hope fait la même chose derrière moi, sans savoir pourquoi, mais elle ne rate jamais une occasion de faire du bruit.

– Euh... ben... tant qu'on annonce les grandes nouvelles... dit Evie derrière moi.

Je me tourne vers elle et vois Milo, un sourire béat sur les lèvres, serrant sa femme contre lui de sorte que leurs cheveux noirs et blonds se mélangent. Evie est adossée à son torse et les mains de Milo sont à plat sur son ventre. Je baise les yeux et me concentre sur ses mains.

– Mais nooooon... je m'exclame.

Suda Kaye me regarde, puis elle regarde Evie et les mains de Milo, puis Evie à nouveau, qui hoche la tête.

– Mais nooooon ! répète Suda Kaye en joignant ses mains sur sa poitrine.

– Je suis enceinte ! déclare Evie avant de se couvrir la bouche, comme si elle avait gardé le secret trop longtemps.

Suda Kaye lève les bras en l'air et danse en rond avant de se précipiter vers sa sœur pour les prendre, elle et son mari, dans les bras. Toko marche vers Evie, pose sa main sur son ventre et esquisse un sourire en coin.

– Ce n'est pas la seule nouvelle, dit-il.

Le sourire d'Evie est si resplendissant que c'est comme si toute la pièce était illuminée de soleil.

– On attend des jumeaux ! ajoute-t-elle.

– Mon Dieu ! je crie en courant vers elle, sautillant sur place en attendant que Toko la libère pour la prendre à mon tour dans mes bras.

– Tu vas être une mère parfaite !

Evie renifle et me serre contre elle. Suda Kaye nous rejoint en riant, chuchotant son excitation d'être tatie pour la première fois.

Plus tard, lorsque le gâteau a été coupé et distribué, Razor part à la supérette au bout de la rue chercher des bières et du champagne. Suda Kaye déniche même une bouteille de vin amérindien pour Toko, dans sa boutique, et il est aux anges.

Un peu à l'écart, adossée au mur, mon champagne dans une main, ma deuxième part de gâteau citron-framboise dans l'autre, je réalise que je suis plus heureuse en cet instant que je n'ai jamais espéré l'être.

Mes parents déménagent dans le Colorado et seront tous les jours dans ma vie.

Evie et Milo vont avoir des jumeaux.

Suda Kaye et Camden sont heureux, et Suda Kaye va enfin apprendre à connaître son père biologique. Ils ont également adopté un bébé golden retriever pour qu'elle s'entraîne à prendre soin d'un être vivant avant d'envisager de devenir maman. Elle l'adore et emmène souvent « Captain » à la boutique avec elle.

J'ai ma propre pâtisserie avec mon meilleur ami.

Jasper est amoureux et vit avec son Maçon-Ronchon qui, finalement, n'est pas si ronchon que ça. Je l'adore, parce qu'il aime passionnément mon meilleur ami et fait tout pour le lui montrer.

J'ai épousé l'homme de mes rêves, et je suis la maman d'une fillette que j'aime plus que tout et que je vais pouvoir gâter en espérant avoir d'autres enfants un jour.

Ma vie est comme ma pâtisserie : *on the sweet side*[11].

11. Douce et sucrée.

Je souris et imagine combien Catori aurait aimé cette journée.

– Merci, maman, d'avoir choisi mon bonheur plutôt que le tien, je chuchote en regardant toute la beauté qui m'entoure.

Jasper et Lincoln plaisantent avec mes pères. Kyson serre la main de Milo et lui donne déjà des conseils de papa. Evie et Suda Kaye parlent de la décoration de la nurserie et de la baby shower. Carol, Razor et Vince discutent avec Toko, qui leur apprend des mots en comanche. Hope danse au rythme d'une musique qu'elle est seule à entendre, courant en rond autour de l'îlot central.

– Tu pensais peut-être que j'étais un cadeau de Dieu, mais en fin de compte, c'est toi qui as été un cadeau pour nous tous. Car c'est toi qui as réuni les personnes que j'aime le plus au monde. Merci de m'avoir donné la vie. Merci de m'avoir offert cette famille. Je t'aime, maman.

C'est la première fois que je dis ça à voix haute.

Alors, tandis que je mords dans ma pièce montée et bois une gorgée de champagne, une brise soulève mes cheveux. Je souris en voyant Evie tourner la tête dans les bras de Milo, ses mèches blondes sont agitées par la même brise. Je regarde ensuite Suda Kaye, qui me sourit avant de se tourner vers Evie.

Un parfum de bergamote, de patchouli et de terre chatouille alors mes narines, et je m'écarte du mur pour continuer de célébrer cette belle journée avec ma famille.

Fin

REMERCIEMENTS

À mon mari, Eric, qui me soutient dans tout ce que je fais. Je t'aime encore plus.

À la meilleure assistante au monde, Jeananna Goodall ; je commence à me rendre compte qu'on est totalement codépendantes l'une de l'autre dans notre travail, et le pire… c'est que je m'en fiche ! Avec toi, passer mes journées devant l'ordinateur en vaut la peine. Savoir que je ne suis pas la seule à vouloir que ces livres soient entre les mains du monde entier est vraiment précieux. Merci d'être toi. Tu es une de mes meilleures amies et j'ai de la chance de t'avoir dans ma vie au quotidien, même si tu vis à des milliers de kilomètres. Continuons cette aventure pour toujours !

À Jeanne De Vita, mon éditrice personnelle ; merci d'avoir tout laissé tomber pour lire cet énorme manuscrit et d'être à mes côtés pour les hauts et les bas de ce processus. Je ne sais comment te remercier. Tu es une véritable experte et je n'ai pas peur de tes commentaires, même quand le manuscrit dégouline de rouge. Tu as toujours un mot gentil et tu es bienveillante lorsque tu travailles sur mes romans, et je t'en suis infiniment reconnaissante.

À mon équipe de lectrices alpha beta, Tracey Wilson-Vuolo, Tammy Hamilton-Green, Gabby McEachern, Elaine Hennig et Dorthy Bircher ; merci d'être les meilleures cheerleaders du monde. Je suis toujours choquée que vous soyez heureuses de lire les brouillons, chapitre par chapitre, et que vous preniez le temps de me donner votre avis. Vous me faites un véritable cadeau et c'est une étape merveilleuse de l'écriture de chaque livre. Merci d'être toujours là pour moi.

À Susan Swinwood, l'éditrice en chef de ce projet ; je me sens chanceuse de faire partie de la famille HQN. Cette série symbolise mon cœur et mon âme, et tu as été à la fois attentionnée et bienveillante dans ce projet. Merci.

À mon agent, Amy Tannenbaum, de la Jane Rotrosen Agency ; tu as cru en moi quand je t'ai dit que je voulais me lancer le défi d'écrire des fictions sexy pour femmes. Ton soutien est une bénédiction. Ton amitié est un trésor. Merci d'avoir trouvé la bonne maison d'édition pour ces histoires. Je t'aime à la folie, Madame.

À mon agent pour l'étranger, Sabrina Prestia, de la Jane Rotrosen Agency ; tu as été spectaculaire pour diffuser l'amour de la série *Wish* dans le monde entier. J'ai hâte de voir toutes les traductions à l'avenir !

Aux lectrices ; je ne pourrais pas faire ce que j'aime ni payer mes factures sans vous. Merci pour chaque commentaire, chaque compliment et chaque partage sur les réseaux sociaux. C'est grâce à vous que je peux vivre mon rêve.

#SisterhoodFTW

Si vous voulez en savoir plus sur la famille Ross et, surtout,
sur leur mère, Catori Ross, la vie qu'elle a menée,
les aventures qu'elle a vécues et les sacrifices qu'elle a faits,
lisez le tome 4 de la série « Wish ».